超能者

下

Extension World

秋风清

著

中国友谊出版公司

目录 contents

目录 contents

楔　子

妄图控制世界的密谋未必发生在黑暗中。

地下二十米。

挺拔庄严的大理石柱撑起三角形门廊，再上面是穹顶，绘制着奥林匹斯山。色彩很艳丽，中央部分用更浓烈的色块渲染出宙斯神殿，盘绕的雷电像巨龙一样张牙舞爪。

户隐收回凝视穹顶的目光。他对面，有一张猩红色的高背座椅。两侧各有六张略微矮小的座位。就像奥林匹斯山上那样，十二神殿拱卫着主神。

座位上的中年男子肤色苍白，时光在脸上雕刻出略显锋利的棱角。他看着户隐，目光充满自信，野心勃勃。

但这对户隐毫无影响。他依旧自如地说话，说自己想说的：

"这次是你的责任，宙斯。"

或许"宙斯"的目光更加锐利了，但管他呢，户隐现在只觉得有趣。如果说之前宙斯控制的圣山组织是座坚固的堡垒，那么现在这座堡垒已经被砸开了一道裂缝。

户隐觉得自己应该再加把劲：

"不用我说你也知道，'金苹果'到底有多重要。没有它，就没有我们黑座的未来！我真不知道为什么会出这种事！"

"黑座的未来应该寄托在你身上，户隐。"宙斯说。

"从上一次就不是了。"户隐丝毫不介意承认自己的失败，"现在我只想找回金苹果——你打算怎么办？"

宙斯盯着户隐。老实说，他有些看不透。如果真像户隐说的，他已经变成了一个光杆司令，那这种有恃无恐的底气从何而来？是虚张声势，还是真有什么自己不知道的底牌呢？

作为黑座的分部，圣山组织才建立了不到两年。宙斯知道黑座的底蕴有多么可怕，谁也不知道在那场与解码者的战争中，黑座究竟消耗到什么程度。

在弄清这些之前，宙斯还不打算和户隐翻脸。

"这是一次意外。"宙斯说，"但你大可放心，金苹果丢不了，一切都在掌控之中。而且你瞧，咱们可以顺水推舟，用这件事把解码者们引到希腊来，来个一网打尽。"

户隐睁大眼睛，显得不可置信。

"你已经在做了？"

"前期的铺垫做完了，我猜高诚正在办案。"宙斯露出笑意，"爱神和月亮女神都已经就位，那些解码者一个都跑不了。"

"你疯了？我想你知道黑座之前的事……"

"这次不会了。"

户隐被这句话堵住了嘴。他在嘲笑我吗？户隐看着宙斯。王座上的男子身姿挺拔坚毅，真有几分主导凡俗的天神风采。

真像我当初的样子。

户隐唇边露出一丝意味难明的笑容："我等着看。"

第一章

　　轻快慵懒的音乐响起，是《希腊左巴》。布祖基琴最擅长演奏这个。它看上去像吉他，但没那么现代。可真要用吉他去演奏这曲子，就实在是不能饶恕的罪过了……

　　凯伦从睡梦中醒来，盯着震动的手机，脑子里想的就是这些东西。

　　她伸出手——摸到一支烟，点燃，深深吸了一口。

　　从什么时候开始的？五年前？凯伦没有印象了。说实话，以前她很讨厌烟味，一进到局长那间充满烟气的办公室就恶心。但现在她觉得挺好，七岁就失去了双亲，又在国家情报局工作了九年，如果再没点儿嗜好，她怀疑自己会不会变成变态和疯子。

　　吐出最后一口烟气，一曲《希腊左巴》已经奏完，手机仍在不依不饶地震动。她终于拿起来。

　　"早跟你说过，不要用这曲子当铃声。"对面传来局长略显苍老的声音，"我猜你在听着音乐吸烟。"

"凌晨五点。"凯伦瞟了一眼时间，"今天我休息。"

"但飞机六点抵达。"

"你说什么？"

"我就知道你忘了。"局长显得很无奈，"醒醒！你得去接人。"

"见鬼！"凯伦终于想起来。

没错，接人。为这个她还和局长吵了一架，理由是占用自己的假期。但实际上双方都知道，凯伦根本就不同意这个计划，更看不上那个所谓的阿根廷神探。

国家情报局的内部事务请外人负责调查，还有比这更可笑的吗？拜托，现在不是19世纪，一个戴鸭舌帽叼烟斗的家伙就能解决一切。

但局长十分坚持，仿佛不这样做这个国家就要完蛋了一样。

"我这就去。"凯伦用头和肩膀夹着手机，一面往身上套衣服，"放心，飞机有可能晚点，还有可能从天上摔下来。"

"我知道你对我有很多意见——"

"不，我没有任何意见！"凯伦烦躁地挂掉电话。她用最快速度打理一下头发，然后冲下楼。

轿车已经在等了。助手兼司机从车窗探出头，看到她怒气冲冲的脸，耸了耸肩膀："头儿，我猜那个阿根廷人要倒霉了。"

"闭嘴！"

从上空俯瞰，雅典国际机场的布局别具匠心。或许是秉承了雅典先贤的审美观，跑道和引桥交会，看上去好像一截弯曲的体育场。正中央的主楼呈八角形，灰白色，四个方向的通道像手臂一样张开。

凯伦盯着那栋楼。这个设计她很不喜欢。不说造型，光是从分流的角度讲，就显得不太高明。这给她带来了很大困扰——看着那些来来往往，如没头苍蝇一样乱走的人流，凯伦甚至不知该往哪个方向看。

"头儿，是不是打个牌子？"她的助手兼司机询问着，那是一个长相热情的小伙子。

"我们有这玩意儿？"

"哈哈，瞧！"年轻人从背包里掏出平板电脑，在上面显示了阿根廷神探胡里奥的照片，高高举起。

"干得不错——"凯伦盯着看了三秒钟，突然想到了一个绝妙的主意，"最好改变一下灰度……我是说，把照片调成黑白色。很好，就这样……"

凯伦倒退着走了几步，满意地看着那幅黑白照片。屏幕上，那张留着两撇小胡子的脸充满了晦气，颇为不祥。

"现在，顶着这个蠢东西离我远一点。"凯伦挥手驱赶。年轻人可怜巴巴地瞅了一眼上司，哭丧着脸挪开几步。

凯伦心情舒畅多了。她靠在栏杆上休息，心里想着关于胡里奥的事情。

平心而论，这位阿根廷侦探大概是有一些能力的。很多案件的侦破手法新颖，思路清晰。但凯伦始终认为，随着技术手段的进步，以及组织协同能力越来越严密，侦探这种职业已经到了被淘汰的边缘。

也许只有生性浪漫的拉丁民族，才是这种职业滋生的温床……在凯伦眼里，浪漫和不靠谱是一对孪生兄弟。

见鬼！为什么让我来做这个？她甚至不知道拿什么去招待这位客

人。阿根廷人喜欢吃什么？来盘烤蜥蜴怎么样？

时间过去很久，等待的人依旧没有出现。凯伦渐渐焦躁起来。看了看表，已经是六点四十五分。

"居然让我等了快一个小时！"凯伦压抑着怒气，"我！国家情报局高级探员！你能想象吗？"

"头儿……"年轻人小心翼翼地提醒，"咱们迟到了，其实才等了二十分钟……"

"这都是他的错！"

年轻人闭上了嘴。他从心里为那个还没出现的阿根廷人感到悲哀。正如之前说的，这家伙要倒霉了。

就在这时，一个行色匆匆的亚洲男子走过来。他估计不到三十岁，短发，身穿灰色夹克，下面是深色卡其裤。这应该是一身挺得体的打扮，却不知为何穿出了放荡不羁的感觉，有点像那种在地铁通道里弹吉他的家伙。

亚洲男子仔细看了看年轻助手举着的照片，然后用不确定的语气说："请问，你是希腊国家情报局的雇员吗？"

助手愣住了。他下意识地看向凯伦。凯伦同样吃惊，她走过来，皱着眉头问："你怎么知道？"

"太好了！"亚洲男子松了口气，笑容可掬地伸出手，"我就是胡里奥。"

"再说一遍！你他妈是谁？"凯伦呆住了。

第二章

二十四小时前。

高诚推开了那扇门。

上来的时候，他去洗手间洗了把脸，从水渍斑驳的镜子中看到了自己的样子。时间没有留下太多痕迹，他依旧年轻，只是招人喜欢的俊朗面容比过去苍白。他穿着白衬衫，淡蓝色西服裤子，如果再打一条领带，几乎和几年前一模一样。

高诚还记得当初在东京，做保险理赔专员的时候。他衣冠楚楚地与那些人周旋，醉酒后对着马桶呕吐，镜子里是苍白的面容……他曾经多么厌恶那种生活，现在就多么怀念。

无数人因平凡和碌碌无为而辗转反侧，高诚却可望而不可即。他早就明白了，平凡背后，是简单平静的生活。

而这，正是他所向往的。

高诚又想起来，保险理赔专员也不是那么无趣。他有时会和那些骗保的家伙打交道，私访、侦查、调研……有的家伙会铤而走险，丧心病狂。其中有一次，高诚追到了骗保者躲藏的小旅馆里，一进门，迎接他的是一把开了锋的太刀，从脑门上直劈下来——

和这扇门真像。他想。然后把门推开。

"唰——"

借着昏暗的光，高诚看到一根金属球棒正呼啸着砸向自己的脑袋。一瞬间，他以为自己的记忆发生了回溯。

真令人怀念。

尽管"欢迎仪式"出乎意料，但高诚依旧冷静。他不假思索地向前冲，球棒在背后抢空，高诚一拳砸向球棒主人的胸膛。

那是一个身材魁梧的大汉，但深陷的眼窝表明他的健康情况不容乐观。大汉挨了一拳，踉跄着后退。高诚顺势抢进屋内。

"你们终于来了……"大汉粗重地喘气，死死盯着他。

"我们？"高诚一愣。

还没等他发问，大汉怒吼着再次冲上来。看得出，他受过专业的搏击训练，动作又快又狠。金属球棒带着呼啸的风声，眨眼间到了高诚的头顶。冷森森的杀气，让高诚额头的汗毛直立起来。

高诚向一侧跳开。"砰"的一声，球棒砸在墙面上，尘烟四溅。高诚抓住大汉的胳膊。

大汉奋力甩开。高诚有些吃惊，没想到对方的力量会这么大。错愕间，大汉用膝盖顶向高诚的小腹。高诚退开两步，大汉重新抢起球棒。

"我和你们拼了！"大汉怒吼着，球棒砸向高诚的太阳穴。除了角度，和之前的两次攻击没什么分别。

没有威胁。高诚这么想着，却突然感觉身体不由得沉重起来，动作开始迟钝。就像置身于深海，被无处不在的水压向中间揉搓。他有过这样的经历，上次在马尔代夫潜水时，因为太兴奋，以至于出了岔子……

高诚一瞬间迟钝的表现，对大汉来说再熟悉不过了。不少对头都是在这一招下丢了性命。就如现在这样，一棍子下去，脑袋像西瓜一样爆开。然后自己就该想着继续逃亡的事情了。

但就在这时，他发现高诚的眼睛发生了变化：瞳孔不再漆黑，取而代之的是一种冷漠的银灰色。

"重力变化，正常1.73倍，参数改变，开始计算……"

无形的数据流从高诚眼帘淌过。他瞬间计算出了数千种概率和应对的可能，高诚随意选择了一种——在大汉惊骇的目光中，高诚像一个失去重心的木偶，陡然向前倒去。球棍擦着高诚的后脑掠过，气流带动了头发。高诚的额头巧合般地撞在大汉胸口，大汉只觉得一口气喘不上来，眼前发黑。

"当"的一声，球棒掉在地上。大汉瞪大眼睛，踉跄两步，背靠墙壁缓缓滑倒。

"你想死吗？"高诚盯着大汉，目光十分平静。

大汉大口地喘气，他盯着高诚一言不发，目光有些恐惧。他发现，这个银色瞳孔的家伙和之前仿佛变了一个人，就像一架没有感情的机器。

"你已经给了我杀掉你的理由。"高诚说，"我有很多种方法能够杀死你。有的很痛苦，也有的很平静，甚至比吃安眠药还要无声无息。我可以给你选择后者的机会，如果你把知道的一切都说出来的话。"

大汉身体开始颤抖。

"在这个世上，你并非无牵无挂。"高诚很平静地叙述这个事实，这种平静在大汉看来宛若魔鬼，"我知道你作案是为了家人，你需要钱。但你处理赃物的手法很糟糕，快递公司并不善于为客户保密。我随时能找到他们，用他们来威胁你开口。"

"啊……你！"大汉胸膛剧烈起伏，他挣扎着想要扑向高诚，却耗尽了最后一丝力气。他软软地躺在那里，如同离了水的鱼。

高诚一愣。他伸手在鼻子前试探了一下，然后露出不可思议的神情。

"死了？"高诚眨了眨眼，冰冷的神情瞬间消失，变成了一个满脸迷糊的宅男。

"什么情况，这是？"高诚张大嘴巴。他又检查一遍，发现大汉确实断了气。高诚承认刚才自己用家人来威胁那个大汉比较混账，但要说这能吓死人……他是决计不信的。

也许他本身就有什么急病吧，高诚想。然后他很快想到了自己，之前那冷漠的腔调和举动，让高诚一阵发冷。

这种情况，不是第一次出现了。

几年前，与黑座的那场殊死搏斗中，高诚和同伴们获得了胜利。但也就是那次，平凡的生活远离了他，高诚的脚步再无法驻足。

也就是从那时起，他的超能力发生了变化。原本只是高速运算，但渐渐地，这种堪比超级计算机的运算能力，将他的情感变得过于理性。第一次出现这种情况是在清迈，高诚记得很清楚，当时他冲向一个据点，用手枪淡漠地"点名"，仿佛那些活生生的人命只是个数字……

记忆让人头痛。高诚深深吸了口气，然后打量着这个房间。

这是一处中国内陆常见的小旅馆，空间狭小，卫生状况令人侧目，被褥上留有可疑的污渍。洗手间断断续续传来滴水的声音，那是年久失修的水龙头在抗议，可惜无人理会。

一切熟悉而陌生。就像这座城市，中海。理论上，它是高诚的故乡，但高诚已经淡忘了这里的一切。

从什么时候离开的呢？高诚想不起来。他真正的记忆始于基地，艰苦的训练几乎涵盖了生活的所有部分，剩下一点点，则是与一群同病相怜的伙伴相濡以沫。

如果有选择，高诚不愿意回到这个城市。但他追踪的目标却鬼使神差，带着他一路赶往伤心之地。

对，就是脚底下这个人，现在已经变成一具冰冷的尸体。

高诚是从报纸上发现这个家伙的。当时他在上海开了一个办事处，打着侦探事务所的旗号搜寻冈贤悟志的下落。同伴都在做这个，他们分散在世界各地。半年时间过去了，冈贤悟志依旧没有消息，户隐和他的黑座也销声匿迹，好像从来没在这个世界出现过一样。

直到那天，高诚在报纸上看到一宗案件。城隍庙附近的一家首饰店被盗，罪犯却没有留下一丝一毫的痕迹。这还算不上离奇，但之后的事情愈加吊诡，罪犯开始疯狂作案，几天内数家金店遭殃。与之前相同，仍是没有任何线索。

高诚开始跟进。但罪犯把上海搅得天翻地覆之后，掉头跑到了郑州。这一次，他留下了一些脚印，足迹专家推断，此人身高一米八，体重只有六公斤。这显然是个笑话，但高诚不这么看，他兴奋地抓住了这一点，开始千里追踪。

郑州之后是中海，高诚犹豫了一下，一头扎了进来。和想象中不同，没那么多喜闻乐见的睹物思人，他径直找到目标栖身的地方，然后发生了之前那一幕。

"这算怎么回事儿！"高诚揪着自己的头发。

人一死，线索就全断了。本来高诚想得很好，这人虽然看上去和黑座以及冈贤悟志没有瓜葛，但任何事情都不是孤立存在的。他有超能力，这就足够了。看似毫不相干的事情挖掘到最后，也许会出现意想不到的收获。

但可惜了。

高诚叹了口气。他听到楼下传来脚步声，便把尸体搬到床上，用被单盖住。但在最后时刻，他发现了一个奇怪的东西。

"这是？"

在中年男子的右臂上，有一个奇怪的文身，是几个非常简约的线条，隐约能看出是一座山峰。

"这文身够怪的——"高诚转身出门，和一名服务员擦肩而过。

二十分钟之后，高诚走进了另一家宾馆，这是他落脚的地方。

进入自己的房间，高诚打开床边的皮箱，取出一台笔记本电脑。他熟练地输入了一个网址。片刻后，屏幕出现一团扭曲的光芒。光芒旋转着，慢慢凝聚成一张欧洲人的面孔。

——红发，棕色瞳孔，嘴唇紧绷，一副沉默寡言的模样。

"你的衬衫。"对方说。

高诚低头看了看，才发现自己的衬衫纽扣居然扣错了一个位置。他摆摆手，无奈地说："布鲁诺，你们德国人是不是都这样？"

"那任务呢？"布鲁诺开始问重点。

"完蛋了——"高诚靠在椅子上，垂头丧气。布鲁诺等了一会儿，高诚开始讲述整个事件的经过。

"那个文身是什么样的？"布鲁诺询问。

"有点儿像山，挺抽象的，我也说不好。"

"给我看看。"

"我忘拍照了！"高诚倒吸一口冷气！

布鲁诺不禁抽了抽嘴角。

"我再去一趟！"高诚站起来，然后似乎想起什么，又沮丧地坐了回去，"没戏！尸体肯定被发现了，你说这事儿办的……"

他没敢抬头，隔着屏幕，高诚都能感觉到布鲁诺愤怒的温度。

"有件别的事需要你办。"隔了一会儿，布鲁诺终于开口。

"别，我怕搞砸了。"

"你去趟希腊。"

"啊？"高诚一愣，"欧洲不是你负责吗？"

"金俊浩丢了。"布鲁诺说，"我得监控数据，脱不开身。"

"他去希腊干什么？"

"跟女朋友旅游。"

"上次那个？"

"新的。"

"这小子要疯啊！"高诚其实挺羡慕对方的，但自己真没有这本事。

"三天了，联系不到他。"布鲁诺说，"你去调查一下。"

"为什么是我？"

"别人都在忙。"

"好吧……"高诚耸耸肩，"帮我办个旅游签证。"

"我有个更好的切入点。"布鲁诺说，"希腊国家情报局正在找侦探破案。他们丢了东西，代号'金苹果'。关于它的描述，据说能让人拥有不可思议的力量。"

"金苹果？"

高诚知道这个知名的希腊神话——三位女神为了一个金苹果争执不下，最后，负责评判的小伙子帕里斯，把金苹果送给了爱情女神阿芙洛狄忒。他得到了女神的许诺，娶到了最美的女人做妻子。

那个女人就是海伦，然后引发了著名的特洛伊战争。

"但这肯定不是原本的意思。"高诚问，"到底表示什么？你应该查到了对吧？"

"没有。"布鲁诺说，"深层次数据都是封闭系统，独立供电。"

布鲁诺的能力可以通过物理链路入侵、监控、掌握、修改各种数据。哪怕那里根本没有网络，只要通电都行。但对于独立供电的系统，布鲁诺无能为力。

"怪了，他们干吗找外人？"高诚有些搞不懂，"他们可是国家情报局啊！"

"也许是内部有什么问题——所以值得去看看。"布鲁诺说，"你知道，咱们现在需要对所有超凡现象进行调查。"

"也就是说……我的主业是调查金苹果，顺便找找金俊浩？"

"对。"

"可我连早餐吃的是油条还是驴肉火烧都记不清！你让我冒充侦探？"高诚有些崩溃，"能靠谱吗？"

"身份上我可以帮忙。至于能力——我相信你。"

"能力……"高诚哼哼两声。

"希腊情报局通过问卷形式筛选了一些人，想看看吗？"

"随便吧……"

布鲁诺点点头，然后突然消失。屏幕上开始流淌数据流，仿佛电影《黑客帝国》中的某个场景。几秒钟后，一张满是试题的问卷出现在电脑屏幕上。高诚盯着第一道题看了片刻，脱口而出："靠——"

第一题：请设计一个行为场景，提取其中要素，与黎曼猜想中的一些构想相对应。

"黎曼猜想是什么鬼？"

他又往下看，第二道，第三道……一共二十道题。后面的都和数学无关，但高诚依旧感觉自己的智商受到了鄙视。

"虽然一个都看不明白，但感觉很厉害的样子……"高诚举手投降，"布鲁诺？"

试题消失了。看着布鲁诺的面孔，高诚双手合十："以后这种东西不要发给我，拜托！"

"好。"

"具体要怎么弄？"

"有个人通过了测试。"布鲁诺说，"我来搞定这个，替换他的身份——然后你去希腊。"

"好吧。"高诚垂头丧气，"我去希腊。"

第三章

四小时前。

阿根廷，布宜诺斯艾利斯国际机场。

胡里奥拉着行李箱，正在等待登机。机场人流如织，闹哄哄的环境里，胡里奥却在思考邀请函的事情。

他是一名侦探。从出道开始，他破获了无数匪夷所思的案件。他天生就是罪犯的克星，所谓高智商犯罪在他眼中不过是个笑话。

事实上，以他高超的智力水平，无论干什么都会无往不利。但胡里奥还是喜欢这种与罪犯斗智斗勇的游戏——没错，只是游戏而已。

能从很多同行中脱颖而出，获得希腊情报局的正式邀请，这并不能令他兴奋——这是天经地义的。

真正让他高兴的，是能够亲身参与到这件事情当中。他能想象出，希腊情报局内部一定处于对抗和分裂中，否则不会请外人来参与。但这无所谓，他只需要一个施展手脚的机会，然后一鸣惊人。

阿根廷这个舞台太小了，不足以让胡里奥的事业达到顶峰——也就是说，他还不够出名。但没关系，这一次足够了。

"足够了。"胡里奥露出一丝微笑。

提醒登机的广播响起，胡里奥随着人流向前走去。即将通过安检的时候，他看到两名警察走过来。

警察径直走到胡里奥面前，仔细打量一番。其中一人问："米勒先生？"

胡里奥没有理会。但警察上前一步，对着他又问："米勒先生？"

"这个国家能叫错我名字的不多。"胡里奥高傲地看了对方一眼，"看样子你们刚入行不久。"

"抱歉。"那名警察露出一丝讥讽的笑，掏出一张通缉令。胡里奥看到，上面正是自己的照片，但名字是米勒。

"你们真是警察？"

胡里奥警惕地打量着对面的人，他开始怀疑这是一个骗局。一名警察递上自己的证件，胡里奥确认了一下，货真价实。

"是真的——但我也是真的。"胡里奥指指自己，"名侦探胡里奥，眼睛不瞎的话都会认识。"

胡里奥递上自己的身份证和护照。警察检查了一下，然后相视一笑。胡里奥有了一丝不祥的预感。

"从制作水平上看，跟真的一样。"警察叹了口气，"可惜的是，和我们数据库中的信息不符合。"

"跟我们走一趟吧。"另一名警察做了个手势。

"搞什么鬼？"胡里奥又气愤又好笑。

周围的旅客都在朝这边看，更远处也开始有看热闹的人群向这边聚拢。数不清的人指指点点地议论，胡里奥觉得自己变成了马戏团里的小丑。

"请不要让我们为难，您应该是个懂法律的人吧？"警察皱了皱眉，向胡里奥靠近一步，似乎在防备他趁乱逃走。

该死，为什么会出现这种事！

有那么一瞬，胡里奥甚至想一拳把警察打倒！他打定主意，会在最后一刻跳上飞机，威胁机长直飞希腊。如果对方不听指挥，他就卡住那家伙的脖子……只要到了希腊，他就能功成名就，拥有国际声誉和社会地位，再回头找出那个陷害自己的家伙，让对方明白究竟犯下了多大的错误……

当然，只是想想。

胡里奥压抑住心中的怒火和慌乱，强迫自己冷静下来。没有更多线索，他只能猜测，大概和自己接受希腊邀请有关。

"走吧。"

胡里奥长长吐了口气，跟着警察离开机场。

与此同时，一架直飞雅典的波音客机正从北京腾空而起。机舱里，高诚拿着一份文件，默默背诵上面的资料。

"我叫高诚，曾用名胡里奥……"

第四章

　　"我叫高诚，曾用名胡里奥。启明侦探事务所社长。"高诚伸出手，大声说着。

　　凯伦盯着他，没有任何举动。过了片刻，她看了看助手仍旧顶着的照片，又把目光落在高诚脸上："有些话不能乱说，会死人的。"

　　"我从不开玩笑。"高诚心里打鼓，他不知道布鲁诺做到了什么程度，但还是装出信心十足的样子，"我想你们的资料有些过时了。"

　　"这依旧是一个笑话……你等等。"

　　凯伦拿出手机。拨号时，她的力道几乎要把黑莓键盘按碎。

　　"接到人了？"局长问。

　　"接到了。"凯伦没好气地说，"不过我猜他先去韩国转了一圈，然后整容成一个亚洲偶像——不错的技术。但海关的人都是瞎子吗？这样居然都能让他过关？"

　　"我猜你的意思是，接到了一个亚洲人？"

"我得说声佩服⋯⋯你怎么听懂的？"

对面传来大笑的声音，凯伦一阵皱眉。然后局长继续说："我猜就是这样，你根本没看我给你的更新资料。"

"更新资料？"凯伦看了助手一眼，年轻人用耸肩表示一无所知。

"我们一直以为他是个地地道道的阿根廷人，名字，外貌，都天衣无缝。但我们深入调查之后⋯⋯大概是昨天晚上，才发现这都是假象。实际上，他真名叫高诚，定居在中国，在阿根廷活动的胡里奥不过是个傀儡。"

"为什么这样？他有病吗？"凯伦毫无顾忌，还看了高诚一眼。

高诚报以微笑。

"也许出于怪癖，也许他有个厉害的仇人，谁知道呢？我们只需知道，他有能力，并且接受了我们的雇用。这就足够了。"局长说。

"好吧，这是你的事情！"

凯伦挂断电话，然后盯着高诚。高诚也在打量她。这是一个充满魅力的女人，身材高挑，大约有一米七，黑白相间的西服套裙非常合身，裹得玲珑有致。面庞轮廓深邃，就像雕塑中那些女神一样。

凯伦留着短发，亚麻色，很符合高诚的审美。如果不是那双眼睛中透露着明显的不信任，一切就太完美了。

"听着，你是不是胡里奥并不重要。"凯伦瞪着他，一字一顿地说，"我现在的任务是把你带到局长那里，然后一切就和我无关了。明白吗？"

"啊？"

"我是说，在此之前你给我老实点！"凯伦转身朝外面走去，高诚仍旧呆呆地站在原地。凯伦转过身，大吼，"跟我走！"

他们上了那辆黑色的沃尔沃轿车，助手开车，两人并排坐上后座。

"我以为你对我有看法。"高诚想找个话题，笑着说，"但还好，你没把我一个人扔在后座上。"

"我得看着你。"凯伦的蓝眼睛里映着高诚的影子，冷冷地说，"我不想你在我的视线外搞什么花招。"

"拜托，我可是你们局长的客人。"

"但不是我的。"

两人的谈话结束了。气氛不太融洽。轿车默默地开着。高诚心情很差，但他安慰自己：情况还算不错是不是？至少自己没一下飞机就被抓起来。至于这位凯伦探员……正如她所说的，见到局长后她就算完成任务了，双方再没关系。

静默的时光，让高诚不由自主地开始想着过去的事情。有时候，他都怀疑自己是不是未老先衰，否则为何这样喜欢回忆呢？最近他总怀念东京，怀念那段平凡的美好时光。怀念宫本瞬那张面瘫脸，还有他妹妹——宫本杏飘忽的身影。

宫本瞬是高诚的兄弟。"兄弟"这个词，代表着生死与共，比朋友更进一步。高诚与宫本瞬共过生死，关系牢不可破。在东京，他们挤在几平方米的屋子里一起喝朝日啤酒，畅想未来。高诚还记得，他们积累的啤酒罐堆满了墙角，然后高诚用它们搭了一座埃菲尔铁塔的模型。

再后来，宫本杏闯入了高诚的生活。他承认，自己有点喜欢那个女孩。但对方看上去那样柔弱，高诚生怕惊吓了她，始终不敢表白。

同时他也有些不确定，他觉得宫本杏距离自己很远，就像风筝一样飘忽不定。高诚抓不住那身影，就像把握不住自己的心一样。

高诚觉得一切都需要时间去梳理，也许能水到渠成。但时间从不等人，黑座的事件爆发后，一切都变了。所有人都在为冈贤悟志的下落奔走，忙碌的高诚反而更加看不清自己的心。

凯伦在有意无意地观察高诚。这是一个很好看的男人，经历过很多故事，正在陷入某种回忆……但这和侦探没什么关系，一个放牛郎也符合以上标准。

对于高诚，凯伦有一种先天性的不信任。他不是南美人，居然是个亚洲人——这不是种族歧视，而是突然的变化让凯伦措手不及。得承认，她当时有点狼狈，只是谁都没看出来。

凭直觉，凯伦觉得这里面有问题。但她是个特工，不能靠直觉吃饭。必须讲证据，凯伦正在寻找这些。

机场距离雅典市区有三十公里，轿车开得很快，只用了半个小时就进入市区。路况不好，车子慢了下来。汽车经过宪法广场，能看到通体淡黄色的希腊国会大厦。往东一点，一溜大理石台阶通向阿玛利亚大街，那里有许多错落有致的小房子，都是咖啡馆。

今天不算清静，许多人正在闹哄哄地游行。高诚不知道他们在诉求什么，但沉湎于过去的思绪确实被打断了。他看着激动的人群来来往往，琢磨着今天是什么日子。

事实上，什么日子也不是。宪法广场是游行圣地，每隔几天就来上这么一回。反正希腊人崇尚自由，对政府又有太多不满。

过了二十分钟，汽车穿过宪法广场。前方是奥林匹亚村，远远能看到里面突兀地立着十几根巨柱，柱子外表是一根根笔直的刻线，白色的大理石斑驳着远古的时光，略微显得发黄。柱子上面支撑起屋顶——已经残破不堪，只剩下几根石头制成的檩条。尽管如此，依旧显得高贵圣洁，威风凛凛。

或许是想活跃一下沉闷的气氛，开车的助手介绍道："那是宙斯神殿，当年有104根柱子来着，可惜被大火给毁了。"

"最近？"

"……两千年前。"

"抱歉，我走神了。"高诚恨不得给嘴巴装个拉链。

轿车迅速把神殿甩在后面。往南开了一段，他们又兜了个圈子，朝西北方驶去。

"前面是雅典卫城，那边是巴特农神庙，很多人来希腊就是为了看这个。"助手继续说。

"真不错。"高诚点头。

又不知过了多久，前方再次出现一座希腊风格的古代建筑。高诚有点恍惚，他觉得自己似乎见过这景象。是在梦里，还是旅行介绍册？还是某些似是而非的回忆？有时高诚都怀疑自己是不是得了什么病，爱回忆也就罢了，记忆也经常错位。

于是他问："这是什么地方？"

车内沉默片刻。高诚发现凯伦正以一种奇怪的眼神看着自己。她那副好看的眉毛微微抖动，似乎在发怒，又似乎在笑。

"你真是侦探？"

"有问题？"

"我认为敏锐的观察力是侦探的必备素质。"

"完全赞同。"

"那个是宙斯神殿。"凯伦指了指外面。

"啥？"

高诚终于明白了些什么："咱们在兜圈子？我懂了，这是秘密行动！"

"问题不在这儿。"凯伦盯着高诚，"重点是，为什么你看不出来？"

因为这就是我的真实水平好吗！高诚当然不能把心里话说出来。他尽量让语气自然一些，说："所以你现在明白了，名侦探和普通侦探的区别——我具备他们没有的幽默感。"

"是吗？"凯伦报以冷笑，"我以为你得了阿兹海默症。"

"你开玩笑！我这么年轻！"

"一切皆有可能，病理学总会出现奇迹。"

如果话语是炮弹，那高诚已经粉身碎骨。他装作若无其事，却无法忽略身旁冰山一样的气场。凯伦挪开视线，认为自己已经抓住了这家伙的尾巴——侦探？别逗了，也许他应该去看看神经内科。

高诚暗示自己必须厚起脸皮，同时心底在埋怨布鲁诺，一个旅游签证多好，非让自己玩什么角色扮演，这是正常人干的活儿吗！高诚看了看凯伦，那个希腊女郎目视前方，脸上毫无表情。他看不透对方想法，于是更加谨慎——具体方式就是不说话。而凯伦，干脆比他更沉默。

车内气氛结了冰，助手深吸一口气，握方向盘的手指有些僵硬。前方车辆和建筑渐渐稀少，轿车正在离开市区。他们驶上了一小段山路，大约五公里的样子。路面不宽，左侧有一条几米深的路沟，里面满是碎石，仿佛一张生满乱牙的狭长大嘴。右侧则是削平的山体，褐色的岩石像粗糙的犀牛皮，背阴处的苔藓是暗绿的胎记。

这不是让人愉快的景致。高诚把视线移到更远处。湛蓝的天空上有低矮的云团，阳光柔和地洒下。这让他心情好了一些，似乎来希腊也不全是坏事。一辆集装箱卡车从他们左侧超过去，两车交错的那一刻，体形肥硕的司机正在打着哈欠。

欧洲卡车司机大概都一个样子，壮硕、直率，说话瓮声瓮气，一顿能吃十个汉堡——至少高诚是这么想的。他朝卡车司机招招手，抱以和善的微笑……但随即，他瞪大眼睛——

那辆大卡车毫无征兆地改变了方向，庞大的车身挤压过来！就这么一瞬间，它充斥在高诚的视野里，越来越近！

"小心！"

高诚想大喊一声，但另一侧的凯伦比他反应更快。她大叫着："伊恩！那辆车！"

叫作伊恩的年轻助手训练有素。他猛然扳动方向盘。沃尔沃轿车急速打轮，向左侧飘移。几乎同一时间，大卡车占据了轿车原本的位置，而且仍在继续靠近！

"加速，伊恩！"凯伦绷直了身体，死死盯着那辆车。这不像是一场意外。

高诚到现在仍旧以为这是单纯的事故。他把头探出车窗，想叫醒那位卡车司机。于是，更为惊悚的一幕就在头顶发生——巨大的集装箱摇摇晃晃，好像没有固定一般，随着卡车的晃动，发出令人牙酸的声音，轰然倒下！

高诚仰起脸，看到天穹变成了钢铁。

"冲过去！"凯伦大叫。

伊恩愤怒地骂了一句希腊脏话，将油门一踩到底。轿车发出轰鸣，巨大的惯性把高诚扯回来，死死压在座椅靠背上。真皮座椅足够松软，他几乎整个人陷进去。阳光被头顶的集装箱遮蔽，车内一片昏黑，耳中只能听到发动机绝望的号叫。身边，凯伦紧紧抿着嘴唇，她盯着前方越来越近的光明——

轰的一声！

集装箱砸在轿车的尾部。轿车猛地翘起，然后砸回地面。四轮发出痛苦的摩擦声，继续急速向前。

"这他妈的是一场谋杀！这群王八蛋！"凯伦望着残破的车尾，才感到劫后余生的恐惧和庆幸。那辆卡车停在原地，被刹车产生的浓烟笼罩起来。

凯伦把枪握在手中。冰冷的触感让她稍稍安心。这时候，只有武器才是最值得信赖的伙伴。她本想顺势给那个蓄意谋杀的卡车司机来一发，可惜那家伙已经不见了踪影。

算他运气好。凯伦的思维刚刚转到这里，便看到一个黑影扑向自己。是高诚！他终于露出真面目了？凯伦刚刚抬起手腕，就被压倒在座椅上，面部在皮面上摩擦，火辣辣地痛。

浑蛋，我要……凯伦的反击还没展开，一声巨响突然在耳边炸开。火星崩在脸上，车厢内满是焦糊的味道。凯伦抬起头，惊愕地发现座椅靠背上出现了一个焦黑的大洞！

"狙击枪！"

凯伦倒吸一口冷气！如果不是高诚，自己的脑袋已经成了一颗四分五裂的西瓜！她惊魂未定，却发现高诚正紧张地注视前方。

不知是不是错觉，这家伙似乎变了一个人。

顺着目光看去，凯伦脸上顿时失去了血色。

"伊恩！"

轿车前挡风玻璃上出现一个大洞，蛛网般的裂痕向四周延伸。伊恩已经成了一具尸体。他横躺在座位上，鲜血汩汩流出。汽车歪歪斜斜冲向路基，而外面——路沟！

以轿车现在的速度，冲下路基就等于死路一条！但凯伦来不及做任何事，汽车正在义无反顾地冲向死亡深渊！

"速度每小时140公里，倾角26度，摩擦系数……"

生死时刻，看不见的数据从高诚脑海中闪过。他陡然从后座跃起，半截身子扑进驾驶室。就在轿车即将冲下山崖的一瞬，高诚将方向盘死命打向另一头。

嘎——

猛烈的转向产生巨大的惯性。轿车发出痛苦的呻吟，四轮再也无法抓牢地面。它向着右侧翻滚起来，伊恩的尸体顿时被甩了出去。

"伊恩！"

凯伦大叫着，但无能为力。天旋地转，她拼命抓住车窗附近的把手。恍惚间，她看到山体猛扑过来，准备将轿车碾碎。但撞击的瞬间汽车又翻了个个儿，恰好以四个轮胎迎上了岩石。沉闷的声响令人心悸，瞬间的缓冲之后，又向左侧翻滚。

四轮着地，轿车绝尘而去。

"等等！"凯伦忍住胃里的翻滚，拼命扭头寻找伊恩的尸体。但她什么也看不见，汽车已经拐过了弯道。"我们不能把他丢下！"

"他已经死了。真是愚蠢的行动。"高诚在前面开车。狂风从破损的车窗灌进来，让他的声音断断续续。

"你说什么？"后座上，凯伦瞪大眼睛。

"你害死了他。"高诚扭过头来，"行动路线规划得毫无意义，充满破绽，偏偏你还自鸣得意。"

"闭嘴！"凯伦再也忍受不了，失控般地大叫起来，"听着，根本没有什么秘密行动！对，之前都是我授意的，只想试试你这个白痴！懂吗？根本不应该发生任何危险！"

"有人想要你的命，自己却不知道？那你比我想象的还要愚蠢。"

凯伦紧紧咬着嘴唇。尽管高诚的话十分刺耳，却并非没有道理。她开始反思自己的人生。知道自己行动路线的只能是内部人员，自己的脾气得罪过很多人，一个星期前，还嘲笑过蒂娜那身红裙子的品位……但只要脑袋还算正常，就不可能为这类鸡毛蒜皮的小事儿痛下杀手。

慢慢地，她想到了两个星期前，自己和局长在办公室的一次谈话。

第五章

那是一个明媚的下午，凯伦叼着一支万宝路黑冰，有滋有味地吸着。她对面，局长在剪开一支雪茄，点燃后慢慢吸了一口。烟雾升腾，两人隔着一片朦胧对视。

"我这里是吸烟室？"片刻后，局长开了腔。

"这屋子除了能自由吸烟，我想不出别的优点。"凯伦说。

"别这样。"局长苦恼地摇摇头，"你知道，我的压力很大。"

"你简直变了个人。"凯伦盯着他说，"九年前，是谁雄心勃勃地告诉我，要把希腊国家情报局振兴起来，让它和CIA、FBI齐名的呢？我不明白，那个人到底去了哪儿？"

"一切都在变化，已经不是当初那个时候了。你知道，我们的敌人很强大。你大概没走过钢索。对，就是那种感觉，我每走一步都觉得胆战心惊。"

"不是我们，是你。"凯伦皱了皱眉，"我不明白，你为什么对宙斯副局长有那样大的戒心。你就这样担心自己局长的位置？"

"还有两年我就退休了。"局长看着她，"你会认为我在担心这个？我不知道你为什么对宙斯这样信任……也许如果不是那些事，你早就跑到他那边去了。"

那些事。凯伦知道局长在说什么。她在十六岁的时候失去了人生方向，差点堕落成标准意义上的坏女孩儿。她跟着一帮飞车党骑摩托车，在冷夜里狂飙到一百多迈。她泡夜店成瘾，吸烟，喝酒，甚至尝试过K粉。作为监护人的姨母断绝了她的经济来源，凯伦就在一帮朋友的诱惑下去了亚里士多德大街——这条以希腊圣贤为名的大街早成了著名的红灯区。

幸运的是，凯伦的第一次交易被警方中断了。她和一帮妓女被抓进了警局，姨母拒绝保释，甚至宣布断绝关系。凯伦至今记得，她被释放的那一天，在人潮人海的雅典街头游荡，仿佛孤魂野鬼。她眼神空洞，找不到人生意义。直到月上中天，她在夜风中抱头痛哭。

就是那时候，她遇到了一位可以称作"父亲"的人，就是局长艾伯特。他给予她指导，让她看清了人生方向。凯伦从小失去了双亲，下意识把局长填补到了这个位置。虽然她从未这样说过，但双方都明白。

我这是在关心你。这是凯伦的心里话，但说不出口。凯伦觉得如果自己的父亲还活着，大概也是这种相处状态。有时候她自己也奇怪，快三十岁的人了，叛逆期却还没过去。

凯伦尝试让自己的态度软化一点："艾伯特，我觉得你思虑过重。就算宙斯是你的敌人，又能怎么样？等你退休后，我也有足够的力量保护你，他不可能……"

"不，你不明白。"局长吐出一口烟气，让他的面孔更加朦胧，

"他不单是我的敌人，也是希腊，这个国家的敌人。又或者……"

凯伦呆呆地看着局长，然后听到他后半句话。

"整个世界。"

第六章

　　凯伦的想象力还达不到国家或世界之敌的高度，暂时只能关注情报局内部。如果局长所言为真，那这件事只能与宙斯有关。但他为什么要这样做？确实，那位副局长明里暗里拉拢过自己，自己也明确表示过拒绝。如果这能成为刺杀的理由，那情报局大概得少上一半人吧？

　　凯伦的脑子一片混乱，汽车却停了下来。她向外看，路边一片荒凉，满眼都是黄土和碎石子，没什么植被，只有几棵稀疏的矮树作为点缀。高诚从驾驶室出来，拉开后面的门。

　　"我不知道往哪儿开。"

　　凯伦看着他的脸。也许应该说声谢谢，刚才他救了自己一命。但凯伦说不出口，就像面对局长永远也学不会说一些温情话一样。她僵硬地点点头，到了前面的驾驶室。

　　座椅上有血，是伊恩的。那是一个活蹦乱跳爱搞怪的小伙子，跟了凯伦四年，受了四年的"欺负"。凯伦的脾气总是很火暴，伊恩正相反。调皮的表象下隐藏着一颗温柔的心。凯伦见过他的女友，那一次在星巴克，伊恩温柔地用纸巾帮那个女孩子擦拭嘴角，眼神中的柔情简直能将对方沉毙。他们快要结婚了，就在几个月后……

该死的！凯伦死死捏着方向盘，指节苍白。伊恩不在了，婚礼没了，幸福的大厦从根基处被挖断，轰然倒塌。凯伦不知道怎么去和那个未婚妻子说，她开不了这个口。

酸涩的东西在心底酝酿，随着这些回忆猛然爆发。凯伦逃避一样发动了汽车，死死踩下油门。狂风立刻从破碎的车窗灌进来，带走了眼角的湿润。

二十分钟后，他们停在一座别墅前。这里很僻静，周围除了大片的油橄榄树，看不到其他建筑。别墅是经典的地中海风格，上下两层，平坦的屋顶上摆着一张太阳椅，还有一把合拢的遮阳伞。墙面用蓝白相间的颜色粉刷，反射着阳光，有些刺眼。上面还爬着常春藤，看上去有些年月了。

他们会面的地点并不是在情报局，而是这座局长的秘密居所。之前这么安排的时候，凯伦还嘲笑局长的谨慎，但现在看来，并非没有道理。

别墅内部的装饰色以淡绿为主，让人感觉十分舒适。客厅墙壁上有一张波斯风格的挂毯，棕黄色的繁花密布在漆黑的底色上，朵朵盛开。下面是沙发，一个男子靠在里面，正在擦拭一盆翠绿的观赏植物。盆栽挺小巧，随手就能拿起的那种。听到脚步声，他抬起头来。

高诚看到，这人有五十多岁，穿着一身浅咖啡色的休闲西服，带着彬彬有礼的风范。他的脸上带着笑，做出打招呼的姿态。

"艾伯特，"凯伦深深吸了口气，"伊恩死了。"

艾伯特——希腊国家情报局局长睁大眼睛。他看到凯伦和高诚身上的血迹。凭借多年的经验，他知道那是别人的血：只能是伊恩。他回想着伊恩的样子，那个风趣的大男孩儿……

他慢慢站起来。高诚注意到，他的右手正在攥拳，关节变得青白。

"发生了什么事？"他问。

"有人想要我的命，"凯伦脑子里浮现出疯狂冲向路沟的汽车，补充道，"也许是所有人的命。先是车祸，然后是一发子弹……"

她回想着当时的情景，情绪激动起来："要不是伊恩，我们第一下就完了！他救了所有人，除了他自己！知道吗，他有个交了四年的女朋友，今年就要结婚了！你知道吗！"

艾伯特沉默着，身躯似乎矮了几分。

"为什么会这样？"凯伦盯着他，"这和我想象的不同，这不该是个危险任务对吗？艾伯特，你没有跟我说实话。"

"抱歉。"艾伯特说，"我没想到会这样……是我的错。"

凯伦突然说不出话来。是艾伯特的错吗？不，他提醒过自己。情报局内部的势力冲突、拉锯、对抗……他都说过。但凯伦把这些当成耳旁风，她厌恶这种斗争，宁愿把精力放在其他事情上。但事实就是，这么做只是掩耳盗铃，并且因为堵住耳朵，察觉不到正在靠近的危险。

其实是我的错。高诚说得没错，是我害死了伊恩。凯伦想。

"对不起，"凯伦一下失去了力气，用手抚着头，"我太激动了，这不是你的错。"

"伊恩是个棒小伙儿。我们会……"后面的话，艾伯特说不出来。补偿，抚恤，嘉奖，还是别的什么？当然，这些都会做，组织内部有标准流程。但对于死者来说，一切已经毫无意义。

"我想一个人待会儿。"凯伦的声音有些沙哑。她穿过走廊，到另一头的阳台上，开始狠狠地吸烟。

艾伯特朝凯伦的方向担忧地看了一眼，又把目光落在高诚身上。

"抱歉。"艾伯特顿了顿，重复道，"非常抱歉。我没想到……真的没想到。"

他能断定这件事跟宙斯有关。轻微地刺激一下对方，然后观察反应，看看是否有漏洞可以利用——这是他请高诚来的本意。但想不到的是，对方的反应竟然如此激烈。

高诚有些纳闷，问道："这很正常吧。你们内部不是有斗争吗？斗争嘛，不就是你杀我、我杀你？"

反正电影里都是这么演的！他想。

艾伯特一愣。他看着高诚，眼睛微微放光。

"简单、粗暴，但直指本质——我没找错人。"艾伯特伸出手，"认识一下，希腊国家情报局局长，艾伯特。"

"高诚。"

两人握了一下手，坐在沙发上。高诚认真打量这位局长。据说他五十多岁，但看上去比实际年龄大。只有眼角眉梢还残留着些锐利，能看出年轻时的意气风发。

岁月在他脸上无情地留下了痕迹——或许还有别的，比如眉头之间那深深的刻痕，只有长期皱眉的人才会如此。但无论怎么说，他都算是个美男子，而且越老越有味道，就像马龙·白兰度。

局长给了高诚观察的时间，直到视线收回，才开口说："让我们开门见山。我请你来，是想让你负责一项调查。但你也看到了，情况很糟，非常危险。如果你想退出，我立刻帮你订下午的机票。你可以当作一切都没发生过。"

真棒。

高诚这么想着，嘴里却不得不进行另一套说辞："我从不害怕危险。我是在枪林弹雨中长大的——我是指办案总伴随危险。我和这世界最危险的敌人搏斗过，还炸掉了那家伙的房子——哦，请把这当作一种比喻。好吧，我的意思终归就是：我不会离开。"

局长看着他，似乎在发愣。

"请问……"高诚摆摆手。

"哦，抱歉，我有些难以置信。"局长苦笑着，"你知道吗，我从没想过，会有素不相识的人在这种情况下继续选择帮忙。这真是一个巨大的惊喜。"

"这世界上总有些人是特殊的。"

"我明白了。"局长站起来，如果高诚细心，会注意到局长的动作十分小心，大约是怕碰到旁边那株盆栽。

但高诚根本没有留意。只听局长叫了一声："凯伦？"

凯伦已经换了一套干净衣服，气色也稍好了一些。也许是高诚那番表态的缘故，凯伦对他的态度稍微缓和，竟然主动点了点头。高诚都觉得受宠若惊了。

"我们准备出发。"局长说完，又对高诚说，"请把血衣换下来吧，房间在那边。"

趁高诚换衣服的机会，局长小声询问凯伦对高诚的看法。凯伦想了想，慢慢地说："这是一个很矛盾的人。有时软弱得过了头，有时又像个刽子手。身手很好，反应敏捷，超乎寻常……没有他我就死了。如果你告诉我，这是你请来干掉宙斯的杀手，我肯定相信。"

"你的意思是？"

"他可以像世界上任何一种人，但绝对不像一个侦探。一点也不像！"

第七章

高诚看着路边的风景。汽车正在驶向一片荒芜。公路两旁丛生的杂草以一种狂野的姿态向上滋生，仿佛整个世界都在燃烧着绿色的火焰。更远处是黑压压的丛林，以一种诡秘的姿态盘踞着，看上去随时会从里面跳出个怪物。

"我们去哪儿？"他问。

"三号研究所。"局长说。

"还很远？"

"快了。"

高诚看着前面。按时间估计，应该已经离开雅典五十多公里。汽车又开了一会儿，拐上了一条小路。他们蜿蜒着进入了那片丛林，气温立刻降低，轻风变得阴森，带着古怪的植物香气。一只松鼠蹲在枝头上看着汽车发呆。远处传来鸟类扇动翅膀的声音。

拐过一个弯子，前方出现一大片空地。周围的树木整齐划一地避开，诉说着人工砍伐的暴行。空地外围是三米高的铁丝网，一根根尖刺闪着寒光。一些武装人员在巡逻，枪口从一个方向划向另一个方向。

在这层层的保护中央，是一座灰白色二层楼房。一路上，高诚不止一次猜测过三号研究所的模样，但绝没想到会如此地平淡无奇。

楼房是个规整的长方体，就像一块积木躺倒在地面上。第一层很高，有宽阔的大门——闪着银白金属光泽的侧拉门是唯一特殊的地方。第二层和普通的办公楼没有任何区别，从窗口能看到里面的人在忙碌，几个穿着职业装的男子正盯着电脑屏幕，研究某种报表。

隆隆的声音中，金属大门打开，露出向下的道路，汽车径直开进去。下面是庞大的车库，头顶上是一盏又一盏射灯，令人目眩。高诚想起了一部叫《永无天日》的恐怖片，罪犯开着一辆6000磅重的卡车，在停车场里不停追逐主角。这种不安的感觉直到上了电梯才被消解，但不断向下的电梯似乎没有尽头，这又让高诚想到了另外一部叫作《黑暗楼层》的片子。

当然，电梯终究没出现怪物。漫长的过程只是说明了地下设施有多么庞大。这座二层小楼远不像看上去那么不起眼，它只是冰山浮出水面的一角，深邃的部分全在地下。

电梯并未直达。通过甬道连接，他们连续换乘。就像目前这个，在高诚印象里，这已经是第三部了。这种设计有利于层层布防，不至于让某些闯入者长驱直入。当然，指望高诚明白这个道理，那未免不切实际。他只是觉得——好烦……

几分钟后，他们停下来。

电梯门缓缓拉开，一束强光照射进来。高诚眯起眼睛，隐隐看到一个大厅的轮廓，天花板闪烁着刺眼的灯光，仿佛一千个太阳在燃烧。有那么一会儿，高诚只看到这些东西，随即眼睛才慢慢适应。

"我的天——"他看着眼前的东西说。

在大厅中央放置着一样东西。足有一人多高，呈规则的圆形。它有无数个切面，每一个切面都比最明亮的镜子还要晶莹。它简直就是一颗巨大的钻石，不，或许是蜂巢——因为每个切面都微微凹陷。总而言之，它是一个晶莹剔透的多面体聚合物。在灯光下，它数不清的棱角向四面八方折射出耀眼的光斑。

"这是什么玩意儿？"高诚用手挡住眼睛。

"不知道。"局长说。

高诚看了看他，发现局长毫无开玩笑的意思。

"这里原本是宙斯负责。他是情报局的副局长，宙斯是他的代号，一个很厉害的家伙。"局长解释道，"如果不是这里出现意外，我根本插不进手。可现在看来，他故意丢给我一个烂摊子。"

听着局长的话，高诚已经走到了巨大的透明"蜂巢"旁边，他伸手敲了敲，那东西发出清脆的声音，有点像玻璃。

"喂！"凯伦想要阻止他。局长摇摇头，表示无所谓。

高诚转到"蜂巢"背面，发现了一个很大的裂口。他把头探进去，里面是空的，能看到无数起伏的菱形。他伸手摸了摸。

"怎么样？"局长问。

"有点儿硌手。"高诚钻出来，然后一愣，"这是什么？"

他指着不远处的地面。那里用黄色的线勾勒出了一个人形。旁边还有一对脚印，也做同样的处理。

"一起命案。这正是找你来的原因。"局长说，"也就是那时候，金苹果丢了。我想这肯定是一回事儿。"

"能具体说说吗？金苹果到底是什么？"

高诚说完，发现凯伦的眼神有些奇怪。他不知道自己哪里犯了错，就问凯伦怎么了。凯伦摇摇头，什么都没说。事实上，凯伦觉得高诚听到"金苹果"的时候反应太过平淡，似乎早就知道一样。但她决定继续观察。

"金苹果是宙斯的研究项目，大概是最神秘的一个。"局长说，"我们只知道这个代号，其他什么都不清楚。"

高诚眉毛拧了起来。这位局长知道的也许还没自己多。他想起自己在东京做保险理赔专员的时候，要面对一大群给自己设置重重障碍把真相隐藏起来的家伙。瞧，那种感觉又回来了。

"信息有点儿少，"凯伦朝前走了几步，微笑着说，"但难不倒一个阿根廷神探，不是吗？"

"你说过我不是。"

"我收回。"

我讨厌这女人。高诚看着眼前的黄色人形。如果真的胡里奥在这里，大概就抓瞎了——反正高诚这么想。但他必须拿出点什么，才有可能深入这个案件。

他在心中默念：机械心灵，启动。

一瞬间，所有的情绪从高诚眼神中屏退，取而代之的是一种冰冷的淡漠。凯伦敏锐地察觉到对方气质的变化，微微挑起了眉。

和上次一样？凯伦想起那次尖锐刻薄的交谈，深深吸了口气。

高诚缓缓踱步，从大厅这头走到另一头。他双眼扫视，像一台高速摄像机，将所有图景保存。数不清的数据纷至沓来，在脑海中一一呈现。

他看到金色的微尘在空中沉浮，看到雪亮的灯光以不可察觉的频率闪烁变换，看到黄色线条勾勒出的人形——它在逐渐充实，仿佛从地里生长出一个真正的人。

世界的色彩变得浑黄，仿佛一架老旧的放映机，正播放着几十年前的拷贝。一切都在慢慢倒退，一切都在重新呈现。

他"看"到，死者倒在地上，双手摊开，右手边有一个未曾完成的字母。他"看"到，那双足印如加速时光的树苗，"生长"出一个高大男子。他的面孔朦胧，一动不动地凝视着死者。

双方这样对视，很久很久。

只是几分钟，但在高诚的世界里，这段时间被拉扯到了难以想象的长度。他感到胸口发闷，似乎有热辣辣的东西要从血管中喷薄而出。

极限了。高诚淡淡地想。

解除能力的瞬间，高诚看向那颗半透明的巨大晶体，毫无表情的脸上居然露出了一丝惊愕。

他发现，这块晶体的信息居然一片虚无，呈现出难以理解的空洞。

能力关闭。

每次深度调动能力，高诚都会有一种错觉。他感到自己正在无尽地缩小，一直低到灵魂深处的尘埃中。他仰望着一个巨人缓缓升起，占据了躯壳。那是一个无所不能的神灵，或者说是一台能够计算世间万物的巨型计算机。自己则是傻呆呆地守在输出端，等着计算结果的用户。

他得到的只有结果。反正论证过程什么的，根本看不懂……

“这里有两个人。”高诚伸出两根手指。

凯伦和局长等待着。但过了片刻，高诚依旧在持续这个很“二”的姿势。于是，凯伦有了一种可怕的推论。

“没了？”凯伦问。

“稍等……”高诚摆摆手。难道他要告诉对方，因为结论的数据太多，他刚才已经给忘掉了吗？

高诚的目光闪烁了几下，就像电压不稳的灯泡。他瞬间开关了一下能力，让淡忘的数据重新浮现。

“两个人。死者身高一米七八，体重七十六公斤。死因是被人徒手刺破胸腔，造成心脏破损以及内出血。他是左撇子，死亡前曾用左手写字，但只完成了三分之一个字母，百分之六十的可能性是希腊字母‘A’。凶手身高一米九三，体重九十公斤。右手十分有力，经过专业的格斗训练。有一定解剖学知识，刺破心脏时恰到好处地绕开了肋骨。”

高诚如相声贯口般说完这长长一段，拼命地吸了口气，将自己从快要憋死的窘境中拯救出来。

对面的两人已经听呆了。

“你……”凯伦几乎说不出话。

“有错？”

“不……”凯伦心里想，这简直如亲眼所见！他是怎么做到的？难道这家伙真的是个出色的侦探？不，一定是哪里出了问题……

局长同样露出震惊的表情。高诚对自己的表现很满意：真长进了，就刚才那段话，放以前三五遍也背不出来呀！

“漂亮。”局长轻轻鼓掌，“分毫不差，真不知道你是怎么做到的。"

抱歉，我也不知道。高诚在心里说。

有时候，高诚会想自己究竟何时出的这个毛病。小时候，他的能力不叫这个，大概属于超级计算能力那种，被同伴称为"计算机"。如果参加比赛，他能轻松战胜世界上所有心算高手，并将世界纪录推到令人瞠目结舌的地步。但这只是能力的一部分，他还可以统合大量信息，瞬间得出最佳的结论和方案。

高诚很喜欢那时候的能力。虽然远不如现在强大，但真正属于自己。那时候，他心思敏锐，记忆力超群，是个真正的精英人士。不像现在，不开启能力的时候，三言两语就会被当成一个一无是处的宅男——事实也是如此。

也许是第一次和黑座的战斗……不，也许是第二次，高诚记不清了。反正当能力变化之后，高诚的记忆一直有些模糊。新的能力是如此强大，却让高诚感到不适。正如这个名字：机械心灵。这是独立于他之外的东西，仿佛大脑被分裂出去一部分，做着一些自己也不明白的事情。

比如现在。

高诚默不作声。局长看了看凯伦，这次凯伦没有再表达反对意见。局长从口袋里掏出一张相片。上面是一个面容冷峻的白人男子。三十多岁，高大，棱角分明。

"这就是你说的那个'身高一米九三，体重九十公斤'的家伙，名叫阿瑞斯。"局长把照片交给高诚，"他是情报局的探员，负责三号研究所的安全工作。前几天，他杀死了同伴，带着金苹果逃走了。"

"你们没有监控录像吗？"

"那天发生了高磁现象，所有监控失灵。"

高诚只得耸耸肩。

"找到这个人，拿回金苹果。"局长看着他，"这就是我的委托。"

"找一个完全不知道是什么的东西，这太逗了。"高诚皱眉，"说实话，我连雅典的路还认不清，我需要一段时间来适应。"

"会有人协助你。"局长理解地点点头，说，"凯伦，这件事交给你。"

"不！"

凯伦和高诚相互看了一眼，同时叫起来。

第八章

希腊情报局副局长办公室里，有一幅叫作《宙斯与赫拉》的油画。那是意大利画家卡拉奇的名作，须发银白的宙斯用热切的眼神盯着天后赫拉，色彩瑰丽，人物生动。

这幅画价值不菲，但说实话，代号"宙斯"的副局长并不太喜欢。神话中，那位众神之王的七情六欲未免太过丰富，以至于他的神圣统治一团乱麻。

也许这幅画挂在这里的唯一作用，就是提醒身为副局长的这位宙斯——永远不要找到自己的赫拉。

盯着这幅画，他回想起自己的前半生。十六岁之前平淡无奇，直到他觉醒了超能力，像神王那样可以掌控雷电。再然后，他被黑座吸收进去，逐渐成长为一个重要人物。

二十七岁时，他爱上了一个女人。那时候，他的野心正在蠢蠢欲动。在某些地方，他和局长艾伯特有些相似，都为纯粹的希腊血统感到骄傲。他不喜欢在别人手下做事的感觉，总想独撑大局。

那个女人对黑座十分忠心，这造成了困扰的局面。他在爱人和野心间左右摇摆，最终，一个突发的事件促使他选择。他亲手杀掉了爱人，让野心充斥心房，义无反顾地走向另一条路。

他用虚假的未来欺骗黑座，获得了开辟希腊分部的授权。然后就是另一篇奋斗史：明面上，他在希腊情报局兢兢业业地攀登；暗地里，他悄悄收拢成员，建立基地。

双线游走，明暗交错，这感觉令人沉迷。他获得了巨大的成功，一切即将实现。这么多年过去，他几乎忘记了自己原来的名字，只记得亲自起的代号：宙斯。

宙斯非常喜欢瑰丽恢弘的本土神话，所以不光自己，连追随者们都用神灵的名字代称。久而久之，这些称号由地下转入地上，就是在希腊情报局里，宙斯也成了一个半官方的称谓。

宙斯喜欢这种感觉。他喜欢待在地下基地里，坐在那张王座上发号施令。他喜欢念着自己以及追随者的名字——念着念着，仿佛他真的成了希腊的神。但他清楚，这不是终点，仅仅是个开始。

但户隐的到来让一切都变了样子。除了会见户隐那一次，他没再碰过那张椅子。户隐成了王座上的针，让他坐立不安。表面上，他依旧掌控大局，充满自信。没人的时候，他的焦躁却溢于言表。

最好的办法是拔掉那根针，但很可能会扎破手。金苹果事件让宙斯发现了一个契机。如果把那些解码者掌握在手中，就等于有了好用的工具。他们可以是锤子、扳手、老虎钳……不管是什么，用来拔针都相当趁手。

宙斯看向窗外。对面是情报局大楼的A座，有扇窗子拉着蓝色窗帘，遮蔽得很密实。那是局长艾伯特的办公室，通常他都在窗帘后面干点儿什么，比如擦拭那盆他非常喜欢的盆栽……

他是什么时候这样喜欢盆栽了呢？这东西对他有什么特殊意义？

宙斯不知道，他只知道现在办公室里面没人。艾伯特应该已经到了三号研究所。还有凯伦、高诚，一切尽在掌握，除了——

有人敲了敲门，然后走进来。那是一个身材不高的青年人，金色卷发，面孔红润，略带圆润的稚嫩。倘若丘比特能够长大，大约就是这副模样。他身上穿着亮眼的橘红色西装，分明是极为奇怪的颜色，穿在他身上却显得非常合适。

青年人低声说："狙击计划失败了。"

"不要担心，阿波罗。"宙斯微笑着，"如果成功了，那是意外之喜。失败也没关系，我们有的是时间。"

"那……"

"保持关注，不要轻举妄动。艾伯特需要高诚帮他找到金苹果，我们同样需要。瞧，我们甚至没出一分雇用金！还有比这更划算的生意吗？"

宙斯的笑话感染了阿波罗，他变得轻松了起来。随即，他又想到一件事。

"蒂娜还没回来。"阿波罗问，"需要我去帮她吗？"

"这方面你不擅长。"宙斯摇摇头，"我给她派了最好的人手，她本人又是专家，肯定不会让我失望的。"

阿波罗点点头，离开了办公室。大门关闭之后，宙斯的面孔变得阴沉起来。

"蒂娜……"宙斯自言自语着，"希望你不会让我失望。"

第九章

一个小时以后。雅典城区，宪法广场。

高诚站在车来车往的公路边，四下张望。太阳已经下沉，远处一座高大的古典风格的建筑正在逐渐隐没。高诚尽自己最大努力，试图辨别东南西北，但遭到了可耻的失败。

凯伦就站在不远处，叼着一根香烟袖手旁观。

"我有一个问题！"高诚举手。

凯伦丝毫没有走过来的意思，扬了扬手中的香烟，表示自己在听。

"我晚上住哪儿？"高诚走过去。

"周围都是酒店。"

"我自己找？"高诚震惊了。

"情报局里到处都是眼睛。如果我们来安排，也许半夜就会有持枪歹徒闯进房间里。"凯伦耸耸肩，"不，也许等不到半夜，就在你洗澡的时候。"

"好有道理的样子……"

高诚无言以对，但依旧觉得对方是在整自己。他又想到另外一件事。

"钱谁付？"

"你先垫上。"凯伦扬扬眉毛，"如何？"

"看来我找到中国和希腊的共通之处了……"高诚苦笑，"如果我死了呢？"

凯伦盯着他，嘴角露出一丝笑容："那就努力让自己活下去吧。"

她后退几步，大声说："工作开始了，伙计！"

凯伦做了一个"有事儿打电话"的手势，转身朝一个方向走去。街道上人流如织，高诚看着她的身影渐渐消失。

我现在就有事儿！我完全不知道该怎么办好吗！高诚摸出手机，看了看之前凯伦留给他的号码。

最终，他按下了另一个号码：

"布鲁诺，我是高诚。"

"情况怎么样？"

"一无所获。"高诚边走边说，"这根本不是人干的事儿！别说我是假的，真的也没戏。这个什么希腊国家安全局该换个名字，我瞧叫'灯谜协会'就不错。"

"……请说我能听懂的话。"

"好吧。"高诚叹了口气。

五分钟后，高诚到了一家宾馆门前。此时，他已经把这一天的经历叙述了一遍。电话另一头的布鲁诺陷入沉默。

"抱歉我帮不上忙。"隔了一会儿，布鲁诺的声音传来，"但直觉告诉我，这件事值得去持续挖掘。"

"直觉？你真是德国人吗？"

"全靠你了。"

"我靠不住好吗！"高诚怒了，"给我叫个靠得住的家伙来！宫本瞬在干什么？"

"他在日本，很忙。"

"除了带妹妹去看金鱼，他还有什么可忙的？"

"很重要的事。"

"服了……"高诚投降，他大踏步走进酒店，一边说，"我得找个地方住，然后开始……嗯，先找金俊浩！"

第十章

闪烁旋转的灯光，震耳欲聋的音乐，舞池中扭动的人体，刺鼻的酒精味道……

这是哪里？金俊浩从桌子上抬起头，茫然看着四周。

忽明忽暗的光线在眼前闪烁，黑暗中晃动着群魔乱舞的鬼影。有那么一阵子，他的眼睛只能看到这些，片刻后才渐渐适应。

这是一家舞厅。

金俊浩皱着眉，思索自己的问题。

他记得自己和新认识的女友一起来雅典旅游。那个女孩儿是狂热的追星族，来雅典很重要的一个目的，是去看韩国著名天团XBOY的世界巡演。

金俊浩把一切安排得很好，他们提前好几天就到了雅典。然后在一家酒店度过了美妙的夜晚，女孩儿热情似火。然后……对了，激情消退后，他突然很想吸烟，就去楼下买雪茄，迎面遇到了一个大个子……再然后……

没了。

金俊浩突然发现，自己的记忆就截止到那一刻，再也想不起新的东西。但问题是，自己怎么会突然出现在一家舞厅里？

人影晃动了一下，香水味道传来。金俊浩看到一个打扮入时的女郎坐在对面，朝自己微笑。

"我可以坐下吗？"

从对方的眼睛里，金俊浩知道她需要什么。放在平时，他不介意发展一段艳遇，这本来就是他生活中必不可少的调剂品。

但现在，金俊浩却毫无兴趣。

"怎么不说话？"女郎轻轻侧着头，前倾的身体带着微妙的暗示，"你长得很帅，有点儿像韩国天团的一个偶像。"

平心而论，金俊浩确实长得不错。和那些刀削斧凿的西方俊男不同，他的五官俊秀而柔和，带着东方人特有的神秘。特别是那双清澈的眼睛，微微上翘的眼角带着一丝男性的妩媚——用中国的说法，这叫桃花眼，最能逗引女性。

但金俊浩奇怪的是另外一点："韩国偶像天团？你还知道这个？"

"当然啦，我在这方面可是很精通的。"女郎眨了眨眼睛，"明天是XBOY的希腊巡演，一起去？"

XBOY，明天。金俊浩敏锐地抓住了关键。

"那今天是……"金俊浩艰难地咽了口唾沫，有点难以置信地问，"星期五？"

"当然。"女郎一愣。

真他妈见鬼了！金俊浩豁然起身，把女郎惊愕的目光甩在身后。

他跌跌撞撞冲出了舞厅，清爽的夜风扑面而来，让他精神一振。

突然想起什么，金俊浩掏出了手机。没错，已经足足过去了三天。这三天里，金俊浩完全没有任何记忆。

他强迫自己冷静下来，开始拨打一个号码。

几乎是一瞬间，手机接通了。

"金俊浩？"对面传来布鲁诺惊讶的声音。

"听我说！"金俊浩咬牙切齿，"我他妈见鬼了！不，也许有人给我下了药！我应该是昏迷了三天，然后莫名其妙地出现在一家舞厅！你能信吗？"

对面沉默了两秒钟："你的位置？"

"见鬼！我怎么知道？"金俊浩左看右看，夜色里，霓虹灯勾勒出来的建筑轮廓都大同小异，他皱了皱眉，"你不是能定位吗？手机信号！"

"我正在做。"布鲁诺的声音说，"已经确认你还在雅典。具体位置还需十秒钟，你所在区域的摄像头是……"

咔！

金俊浩突然捏碎了手机。他谨慎地朝上瞥了一眼，快步消失在夜色里。几乎在他消失的同时，一架路灯上的摄像头扭过头来，左右扫视。

一无所获。

第十一章

高诚坐在酒店房间的床上，这才想起行李被扔在那座别墅里了。他四下看看，确认自己真的是孑然一身。

"好吧，幸好还有这个。"高诚摸了摸口袋里的信用卡，松了口气。就在这时候，手机突兀地响了起来。

"喂？"

"我是布鲁诺。金俊浩刚才出现了。"

"啊？"高诚一愣，随即高兴起来，"那我没事了？漂亮！我这就回国，让那个'灯谜协会'的破谜语见鬼去吧！"

"但他马上又失去了联系。"

"你一句话能不能说完整啊？到底是怎么回事？"

布鲁诺把刚才的事情讲了一遍，然后说："我怀疑他被人抓住了。"

"就那么一会儿工夫？"高诚质疑，"那小子虽然比较差劲，但会在几秒钟内被人打倒了？"

"普通人做不到。"

"当然……等等，你是说？"

"黑座。"布鲁诺的声音很冰冷，"我猜是黑座的人干的！"

"不是吧？"高诚呼地一下站起来，皱眉，"真那样儿我可搞不定！还不赶紧叫大家过来？尤其是宫本瞬！让那浑蛋别玩儿了！"

"首先，他在做正事。其次，完全没问题，我可以叫大家过来。我会联系他们，订明天的班机……喂？你在听吗？"

布鲁诺发现对面沉寂下来，甚至连呼吸声都消失了。他怀疑断了线，但信号很不错。隔了几秒钟，声音传来。

"稍等。"高诚的声音变得冷漠起来。

"什么？"

"你没有做任何计划，只是听了他的话就决定让所有人来雅典吗？没有任何掩饰、伪装以及迷惑手段——这样的想法太过愚蠢了。"

电话那一头沉默了片刻，然后换成一副询问的语调："机械心灵？"

"我有两分钟的时间。我会告诉你一个计划，你必须按照这个执行。记住，现在我是决策者。"

布鲁诺沉默了一会儿。有时候，他总产生一种幻觉："机械心灵"不是能力，而是一位特殊的同伴。这位同伴独立于高诚之外，却可以让大家无比信任。他制订的计划万无一失，但同时，也会让人感到心悸。

金俊浩曾经说过，总有一天，他要把"机械心灵"揪出来暴打一顿。布鲁诺理解这感觉，不是每个同伴都有扮成同性恋去勾引一百多公斤胖子的经历。"机械心灵"甚至要求金俊浩，一定要脱光衣服……

但不管怎么说，"机械心灵"是决策者，这个理念根植于团队核心。

"明白了。"他回答。

两分钟后，高诚清醒了过来。他面色陡然一变，拼命在电话里叫喊："等等！这个计划根本就是——"

回应他的只有断线的嘟嘟声。

高诚愣在原地。他现在万分后悔，不该开启"机械心灵"来分析情况。自己坑自己真的很好玩吗？

他瘫倒在床上，感到未来一片黑暗。

不知过了多久，高诚被什么声音弄醒了。他睁开眼，看到月光从窗口洒进来。床头柜上的电子表闪烁着绿莹莹的光，显示现在的时间：凌晨两点。他觉得口干舌燥，想要喝一口水。然后再次听到了那声音。

当当当。

是敲门声。高诚很纳闷，但还是去扭开了门。惨白的月光下，金俊浩就站在门口，直勾勾地看着他。

金俊浩！高诚张大嘴巴，但发不出声音。他的声带似乎被胶水粘住了，或者干脆就忘记了这个功能。他看到金俊浩朝自己露出诡异的微笑，然后僵硬地转过身，朝外面走去。

高诚跟着他。外面是大片的荒地，草木都呈现出一种浅灰色。他觉得这是月光折射的缘故，但旋即醒悟过来——不，不对！

他突然想起自己睡在旅馆二楼。如果开门能看到旷野，那一定有人在半夜把它炸掉了一半。更大的问题是，外面是宪法广场，那里应该耸立着英雄纪念碑，还能看到卢森堡大峡谷，阿道夫桥和夏洛特桥不就横跨在上面吗？

但现在什么都没有，四目远望，荒芜得好像一片坟地。这种醒悟让高诚刚刚升起的恐惧消退下去，他意识到发生了什么。

这是梦。高诚清晰地意识到，自己是在做梦。这种体验有点陌生，他已经有十几年没做过梦了。也许是因为自幼严格的训练，也许是因为超能力的觉醒，反正梦境早就和他绝缘了。

不过很怪的是，他还能清晰地记得自己最后一个梦。大概是十二岁的时候，训练结束后宫本瞬给他讲了一个恐怖的故事。结果宫本瞬失望了，高诚对这个故事无动于衷——不觉得精彩，也不觉得恐怖。但宫本瞬不知道，高诚入睡后梦到了这个故事。他几乎被吓死了，终于知道真正的恐惧是什么：从尾椎骨钻进去，从天灵盖透出来，整个人好像被冰凌穿透，浑身的汗毛都使劲往里收缩，想把自己藏到谁都看不见的地方。

从那以后，高诚再也没做过梦。

他依旧跟着金俊浩在行走。金俊浩的步态有些奇怪，双脚几乎不离开地面，就像在蹚水。过了片刻，高诚终于把这种动作归结于"僵硬"，然后才发现金俊浩整个人都是这个样子——仿佛一架生了锈的旧机器在奋力挣扎。

高诚的呼吸粗重起来。他告诉自己这不是害怕，只是有些紧张。但同时也明白，必须结束这个梦境，一切正在朝着无法控制的方向延伸。高诚希望自己能翻身从床上坐起来——不，是必须！

但金俊浩依然在行走，高诚依然在跟随。

荒野好像永远也没有尽头。又不知过了多久，前方终于出现了起伏。高诚起初以为是个土堆，但不是。它更加圆润，上面长满了荒草，还有一块看不清字迹的石碑矗立在上方。

坟。高诚的心脏怦怦直跳。他本该掉头逃走，但这种想法从没出现，仿佛被谁从脑子里删去了。他就这么直勾勾地看着金俊浩停在坟前，然后转过身，露出僵硬的微笑。

"看看吧，这是谁的坟？"金俊浩声音异常粗粝，仿佛两片砂岩在摩擦。

我看不清……不，我根本不想看！高诚在心中狂呼。可双眼却不受控制。他盯着墓碑，上面的字迹十分模糊，他什么也看不出来。

"你再看看我是谁？"

金俊浩！你是金俊浩！高诚在心里大喊。

金俊浩盯着高诚，目光好像鬼火在跳动。突然，他大笑起来。一边笑，一边用手去撕扯自己的脸。血淋淋的皮肤被他一条一条撕下来，挂在下巴上，像一张张鲜红的纸条。

那张已经血肉模糊的脸依旧在笑，不断地在向高诚询问："你看看我是谁？看看我是谁？"

恐惧来了。从尾椎骨钻进去，从天灵盖透出来。高诚完全失去了对身体的掌控，恐惧像烟雾一样在五脏六腑里蔓延。他看到那张已经失去人类面目的脸距离自己越来越近，以至于他都嗅到了那种死亡的味道。

高诚拼命想要避开那张脸，他失去平衡，向后面倒去。地面不见了，他正在向一个无底的深渊坠落。高诚尖叫着，向上伸出手。但天空已经变成了一张血肉模糊的脸，仍然在不停询问：

"我是谁？我是谁？"

高诚大叫一声，从床上翻身坐起。他大口地喘着气，身上又黏又冰，睡衣都被冷汗浸透了。高诚给自己倒了一大杯冰水，一口气喝了下去。然后打开电灯，在床头呆坐着。

过了好一会儿，高诚才让自己从那个噩梦中脱离出来。他开始琢磨梦境的意义，但根本没有头绪。他只能认为这是出自对金俊浩的担忧，以及对自己命运的悲观看法。

高诚拉开窗帘，晨光照射进来，这让他的心情好了一些。他洗了个澡，用了比平时多一倍的时间。

然后，他离开了酒店。

第十二章

宙斯在办公室里等到了他想要见的人，但只有一个。蒂娜，一位有着惊人美貌的姑娘。她有一头柔波一样的金色长发，眼神像一汪春水，高挺的鼻梁以及完美的面庞，大概只有最富想象力的画师才能描摹。她穿着一身浅红色的长衫，凹凸有致的身材在里面若隐若现。

放在古代，这样的女子哪怕不需要张口，就有很多人愿意为其去死，演绎一场十年战争以及木马屠城。即便在资讯发达的现代，她也能轻易成为全世界男子的梦中情人。

但此刻，她小心翼翼地盯着宙斯。恐惧令她面色苍白，一副楚楚可怜的姿态，仿佛随时都会晕倒。

宙斯对这些视而不见。

"你想告诉我，金俊浩始终找不到？"他轻轻敲击着办公桌。咚咚的声音仿佛敲打在蒂娜的心脏上。她下意识地捂着胸口，仿佛不堪重负。

"在我面前收起你那一套！"宙斯冷冷地说，"我不是你的诱惑对象！如果你能拿这份心思多用在金俊浩身上一点，他也不会失去控制！”

“我已经尽力了！真的！”蒂娜竭力辩解，“他没怀疑过我！你知道我的能力！本来一切都很顺利，他说去楼下买烟，谁知道……不，我没做错任何事，一定是出了什么意外！”

“你就不该让他脱离你的视线！”

“那根本不可能——”

“闭嘴！”

蒂娜下意识地后退了一步。她看着宙斯，对这个男人充满了恐惧。她曾经以为，这是个值得追随的人，以为自己找到了完美的情人。但后来，他不断要求自己利用天赋做一些事情，那些她曾经抗拒的、努力想要挣脱的命运……她越陷越深，一切已经无法回头。

“好了蒂娜。”宙斯也意识到自己过了火，这个女人毕竟还很有用，他尽力让声音柔和一些，“我的压力太大了，你知道。我们的敌人非常强大，不容有半点疏忽。”

“我可以去帮你控制户隐！”蒂娜脱口而出。宙斯的温言让她重新燃起了希望，就像往常一样，愿意为他做任何事。

“太危险了。户隐的强大不是你能想象的。如果你失败了……”宙斯摇摇头，说道，“还是回到金俊浩身上。他虽然失踪了，但似乎也没有和同伴联系……这不合常理。”

“这是个意外。”蒂娜低声说。

“对，肯定有什么意外……”宙斯想着，慢慢说，“你继续去寻找金俊浩，我派人盯着高诚。不要让他们碰面，尽量不要。当然，无论多坏的情况，我们都有预案，不是吗？

蒂娜点点头。宙斯把目光移开，她知道这是谈话结束的暗示，然后自己就得走出门，去做那些令人厌恶的事情……

宙斯看着窗外。今天，局长办公室的蓝色窗帘拉开了，艾伯特在里面装模作样地办公。盆栽就在窗台上，闪烁着生机勃勃的绿光。宙斯微笑了一下，艾伯特根本算不上对手，只是一头被自己牵着鼻子走的牛。

他回过头，愕然发现蒂娜仍站在原地。

蒂娜咬着嘴唇："今天晚上——"

"我们没有休息的时间。"宙斯皱了皱眉，"至少在完成这件事之前。"

蒂娜的眼神黯淡下去。她转身离开了办公室。

第十三章

高诚回想了一下自己在日本的生活，也挺受女孩儿欢迎的，对不对？还有宫本瞬那浑蛋，老仗着一张冷冰冰的俊脸抢自己风头。但和金俊浩相比，都是小巫见大巫——那小子换女朋友的速度比换衣服还快。高诚一直对金俊浩的生活方式充满羡慕。不是在夜店，就是在去夜店的路上。反正只要出门转一圈，就能找到合意的女孩儿。

但这次，金俊浩似乎在这上面栽了跟头。

高诚抬起头。海伦歌舞厅的大招牌高悬着。因为是白天，霓虹灯没开，显得有些暗淡。他推开大门进去，里面黑乎乎的好像一个诡秘的山洞。只有吧台附近亮着一盏应急灯，勾勒出一个独自喝酒的女郎的身影。有那么一会儿，高诚只能看到这些。他试探着走了几步，险些在地板上绊了一个跟头。他的眼睛这才适应过来，看到地板上有许多乱糟糟的布线。

那个女郎听到了声音，回头看着他："现在没人跳舞，也没人喝酒。要到晚上六点钟——"

"我来找人。"高诚说。

"除非是我。"女郎笑起来，打量着他，"这里没别人。"

"见过这个人吗？"高诚拿出金俊浩的照片。

女郎仔细看了看照片里的人。突然，她变了脸色，硬邦邦地说："没见过。"

"确实没见过？"

"你干吗这样问？"女郎说，"好像这样我就会改变说法似的。"

"会吗？"高诚问。

"我说的是真话。真话的意思就是，你今天问和明天问都不会有什么不同——"

女郎顿住了。她看到高诚手指间夹着一张绿色的钱币，一百美元。得感谢布鲁诺的提醒，高诚没忘了用信用卡提现。女郎把钞票抽出来。

"好吧，真话。我确实见过这家伙。你知道，我是这家舞厅的女招待。昨天我看见了他，就在那边的桌子上。他喝得醉醺醺的，但人长得不赖，穿着也体面。我本想从他身上弄几个钱，再来个一夜情——两全其美，干吗不呢？可没想到这家伙拒绝了我，跟个疯子似的跑出去。因为这件事，我被同伴嘲笑了很久，她们说那个帅哥以为自己见到了恐龙！"

"然后他去了哪儿？"高诚追问。

"我怎么知道？"看着钱的分上，女郎仔细想了想说，"大概是往北边走了，他出门的时候我注意了一下。"

高诚又问了一些事，发现再没有别的收获。他向女郎告别，走出舞厅的大门。高诚并没有注意到，在公路斜对面，一辆黑色的轿车里有双眼睛正盯着自己。

乔治是希腊国家情报局的行动人员。当然，他是副局长宙斯的人。宙斯在情报局内发展了很多这样的下属，但并没有让他们加入圣山组织，只能算是外围预备。

他一面盯着高诚的举动，一面啃着汉堡。这是从街角的那家店买的，生菜的味道完全盖住了可怜的牛肉。每吃一口，他都不由自主地想：自己本该在家里享受美味的午餐，而不是忍受汉堡店赤裸裸的诈骗，这该死的任务……

目标继续移动。乔治匆匆把剩余的汉堡塞进嘴里，算是完成午餐。他正要发动汽车跟上去，却听到车顶有人重重拍了几下。

"该死！你……"乔治抬起头，发现凯伦面无表情地隔着玻璃窗盯着他，"长官！"

乔治噎到了。他拼命咳嗽，又灌了几大口可乐，总算重新活过来。凯伦敲了敲玻璃。乔治只得摇下车窗。

"我差点死了长官。"

"你在执行任务？"凯伦问。

"呃……对不起长官，我不能透露。"

"盯梢对吗？"凯伦露出讥讽的神色，"也只有那样的笨蛋才会被菜鸟盯住，你们真是一对儿。然后你有什么成果？就跟着那个白痴乱晃了一个上午？"

乱晃不是我的错好吧？乔治很是委屈。

"宙斯在担心什么？"

乔治吓了一跳。说实在的，如果有选择，他根本不想搅和进来。

但内部斗争就是这样，不是左就是右，像骑墙的家伙都会掉进万丈深渊，摔得粉身碎骨。乔治挺喜欢凯伦这位上司，人漂亮，精干，有能力，正直……但这些不能当饭吃，至少当不了乔治的饭。想想还有那么多年的房贷吧，想想希腊混乱的经济，想想妻子和孩子……没错，自己根本没有选择。

调查局内有个共识，老局长艾伯特根本不行了——事实也是如此，别管能力，光看年龄他就要退休了。就算能压过副局长宙斯又怎么样？过两年艾伯特一走，支持他的人就会面临秋后算账。除了那些有多年情分的老部下——比如凯伦这样的——所有人都知道该选择什么。

但这些话不能放在明面上说。所以凯伦的问题有些越界。乔治纠结良久，却发现对方只是在自言自语。凯伦确实有很多疑问。如果时至今日，还看不出宙斯其实在因势利导的话，她也实在对不起自己的专业身份。但宙斯究竟想展示什么，又想隐藏什么？那金苹果呢，是诱饵还是事实？

凯伦看着高诚在街头左顾右盼，一副茫然的样子。她越来越看不透这个人。除了偶尔的锋芒毕露，高诚大部分时候就是个糊涂蛋。为何在一个人身上，割裂出两种截然不同的表现？双重人格？

街道另一头。高诚摸出手机，似乎在跟什么人交谈。然后，突然拔腿飞奔！

第十四章

从舞厅出来，高诚就没了主意。他已经尽力回想那些侦探片了。里面的人不就是拿着照片问问，在街头随便晃晃，然后线索就自己跳出来了吗？可到自己这里怎么不太灵光？

他考虑是不是再发动一次"机械心灵"，但之前的阴影总在心底徘徊，让他拿不定主意。

于是，他摸出了电话。

"喂，布鲁诺！"

"有什么好消息吗？"布鲁诺在那边问。

"我还没被当作骗子关起来，这算吗？"高诚抱怨着，"我真不行。我早说了我不行！就算你把一本推理小说的结尾给我，我都看不懂！为什么非让我干这种事儿？我根本不知道怎么找金俊浩！"

"要不让'他'试试？"

"为什么是'他'？"高诚也不知自己为什么发怒，他嚷嚷起来，"对，我知道'他'比我强，什么都比我强，所以'他'才是你们同伴！我是不是应该消失了？"

那边沉默了一会儿，然后传来声音："抱歉。但'他'不就是你吗？"

"我不知道。"高诚声音低沉下去，"也许我有些神经过敏，居然在嫉妒自己……很好笑对不对？但我总觉得——"

他的话没说完，布鲁诺那边突然传来嘟嘟的声音。

"是金俊浩的电话！"布鲁诺叫道，"我接过来！"

高诚的电话里立刻传来金俊浩气急败坏的声音："我被攻击了！快来帮忙！"

"你在哪儿？"

"凯宾斯大街，五，不，是六号——"

"喂？"

里面只传来嘟嘟的忙音。

"快去！"布鲁诺说，"那边我找不到监控！靠你了！"

高诚挂掉电话，开始疯狂地奔跑。但他很快停下脚步。

"凯宾斯大街在什么地方？该死！"

高诚环顾四周，这里比较偏僻，公路上几乎没什么车辆，偶尔出现也是风驰电掣。他的目光落在公路对面的一辆黑色轿车上，然后飞速冲过去。

乔治吓了一跳。他下意识地去拧钥匙，只想赶快离开。但高诚跑起来像个运动员，几步就跨过了公路。一只手抓住了后视镜。

"等等！"

乔治紧张极了。他不知道该怎么办。直到看到高诚伸手去怀里掏什么东西，才慌乱地想去摸枪。但他看到高诚掏出的东西，立刻呆住了。

"送我去凯宾斯大街六号！这些都是你的！"高诚挥舞着一把花花绿绿的纸币大喊。

"抱歉，你是说……"

"帮帮忙！拜托！"

乔治下意识地看了看汽车另一头。高诚这才意识到车边还有一个人。他诧异地盯着凯伦。

"怎么是你？"

"要帮忙吗？"凯伦淡定地问。

"对，我要去凯宾斯大街六号！现在就去！"高诚又对乔治喊起来，"听着！这些钱——"

"上车。"凯伦拉开车门。

乔治徒劳地抗议："你们不能——"

"我是国家情报局的探员，你的车被征用了。"凯伦掏出证件。

乔治愣了一下，知道这是在为自己打掩护。他没再说什么，沉默地发动了汽车。他们朝凯宾斯大街开去，一路上谁都没说话。

高诚觉得自己办了件傻事儿。他不应该把凯伦牵扯进来，金俊浩的事情不能让别人知道，但当时那情景……如果再来一次，高诚大概也想不出别的办法，救人如救火，什么都不如人命重要。

只用了五分钟，他们就到了凯宾斯大街六号，一座白色的大玻璃房子下面。离得很远，高诚就看到二层窗口，有两个身影扭打在一起，其中一个就是金俊浩。

"多谢！"高诚把钱塞进乔治手里，冲出了汽车。

乔治有些尴尬。他把钱塞到扶手箱里，然后拿出电话。但凯伦正在盯着他，乔治觉得浑身发毛。

"长官，我得打个电话。"乔治说。

凯伦仿佛没有听见。她点了一根烟，慢悠悠地吸，车内很快变得烟雾弥漫，可怜的乔治不住地咳嗽。他拼命打开车窗，像个溺水的人一样把头探出去。突然，他瞪大了眼睛！

"我的天！"乔治终于看清了玻璃房子二层的人影。

"砰"的一声，凯伦一脚踢开车门，向着那间房子冲去。

第十五章

高诚冲上了二楼的时候，金俊浩正在节节败退。他的对手是一个白人男子。大块头，得有一米九，穿着一身脏兮兮的破西装，破损的部分裸露出健壮的肌肉。他的脸有点方，棱角分明，毫无表情。

与之对比，金俊浩娇小得像个女人。这本不该是他落入下风的理由，可对方同样身手敏捷，格斗技术精湛。更重要的是，壮汉手里还有一根舞得虎虎生风的钢管。

"砰"的一声，钢管把一只剔透的白天鹅砸得粉碎，残渣像冰雾一样纷飞。二层大概是个玻璃工艺品展厅，也许是水晶，反正到处都摆满了这种亮晶晶的剔透玩意儿。壮汉大吼着，一个接一个把它们砸碎，金俊浩像猴子一样上蹿下跳。

高诚感到不可思议。金俊浩在干什么？他的超能力为什么不用？还有那个壮汉，高诚发誓自己一定见过，但就是想不起来。他搬起一个半米高的自由女神像扔过去——这个离他最近——壮汉一棍子砸开，然后在漫天碎屑中退了两步。

"你来得太及时了！"房间另一侧，金俊浩如释重负，"回头我给你介绍个姑娘！腿长腰细，包你满意！"

高诚开始认真地考虑，是不是应该先和壮汉联手干掉金俊浩……

以一对二，壮汉居然没有转身逃走。他谨慎地观察着高诚和金俊浩的位置，似乎还想攻击。就在这时，凯伦从楼下飞快地跑上来。

凯伦一露头，壮汉的表情仿佛见了鬼。他大叫一声，丢下钢管就跑。房间另一头是个楼梯间，他一头钻进去。凯伦大叫着："阿瑞斯！"也跟着追了下去。

高诚猛地拍了一下额头！

对，阿瑞斯！那个杀掉同僚、偷走金苹果的家伙！局长给自己看过照片，他居然转眼就给忘了！高诚犹豫了一下，还是觉得金俊浩更加重要。他现在急需知道这一切是怎么回事。

"这些天简直把我吓死了。"金俊浩走过来，"感谢你能来，兄弟。"

金俊浩的脸靠得很近。高诚突然想到了那个噩梦。那张血肉模糊的脸，此刻鲜明地跳了出来，和金俊浩重合。他下意识地后退一步。金俊浩感到莫名其妙。

"怎么了，兄弟？"金俊浩举着双手，"我没有传染病！你担心那件事儿？对，我得和你说说。"

"到底是怎么了？"

"我要能明白就好了！"金俊浩苦恼地说，"我想布鲁诺肯定告诉了你，就是我跟那个女孩儿来希腊的事儿？"

"他说你失忆了。"

"对。我给他打了电话，然后就什么都不知道了。不知什么时候我又清醒了，肩膀疼得要命。我看到刚才那个家伙站在我身后，他袭击了我，所幸没打中脑袋……然后他死死抓住我，我们在臭水沟里翻滚……"

"臭水沟？"

"非常可怕对不对？你看我的衣服！"

高诚这才注意到，金俊浩的西装皱皱巴巴，上面满是黑乎乎的泥水。金俊浩使劲搓了搓衣服，继续说："我大概被老鼠附了体，不然干吗钻到下水道里去？那家伙一直追着我，我当时很虚弱，超能力用不出来。我一直在逃，路上抢了一部手机给你们打电话，后来的事你就看到了。"

"现在好些了吗？"高诚问。

"比刚开始强。我猜再有几个小时超能力就可以恢复。妈的，等那时候，我会让那小子脱光了衣服去大街上裸奔！"金俊浩咬牙切齿地说着，"那个浑蛋肯定有问题！我第一次失忆——就是下楼去买烟那次，碰到的就是他！"

居然是这样！高诚陷入思索。难道金俊浩的失忆是因为阿瑞斯？但这完全是两个毫无交集的人，究竟是因为什么纠缠在一起的？阿瑞斯杀掉同伴，偷走金苹果，不是应该逃得远远的吗？为什么还在雅典附近转悠？

突然，一阵急促的枪声打断了他的思路。高诚冲到玻璃窗前，但外面什么都没有。又是几声枪响，感觉更近了。就在这时，凯伦从楼梯间冲出来，一串子弹从她身后射来，打中了金俊浩身旁的一个玻璃花瓶。

金俊浩大叫一声，翻滚着躲到展柜后面。玻璃碎屑沾了他一头一脸，好像一个圣诞老人。凯伦跳过展柜，躲在金俊浩身边。她拔出手枪对射，那边躲避了一下，枪声暂歇。

"什么情况？"

高诚也跳过来，三个人挤在一起。对面楼梯间拥出十来个戴着面具的武装分子，他们端着冲锋枪朝这边扫射。高诚头顶上的一溜玻璃工艺品纷纷爆碎，雪花一样的残渣几乎把他们埋了。

"我不知道！该死！"凯伦探出头，想要向对面射击，立刻就被密如雨点的子弹打得缩回头。三个人并肩靠着，紧张得直喘气。金属展柜在子弹风暴中颤抖，好像马上就要倾覆的船。

"你惹来的，对吗？"金俊浩看着她。

"你是谁？"凯伦盯着他。

"真好，咱俩谁都不认识！"金俊浩慢慢从柜子后探出头，高喊，"你们听到了！我和这女人没关系！我想你们没什么理由对付我，不是吗？我们可以——"

一阵枪声。金俊浩狼狈地蹿了回来。

"我想我们该同仇敌忾！"金俊浩一脸正色，对凯伦说，"我们得联起手来，把这群该死的浑蛋消灭掉！"

凯伦没说话，就这么瞪着他。高诚直捂脸，他觉得金俊浩节操尽毁——当然，这小子一向没有这个。

"你不是去追阿瑞斯了吗？"高诚问。

"那群浑蛋干的好事！"凯伦恨恨地说，"我都要抓住他了，但这群家伙冒出来向我开枪，还向阿瑞斯开枪，就像要把我们统统打死似的！我们分头逃了，还有一半人去追阿瑞斯了。"

这事情真搞笑。两个特工在自己国家首都被一群武装分子追杀。

但高诚一点也笑不出来，除非能把自己从这件事里摘出去。但金俊浩刚才的遭遇告诉他，这有点儿难。

"有什么办法吗？"高诚问。

"当然是干死他们！"凯伦突然站起身，端枪平射。一名武装分子应声倒下。那些人对着凯伦疯狂扫射。一颗子弹在她蹲下之前擦过额头，留下一道火辣辣的灼痕。凯伦靠着铁柜，看着无数流弹从头顶掠过，将半间屋子的玻璃器物打成粉末，仿佛整个世界都在下雪。

"对方火力太猛了！"金俊浩叫着，"得想办法搞支枪！"

虽然有超能力，但金俊浩和高诚都不是战斗类型。他们需要武器，不然只能做缩头乌龟。等凯伦的子弹打光，那些人就可以肆无忌惮地围上来，把他们变成浑身是洞的奶酪。

"他们非常谨慎了！"凯伦说。在躲避子弹的瞬间，她看到那些武装分子把中弹的同伴拉走，顺便还收走了落地的武器。她把这件事情告诉大家，然后愤怒地说："该死，这群家伙把我们当成什么了？超人吗！"

金俊浩皱了皱眉，凯伦的这句话提醒了他。他有一个可怕的想法，如果这些人不是来对付凯伦的，那么……他看了看高诚，沉声说："想想办法，我们得逃出去！"

是时候了。高诚知道，现在只有自己有办法。他深吸一口气，对凯伦说："把枪给我。"

"开什么玩笑！"

"给我！"

凯伦发现，高诚死死盯着自己，那双眼眸不知什么时候变成了银灰色。这是什么情况？美瞳吗？凯伦奇怪自己居然还有心思想这些问题，然后就发现手中的枪被夺了过去。

"这是情报局高级探员的配枪！你——"

还没说完，凯伦发现高诚竟然朝着空旷的前方开了三枪。那里除了满地的碎屑，空无一人，所有敌人都在他们背后。他疯了！凯伦刚刚转过这个念头，就听到背后传来了三声惨叫！

天哪！凯伦瞪大眼睛。屋子的钢梁上，有三个焦黑的小点。跳弹！他居然能控制——不，是计算！他居然准确计算出了跳弹的轨迹，然后像台球高手一样杆杆落袋！

是我疯了吗？凯伦开始揉眼。专业的训练让她清楚，全世界没有人能做到这一点！如果只是运气，那他得踩到珠穆朗玛峰那么大一摊狗屎才行。就在凯伦胡思乱想的时候，高诚已经站起身，举着枪与对面的敌人对射。

凯伦张大嘴巴。她看着高诚轻微晃动身体，所有子弹就像长了眼一样，避开他的身体奔向远方。高诚面无表情地扣动扳机，一枪，两枪，三枪……对面的敌人一个接一个倒下。

在欧洲的传说中，猫头鹰是死神的使者，它负责清点该死者的人数。一个、两个、三个……它这么数下去，死神就会把点到名的家伙一一带走。凯伦想到了这个，那些武装分子也差不多。有人大叫一声，转身向外逃去。在他的带动下，剩余的人都放弃了职责，慌乱地逃向楼梯间，只留下满地的尸体。凯伦看着这一切，只觉得是一场梦。

"我的天！你究竟是怎么做到的？"凯伦问。

"闭嘴！"高诚冷冰冰地说，"时间不多了。"

"你说我？"凯伦气得涨红了脸。她像一台失控的锅炉，蒸汽在里面没完没了地膨胀。眼看要炸膛的时候，金俊浩叫起来：

"他们来了！更多的家伙！"

凯伦冲到二层的玻璃窗前。这里几乎被子弹削平了，残留的玻璃就像参差的犬牙。凯伦清晰地看到，留下来了好几辆车，大批的武装分子从里面拥出来。他们都戴着面具，手持冲锋枪……

该死！雅典的警察在干什么？快速反应部队呢？真是一群尸位素餐的浑蛋！

另一边，高诚正在吩咐金俊浩一些事情。金俊浩的表情十分为难。

"我不知道。"金俊浩皱着眉头，"但我觉得这个计划太激进了。如果你猜错了，我们恐怕都得完蛋。"

"我猜错？"高诚面无表情地看着他。

"就像追女孩儿一样，你开始看到的未必是真正的样子。你得请她吃饭，得甜言蜜语，甚至上几次床，然后才能谈得到了解。你知道，在这方面我是内行——"

"但我说的是另一方面！"高诚盯着他，"听我的，就这么简单。"

"好吧。"金俊浩顶不住压力，应承下来。

高诚回过头，看了凯伦一眼："分头走！"

高诚从另一边下了楼。金俊浩朝凯伦耸耸肩："希望你能祝我好运，美女！"然后也飞快离开。

这两个浑蛋！但凯伦知道自己必须走了。不需要走楼梯，从二楼跳下去，那边有条小巷，然后就能借助地形摆脱武装分子的追击。她在心里谋划着，顺手揭开一具尸体的面具。她想看看这些杀手到底是谁。

"我的上帝！"凯伦盯着那具尸体的脸，睁大了眼睛。

第十六章

希腊国家情报局。

一个穿黑色西服的男子推开了副局长办公室的大门。他约莫四十岁，个头不算高，身形消瘦，面部肌肉微微下垂，看上去永远都在哭丧着脸。

有些人自带气场。比如这位，无论步态身姿还是表情，都带着一种"节哀顺变"的味道。加上仿佛终年不见阳光的苍白肤色，就像一名职业入殓师。

宙斯正在等待消息，但看到对方的表情，他的脸色沉下去。

"又是一个失望的消息，哈迪斯？"他问。

"不全是。"哈迪斯摇摇头。

哈迪斯是国家情报局的高级探员，地位与凯伦齐平。情报局内部都清楚，他是宙斯的人。但他们不知道，哈迪斯在进入情报局之前，就已经是圣山组织的重要成员。这个用死神的名字作为代号的男子，有着宙斯都忌惮的可怕能力。但幸好，他看上去安心做一名忠实的心腹。

宙斯指了指对面的沙发，然后道："说说看。"

哈迪斯坐下去。他看着宙斯略显焦躁的脸，想着上一次看到这种表情是什么时候。但他想不起来，大概只有户隐才会给宙斯这样大的压力。户隐一直隐藏不出，谁也不知道他在干什么。

每个人的压力都会有不同原因。但哈迪斯认为，究其根源还是恐惧。宙斯不知道户隐会做什么，这种未知最折磨人——尤其对宙斯这个习惯掌控一切的人来说。

宙斯现在的样子，让哈迪斯想起小时候的事情。很多人都那样，把哈迪斯当成恐惧的源头，厌恶着，驱赶着，躲避着，唯独不敢伤害。哈迪斯成了瘟疫之源，人人避之不及，连父母都会用防备的眼神盯着他，下意识地拒绝触碰。

再后来，他离开了自己出生的小城市，遇到了宙斯。那是唯一可以接纳他的人。宙斯强势、高傲、挑剔，却唯独没有恐惧。哈迪斯心悦诚服地献上了自己的忠诚。

很多年以来，哈迪斯以为宙斯是个永远不会恐惧的强者。但现在，他却怀疑自己是不是看错了。

"怎么不说话？"宙斯的声音打断了思绪。

片刻失神，哈迪斯意识到宙斯还在等待，定了定神说："阿瑞斯跑了，他毕竟曾是我们最棒的特工。另外三个人也跑了。不过蒂娜已经跟上了金俊浩，那小子似乎在往机场逃。"

宙斯沉默地消化着这些信息，接着问："有在监控航班吗？"

"是的。两个小时后有一班从日本来的飞机落地。我们查到，里面有宫本瞬的名字。"

"果然来了。"宙斯想了想，"宫本瞬非常难对付，没必要正面冲突——蒂娜行吗？"

"我觉得蒂娜吃定金俊浩了。"哈迪斯笑起来——至少语调上是这样，"那家伙没什么本事，我们派去的都是高手。只要不碰到宫本瞬，一切都没问题。"

"两个小时足够了。"宙斯点点头，"那高诚？"

"他们分开了，有人盯着他。还有凯伦，该怎么处理？"

"不用管她。"宙斯说，"她不会是我们的障碍。倒是阿瑞斯，我想不通他到底要做什么。"

"也许他只是惧怕惩罚？"

"那他会干出这种事？"宙斯笑了，但很冷。

抓到后，我会剥了他的皮！宙斯想。

第十七章

这真是不可思议!

凯伦离开凯宾斯大街六号后,一直在脑子里想着那张脸。那是乔治。就在不久前,他还在叫自己长官,为自己开车,然后转眼就变成了杀手,和一伙儿武装分子袭击了自己。

再然后,他死掉了。

凯伦不知道乔治是不是自己打中的那个人。她尽量让自己相信,他是死在高诚手里。她知道乔治,那是一个胆子不大的家伙,结婚三年,买了栋大房子,有还不完的贷款,有个挺拜金的妻子,有个刚出生的女儿……

该死,这个世界都疯了!凯伦觉得胸腔里有什么东西要爆炸了,她摸出手机,拨通了局长的号码。

"我正要给你打电话!"局长的声音有些焦急,"我听说凯宾斯大街发生了枪战?"

"里面有我。"凯伦说,"我看到阿瑞斯了。但有一群戴面具的家伙疯了一样向我们射击。就在市区里，相信吗？我都怀疑自己是不是在阿富汗！"

"你受伤了？"

"不，我没事。但如果不是高诚……总之他救了我一命。你知道那些武装分子的身份吗？"

"宙斯的人？"局长问。

"看来只有我不够聪明。"凯伦神经质地笑了一声，说，"你一点也不意外，对吗？死了很多人……乔治你有印象吗？他也死了。我在想他的妻子和女儿该怎么生活……"

局长沉默了一会儿，说："如果他对你开枪，他就是敌人。"

"我不是一个心慈手软的人，你知道。"凯伦说，"敌人当然该死，但他们本不该是敌人！他们都是希腊人，是情报局的精英！我们为什么要让自己人流血？"

"这你得去问宙斯——还记得我和你说过的话吗？"

"他是希腊的敌人……"凯伦低声复述了一遍，突然问，"我现在有点相信你了。但你为什么不向上面报告？部长也许能——"

"我试过了，但宙斯的尾巴藏得很好。而且——"局长突然笑起来，但一点也不欢快，"我听说，宙斯送了部长一幅毕加索的画。瞧，多么慷慨！"

凯伦一言不发，只是觉得浑身无力。

挂断电话后，凯伦一直在思考着宙斯这个人。她必须做点什么，让希腊的鲜血不再白白流淌。如果可能，她愿意单枪匹马杀进宙斯办公室，赌上性命让黑幕终结。但理智上，她知道自己必须寻找助力，迂回前行。

这一刻，凯伦终于体会到局长的难处。显然，国家情报局几乎失控了。局长根本拉不住这辆在歧路狂奔的马车，更何况驾车的人还不是他。

必须借助外力！凯伦立刻想到了高诚。越是接触，她就越觉得这个人充满了谜团。但高诚的强大无可置疑，就连那个同伴也不简单。他们也许是个神秘组织？无所谓了，凯伦知道自己没资格挑挑拣拣。

"至少我们拥有共同的敌人。"凯伦想。她敏锐地察觉到，宙斯的杀手们并非光针对自己，也包括高诚和金俊浩。如果能说服他们加入，那么……

凯伦突然停住了脚步。也许是命运注定，在街角，她看到高诚的影子一晃而过。

高诚刚刚打完电话。战斗中，他——准确地说是"他"——发现了一个重要细节：一个武装分子的手臂上，有一个山峰形状的文身。高诚用手机拍下了这个，然后给布鲁诺发过去。

布鲁诺在电话中是这么说的："我没有查到任何信息。这应该是一个完全内敛的秘密组织。但你连续遇到了两次。我们必须考虑，这是不是一个针对我们的陷阱？"

"陷阱也要跳！"机械心灵这样回复。

布鲁诺没提出异议，同伴们都信任他。但高诚自己不这么想。他觉得自己分裂成了两个，真正的自己存在感越来越弱。会不会哪天一觉醒来，自己就消失了呢？

高诚苦笑着摇摇头，把胡思乱想抛到脑后。他开始在街上搜寻，希望能找到阿瑞斯。

没错。就在战斗时，处于"机械心灵"状态的高诚，敏锐地发现有人窥视。他发现那是阿瑞斯，天知道这家伙是怎么把追兵甩开的。阿瑞斯只看了一小会儿，大概被高诚的能力吓到了。但他还是留下了线索，在"机械心灵"的关注下，无所遁形。

这也是高诚急于离开的原因。他追着阿瑞斯的痕迹，一路跟踪，还抽空给布鲁诺打了个电话。再然后，高诚解除了超能力，他快坚持不下去了。当高诚恢复正常后，那些原本清晰无比的线索立刻消失了。或者说它们还在，但高诚看不到了。

所有超能力都有限制。比如宫本瞬，他那种强大的力量爆发起来，甚至能对抗一支小型军队。但这是理论上，实际根本坚持不了多久。高诚的这种好一些，但频繁使用还是会对身体造成损伤。鼻腔流血是最初的表现，如果继续下去，高诚怀疑自己会突发脑溢血。

不管怎么说，高诚现在算是在城市里迷失了。他不知道该怎么去找阿瑞斯，哪怕知道就在附近。

"我得想一想。"高诚停下脚步。他想着之前发生的事，一件又一件。突然间，金俊浩的话浮现出来。

"我大概被老鼠附了体，不然干吗钻到下水道里去？"

高诚眼睛一亮，下水道！那里又黑又脏，味道不怎么样，没什么人愿意往里钻。可想要藏起来，还有比那里更安全的地方吗？他当然也清楚自己的想法挺滑稽，不过反正也没办法可想，为什么不赌一把呢？

高诚眼珠一转，看到街角的一个下水道口。上面有长方形的金属格栅，黑乎乎的，还沾着几张废纸。他弯下腰，开始用力往上搬。这玩意儿是铸铁的，沉得要命，高诚累得气喘吁吁。这时，几个过路的年轻人停下来，很诧异地看着他。

"抱歉，您在做什么？"一个青年问。

"里面出了问题，我得去检修。"高诚喘着气，继续搬，"但这东西！哎——真沉！该死——"

"您是管道工？"青年愣了一下，然后想，这个人大概因为着急，连工作服都来不及换。他转身对伙伴们说，"我们为什么不帮帮忙呢？"

当然！大家立刻动手，七手八脚把长方形的下水道格栅搬了出来，露出黑乎乎的洞口。

"太感谢了！"高诚沿着墙面的扶手爬下去，挥挥手说，"你们都是好人！"

高诚消失在黑黝黝的竖井下。年轻人们突然想到了一件事。

"我们要把格栅盖上吗？"

"那他就出不来了。"

"但这样会很危险吧？如果放着不管，会有人失足掉下去的！"

"那……"几个年轻人面面相觑。最后，他们做出了一个艰难的决定：守在这里，直到高诚出来。但他们不知道那个"管道工"何时才能结束工作，弄不好，今天一天的活动就要泡汤了。

做好人挺难的。他们想。

竖井下，高诚正在黑暗中行走。什么都看不见，隐约能听到滴水的声音。雅典的下水道又高又宽，一个人行走根本不是问题。但高诚不敢弄出光亮，鬼知道阿瑞斯是不是藏在什么地方，正等着用钢管砸断自己的脖子呢？

于是，他只能深一脚浅一脚地摸索。脚下是没过脚踝的污水，散发着臭气。高诚尽力忍耐，不去理会嗅觉神经的不断抗议。渐渐地，他开始感受不到味道了。大概是鼻子瘫痪了，休克了。高诚管不了这些，不断地朝前走。

又走了一会儿，高诚突然觉得很傻。我居然会为了一个莫名其妙的猜测跑到这里来？这里除了臭水和老鼠，什么都没有！他越来越怀疑自己的决定。也许再过一会儿，他就会走到排污口，然后被冲到海里去……

高诚很想掉头回去，有一次甚至已经这么做了。但他还是忍住了这种欲望。没错，我是个傻瓜，但如果放弃了，那就是一个半途而废的傻瓜！

突然，高诚听到右侧有什么声音传来。他摸着墙壁拐过去。所谓墙壁也只是弧形的管道，但前面似乎分了岔，高诚沿着岔路走过去，直到某一刻，他手上一空，再也摸不到任何东西。

凭经验断定，他此刻应该离开了管道，到了一个更加巨大的空间。蹚水的回声已经变得非常微小，但眼前依旧黑乎乎的什么都看不见。高诚停下脚步，侧耳倾听。但之前的声音已经消失，根本找不到目标。

犹豫片刻，他打开了手机上的闪光灯。雪亮的光柱刺破黑暗，照到了一堵湿漉漉的墙壁。它微微泛着绿色，苔藓在上面安了家。

高诚四下照了一圈，才发现自己待的地方是个空阔的大厅。手机的光甚至不足以照到另一头，凭这点推断，这座大厅起码有上千立方米。

一瞬间，高诚以为自己发现了什么地下遗迹。但他随即明白过来，这里是一座防备洪峰的蓄水池，只是现在没什么水。

高诚一面走一面照。这里可真大。高诚想起了自己去过的海洋馆，里面有个让大白鲸游泳的巨大水池，就和这个差不多。他隔着玻璃和白鲸对视过，白鲸眼神平静。

突然，高诚在墙角看到了一个蜷缩的人影。

是他！

地面上。凯伦已经等了很久。自从高诚进入了下水道，她就一直在附近躲着看。凯伦心中充满了疑惑，不明白这家伙到底在干吗。但她相信这绝不是无聊之举，他肯定是发现了什么。

等等！凯伦突然想起来，阿瑞斯身上有很多黑乎乎的污渍，金俊浩身上也有。难道说——凯伦眼睛亮起来。她从藏身之地出来，走向那个下水道口。

"小姐！"一个年轻人提醒，"注意脚下！"

"多谢！但你们不知道，我是公司派来维修管道的吗？"说这话的时候，凯伦已经开始往下爬。

"你也是管道工？"几个年轻人目瞪口呆。穿着一身西装短裙的美女管道工？

"抱歉，"一个年轻人忍不住问，"你们市政公司的制服都换了吗？"

"商业秘密。"凯伦微微一笑，消失在竖井下。

凯伦沿着下水道前行，她速度比高诚快，但在那个岔路口并没有右拐，就这样和高诚失之交臂。

蓄水室内。

高诚用闪光灯照着墙角的那个人。

没错，是阿瑞斯。但不知怎么了，这个一米九多的大汉像个受惊的小姑娘似的，只会抱头呜咽。高诚走过去，阿瑞斯立刻逃向另一边，用惊恐的目光盯着他。

什么情况？之前不是挺凶狠的吗？一根钢管就敢对抗两个超能力者，而且打得有声有色不是？高诚彻底糊涂了。他咳嗽了一声，试图和阿瑞斯交流。

"阿瑞斯？"

阿瑞斯双眼茫然，似乎根本听不懂高诚在说什么。

"有什么可以帮你的吗，阿瑞斯？"高诚继续问。

阿瑞斯看着他，突然喃喃地说："阿瑞斯？不，我不是阿瑞斯。不是。"

"那你是谁？"

"我是谁？我是谁？"阿瑞斯使劲捧着脑袋，不断重复，"我是谁？我是谁？"

突然，他抬起头，用血红的眸子盯着高诚问："我是谁？"

高诚吓了一跳！他突然想到了那个梦，想起了那张血淋淋的脸。金俊浩也是这样问自己：我是谁？

一股寒气从高诚心底升起，起了一身鸡皮疙瘩。他深深吸气，把这感觉压下去。高诚提醒自己，这不是梦，是真实的世界，这只是一个巧合。但这漆黑的环境始终压抑着他，手机的灯光只是惨白的一缕，就像梦中的月光……

这该死的黑暗！

突然，有光明亮起。就像一轮太阳，在蓄水室另一头闪耀。一颗又一颗，无数太阳般的光亮刺破黑暗，将这个蓄水室照得亮如白昼。

高诚下意识地用手遮挡，从指缝间，他隐约看到了许多人影。

都是射灯。每一盏射灯下，都有一个戴面具的武装分子。他们穿着暗黑色的迷彩服，背着战术背包，黑洞洞的枪口对准了高诚。

光明下，高诚无所遁形。

"报应这么快？"刚刚诅咒过黑暗的高诚发出一声呻吟。对面的枪口喷出了火光！

第十八章

十分钟前，下水道口。

几个年轻人正在打赌。他们为市政公司是否还会派人，又会穿着什么样的衣服争论不休。"也许会来一支军队，去下水道里对付怪兽呢？"一个年轻人说着，然后和大家一同哈哈大笑。

突然，笑声消失了，似乎有人用手死死卡住了他们的脖子。年轻人们瞪大眼睛，看着几辆汽车停下来，一个又一个全副武装的家伙下来，奔向了下水道口。

"天哪，我刚才说了些什么？"那个年轻人掐了一下自己，发现疼得厉害。他拉住最后一名正要下井的武装分子，用恳求的语气问，"先生！求求你告诉我，下面发生了什么？是怪兽吗？我的好奇心都要爆炸了！"

武装分子看了他一眼，面具下传来瓮声瓮气的声音："对。所以躲远点，你们都是好人，不该死在这里。"说完甩开年轻人的手，爬了下去。

年轻人互相看着，谁也不知该怎么办。一个人怯生生地问："我们……还待在这里吗？"

"我们得待在这儿！"那个提问的年轻人眼中闪烁着激动的光，用力说，"我们正在参与拯救世界的行动，也许我们会成为英雄呢！"

英雄！年轻人们都激动了起来。

这个世界没有英雄。高诚一直这样想。他从没想过去拯救什么，只想和自己的朋友们好好生活。这是一个多么平淡的愿望，却注定难以实现。枪口喷出火光的刹那，高诚脑子里就在想这些问题。

然后，一种冰冷的情绪占据了他的大脑，数不清的数据流冲击过来。

机械心灵，启动。

随着瞳孔颜色的改变，这个世界在他眼中再无秘密。枪口的角度，人体肌肉的变化，子弹的轨迹，全部变成可以计算、可以掌握的数据，然后在脑海中重新还原呈现，化作一幅立体图景。

很慢，很慢，一切都很慢。高诚缓缓地、艰难地移动自己的身体。他的思维快如花火，肉体却远远跟不上。如果给自己的脑袋下换一副宫本瞬的身体，大概会是这个世界最无敌的人了。宫本瞬……他有没有按计划坐飞机赶到呢？金俊浩能不能和他顺利碰面？千万不要被人抓住吧……

高诚的脑袋里转过无数念头，那是冗余的计算力无处安放的表现。操纵这副迟钝的躯体，只需要思维的极小部分——哪怕是在子弹之中跳舞呢！

但在那些武装分子眼中，高诚实在太快了！或许他并没有超过正常人类的极限，但他每一次踏步，肌肉每一次微小抖动，每一次晃动身体，每一次跳跃，都连贯得完美无瑕，仿佛一支排练许久的舞蹈。

就在子弹的风暴中，高诚不住前冲！前冲！前冲！他淡漠的眼神冻结着空气，呼吸都变成奢望。武装分子们发出疯狂的怒吼，在恐惧之下，他们激发了最后的力量。

子弹更加密集。即便在高诚计算的无穷概率里，也已经找不到无伤通过的可能。于是，他选择了让一些子弹擦过身体，一颗又一颗，像小刀一样划过肌肉，带出一丝丝血花！

"他受伤了！"有人惊喜地大叫。

魔鬼也会受伤！这让武装分子们振奋起来。但这是最后的喜悦，随着这喊声，高诚已经冲入人群。他屈指点在那个因高喊而忘了开枪的武装分子的喉结上，发出核桃被砸碎一般的声音。武装分子软软地倒下去，眼中带着不可置信的神色。

高诚一把抄起掉落的冲锋枪，扣动扳机，开始在人群中扫射。鲜血迸发出来，人体像被割倒的麦子，七扭八歪地倒下。高诚身上沾满了血，有自己的，也有敌人的。血腥气令人作呕，但他毫不在意，只是一面躲闪，一面不断地收割生命。

在他眼中，鲜活的生命只是一个数字，而且越少越好。四个，三个，两个……高诚看着最后一个敌人，对方已经崩溃，跪在地上喃喃自语，不知道说着什么疯话。

高诚走过去，把枪顶在他的后脑上。

突然，高诚眼神闪烁起来，瞳孔不断在银色和黑色间变化。机械心灵明白，这是主人格在阻止自己。挣扎了几下，它放弃了，顺从地退下，把满地的尸体留给高诚。

"我的天……"高诚倒吸了一口冷气！

到处都是血，滑腻腻的令人作呕。高诚觉得头皮发麻，鸡皮疙瘩起了一身。我的天，我到底干了什么……

他们是敌人，他们想要我的命！内心深处，高诚这样给自己辩护。但这说服不了他，其实到了最后，那些武装分子已经崩溃了。他完全可以放过一些人，至少不会死掉这么多……

幸好，最后还留下一个。

"你走吧。"高诚声音嘶哑着说，"不要再来了。告诉你背后的人，如果不想——"

突然，那个人抬起头，猛地向高诚冲过来！

这人已经失去了冷静，但可以理解。高诚这么想着。但他很快发现，不对，好快！太快了！那个武装分子的身影在视网膜上留下一串残像，然后失去了踪迹。

超能力！

高诚瞪大了眼睛。这家伙居然有超能力！速度型，就像宫本瞬一样！虽然他比宫本瞬要慢得多，但依旧超越了人体极限！

他的思维只转到这里。胸前传来一阵剧痛。他眼前发黑，一口气喘不过来。然后，一双铁钳一样的手掌死死卡住高诚的脖子。高诚奋力去掰他的手腕，但对方死也不肯放开。

两个人都在坚持，高诚渐渐没了力气，他眼前直冒金星，肺叶好像着了火，整个世界似乎越来越远。察觉到高诚的虚弱，那个人更加亢奋，他鼻孔微微张开，好像发了狂的公牛，不住地用力！

突然，武装分子瞪大眼睛，眼珠几乎从眼眶里跳出来。面孔因为剧痛，扭曲得不成样子。他嗬嗬两声，夹着双腿从高诚身上倒下去。

高诚用尽最后的力气，把那个家伙蹬远一点，然后躺在地上大口地喘气。他头一次发现，能自由呼吸是一件多么美妙的事情。大概过了五分钟，他才恢复了一些力气。

　　高诚慢慢爬起来，去查看那个武装分子。那家伙已经死了，胯下的血水顺着裤脚慢慢流淌出来——那是一记撩阴铁膝的成果。高诚撕开他的衣袖，果然在手臂上，发现了山峰形状的文身。

　　他突然想起一种可能，立刻去检查其他尸体的手臂。果然，高诚又发现了一个带着文身的。但只有这一个了，其他人都没有这个东西。

　　我猜到了……高诚的眼睛渐渐亮起来：这文身的意义我猜到了！

　　这是一个很简单的推论。高诚在中海市见到一个能操纵重力的大汉，然后是这里，一个超高速能力的拥有者。他们都有文身。那么，也许真相就是这样：拥有文身的家伙，都有超能力。

　　如果是这样，另外两个没展现任何存在感就死于乱战中的家伙实在弱爆了。这也能算超能力者？总之，高诚觉得这些"超能力者"不对劲，反正差劲得很。

　　高诚最后扫视了一眼满地的尸体，叹了口气，向下水道走去——然后他立刻又回来了。

　　"我这脑子！"高诚拍了拍额头。他居然把阿瑞斯给忘了！希望这家伙没死在刚才的枪林弹雨中。高诚拾起一盏头灯，在蓄水池里照来照去，竟然找不到阿瑞斯的身影！

　　"跑了？"高诚微微发呆。

　　突然，背后有个硬邦邦的东西顶住了他，一个低沉的声音说："别动！"

高诚举起手来，慢慢转过身。阿瑞斯站在背后，手中持着一把带血的冲锋枪。他盯着高诚，眼中闪动着冷厉的光芒。

"阿瑞斯？"高诚试探着问。

"把头转回去！"阿瑞斯握紧手中的枪，"信不信我现在就开枪？"

高诚只好转过头，前面一片黑暗。

"这些人都是你杀的？了不起。"阿瑞斯，"你那个同伴呢？"

"你为什么要找他？我不明白。"高诚说，"如果我是你，第一时间就会跑得远远的，到美洲或者非洲去，越远越好。你干吗老老实实待在雅典呢？"

高诚的腰眼立刻传来一阵剧痛。阿瑞斯叫着："你竟然知道！你是他们派来抓我的，是不是？"

"放松一点，伙计。"高诚耸耸肩，"我是一个侦探，情报局请我来的。他们说丢了东西，叫什么金苹果。不怕你笑话，我到现在还不知道这是什么玩意儿呢！"

"谁请你来的？宙斯还是艾伯特？"

"第二个。"

"哈哈，艾伯特这个白痴。"阿瑞斯神经质般地笑起来，"他永远不会知道自己在和谁斗！他竟然想对付宙斯！"

"但你不也一样？偷了他的东西。"

"我没有！"阿瑞斯焦躁地嚷着，"我什么都不知道，我是无辜的！闭嘴，不许再提这件事！"

他再次用枪口戳高诚的腰。高诚"哎哟"一声，右手的头灯掉落下去。头灯旋转着，雪亮的光柱扫过阿瑞斯的脸，他不由自主地闭了一下眼。

就是现在！

高诚突然顺着枪管转身，向阿瑞斯扑去。阿瑞斯扣动扳机，对面的墙上迸发出一溜火星。高诚抓住阿瑞斯的胳膊，狠狠一扭。"当"的一声，冲锋枪掉在地上。阿瑞斯忍着剧痛，抓住高诚的衣襟。他用力把高诚举起，狠狠向地面砸去！

半空中，高诚的双腿盘住阿瑞斯的脖子。阿瑞斯被巨大的惯性撂倒，在坚硬的地面上摔得眼冒金星。高诚压住阿瑞斯，一掌砍在他的脖子上。这下足以让普通人昏迷的重击，却被阿瑞斯粗壮的肌肉扛住了。他只是稍稍有些眩晕，然后伸手抓向高诚的脖子。

高诚用手臂挡住。那个铁钳一样的手掌攥住了他的手腕。一阵剧痛传来，高诚怀疑自己的骨头都要被捏碎了。阿瑞斯正在用力，想把高诚甩下去。高诚已经顾不上对方的死活，屈指狠狠砸中了阿瑞斯的太阳穴。

阿瑞斯的身体立刻瘫软下去。但高诚来不及品尝胜利的喜悦，他感到一种恐怖的能量从阿瑞斯体内涌出，冲入了自己的身体。他的意识只维持了三秒钟，就被拖入无边的黑暗……

"高诚"慢慢站起来，他谨慎地四下看看，似乎想找个安全的方向逃离。但下一刻，他浑身颤抖起来，一抹银色的光从眼眸中透出来。当主人格被压制后，机械心灵开始了自己的抗争。

"你是谁？"高诚从喉咙里吼叫。

"你又是谁？"机械心灵说。

"我不知道！我是谁……我是谁……"

"不管你是谁，现在都不能走。"

"不，我得离开……危险……离开……"

两个意志在一具肉体里展开了斗争，高诚浑身颤抖着，仿佛分成了两半。他的左脚向前进，右脚却后退，他浑身肌肉扭曲，实际上全部都在内耗。终于，两缕鲜红的血从鼻孔淌出，高诚一头栽倒在地。

他昏迷了。

不知过了多久，远处传来哗啦哗啦的淌水声。一盏射灯歪倒在污水里，仍在放射出光亮。它映出了一个窈窕的身影，是凯伦。她低头看着这地狱般的环境，脸色变得苍白起来。

她来得有些晚了。自从错过那个岔口，她在错误的道路上越走越远。直到枪声响起，她才意识到这一点。但下水道里错综复杂，当她赶到，一切都结束了。

凯伦看到了高诚，还有同样倒在地上的阿瑞斯。谢天谢地，这两人只是昏倒了。凯伦把他们拖到墙角，让他们靠在湿漉漉的墙壁上，然后给阿瑞斯戴上一副手铐。

做完这一切，凯伦才松了口气。但她立刻又提醒自己，现在还不是放松的时候。这里并不安全，得马上离开。

但凯伦一个人带不走他们，尤其是阿瑞斯这个壮汉。她拿起电话，打算让艾伯特帮忙。但刚按了一个号码，突然听到了蹚水的声音。

哗啦，哗啦，哗啦。越来越近。

"谁在那儿？"凯伦拔出手枪。

一个男子的身影慢慢出现。他拥有希腊雕塑般完美的体形，金子般的头发，没有缺陷的脸。深色的阿玛尼西装是那样得体，宝石蓝的领带闪着光，仿佛这里不是什么下水道，而是明星云集的慈善晚宴。

"宙斯！"凯伦的瞳孔骤然一缩。

"凯伦，"宙斯微笑着说，"把那两个人交给我。"

"别做梦了！"凯伦用枪口对着他，"你这个凶手！看看这地上，都是希腊人的血！你害死了他们！"

"难道是我开的枪？醒醒吧，他们是被高诚杀死的。"宙斯摊开手，"瞧，我的双手是干净的。它从没沾过希腊人的血。"

"你让我感到恶心！"凯伦冷笑，"对，你只是签署了几个文件，打打电话，发发命令……然后就让他们去送死！政客比杀人犯更加令人作呕！"

"这是能力问题。"宙斯摇头，"他们原本不用死，如果能更强大一些的话。归根结底，这个世界属于强者。比如你，远比这些人有用得多。也许我犯了个错误，这件事一开始就该交给你来负责。"

"我听不懂你在说什么！"凯伦的手指在微微用力。

扣动扳机！她对自己说。只要杀了这个家伙，一些都会恢复到以前。这个世界不需要野心勃勃的政客，也不需要残忍的刽子手。

"我说过，你永远不会是我的障碍。"宙斯微笑着，"月亮女神。"

陡然，凯伦的手指失去了力气。她浑身僵硬，冷汗直冒。一个噩梦正在心底复活，张牙舞爪的魔怪直起身子，露出狰狞的笑容。

上帝！这个称呼……这种感觉……我似乎……

凯伦竭尽全力，想要摆脱这一切。但她做不到，在多年磨炼出的坚强外壳下，深埋的种子破土而出。它招摇成恐怖童话中的怪树，婆娑的枝条犹如无数手臂，拉扯住天空。

黑暗的天穹压下来，她无可抵挡。不，我必须……必须……这是最后的思维火花，仿佛行将熄灭的炭火。

微微一闪，归于沉寂。

凯伦放下枪。她看着宙斯，双眼一片空茫。

"欢迎回归神座。"宙斯微微鞠躬，"月亮女神，阿尔忒弥斯。"

凯伦同样微微躬身，以古典的礼仪回应。

第十九章

雅典国际机场。

金俊浩坐在接机大厅的座位上，神色有些焦急。现在是十一点二十分，距离宫本瞬的飞机抵达，还有一个小时的时间。

"应该没有问题。"金俊浩自言自语。

一路上，他甩掉了追兵，反复确认没有人跟随自己，才进入机场。现在他只须等待，只要宫本瞬从那个通道里走出来，就万事大吉了。

但不知为什么，不安的感觉围绕着他。金俊浩掏出手机，给高诚打了个电话，但一直打不通。这让他的不安感更加强烈，金俊浩站起来，准备先找个地方躲躲。

"亲爱的，你要去哪里？"一个娇媚的声音在背后响起。

金俊浩慢慢回过头。身后站着一个无比美丽的女子，她挽着高高的发髻，满脸带笑。她身后，站着六个身穿黑色西装的墨镜男子，就像电影里的保镖一样，充满了杀气。

他们的腰间鼓鼓囊囊，显然带着武器。

"蒂娜？"金俊浩睁大眼睛。

"你不是打算离开希腊吧？"蒂娜委屈地说，"是我哪里做得不好吗？亲爱的，千万不要！我们的度假还没结束呢！跟我回去，好吗？"

金俊浩着了魔似的点点头。

"我就知道你最听我的！"蒂娜露出甜蜜的笑，小鸟依人般地偎在金俊浩的臂弯里。他们朝机场外走去，六个保镖紧随其后。

第二十章

高诚知道自己在做梦。

与上次不同，这回始于幽深的下水道。没有任何人引导，他在独自跋涉。双腿僵硬地向前挪动，耳畔传来哗啦哗啦的声音。前方永远是黑的，他从黑暗走向黑暗。

高诚想起小时候，在基地里训练时犯了错，教官关了他的禁闭。那是一个狭窄的屋子，没有一丝光，只能听到自己心跳的声音。也许只有几个小时，但高诚觉得自己在里面待了一辈子。

如果不是May跑来，偷偷趴在门缝上为自己唱歌，高诚一定会发疯。他至今记得那个旋律，是一首泰国歌曲。但他没去查过名字，也不想再听任何人唱的版本。他只想让这首歌留在记忆里，在自己心中静静哼唱。

高诚开始哼唱。渐渐地，黑暗不再可怕，也不再孤独。他觉得自己可以这么走下去，走多久都行。就在这时，前方突然出现了光亮。

那是一面镜子。高诚站在前面，看到一张木然的脸。

这是我吗？高诚弯了弯嘴角，对这副表情很不满意。他突然僵住了，死死盯着镜子——里面的那张脸纹丝不动。

"和上次不一样。"高诚看着镜中的自己，"瞧，我能说话了。"

"你知道自己是谁吗？"镜中的高诚也在说话。

"我是高诚。"

"那我是谁？"

"你是梦中的怪物，和上次金俊浩一样。"高诚说，"噩梦都这样，总会有个东西出来吓你。"

"错了。"镜中的高诚露出诡秘的笑容，"你不是高诚，我才是。"

高诚突然感到脸上有热乎乎的东西在流淌。他伸手一抹，全是血。不，不光是血，脸上还满是黏糊糊的鲜肉，根本没有皮肤！

天哪，我的脸！

火烧一样的剧痛这才传来，整个面孔都在扭曲抽搐！高诚大叫一声，睁开了眼睛。

头顶好像有一团火焰在燃烧。过了一会儿，高诚才渐渐看清，那是一幅巨大的壁画。这幅画卷占据了整个穹顶，最中央的部分，用极为浓烈的金红色描绘出威严的希腊主神宙斯的殿堂。

高诚动了动手，却传来哗啦一声，他这才发现，自己被一根铁链绑在了廊柱上。高诚用力挣了两下，根本动不了。

"该死！这是什么地方？"他叫起来。

"众神殿。"一个声音说。

高诚看过去。神殿中央，矗立着庄严的王座，上面端坐着一个金色头发的男子。他穿着一身紫色的长袍，就像壁画上的宙斯一样。

"宙斯？"他问。

"初次见面。"宙斯从王座上走下来。他身边，是一群穿着白袍的追随者。白袍上有山峰的徽章，如果猜得不错，这些人都是超能力者。

好多……高诚数了数，不下二十个。就算他们的超能力都比较弱小，但依旧算得上一股不可忽视的力量。

这不正常。高诚自己做过这方面的研究，宫本杏也一直在做着召唤……一切数据都表明，宙斯不可能找到这么多超能力者。他看到宙斯已经走到对面，忍不住问：

"这些人都有超能力？"

"你肯定觉得这不正常。"宙斯说，"你研究过这个，我知道。"

"我得承认，在知己知彼上你棋高一着。"高诚皱了皱眉，"我到现在都不清楚你的立场。你是黑座的吗？"

"是黑座，也是圣山组织。关键看你怎么想。"

"说说看？"

"如果你把我看作敌人，那这里就是黑座的分部。如果把我当作朋友，这里就是圣山组织。"宙斯摇摇头，"高诚，聪明人不必绕弯子。"

"其实我笨得要命。"高诚说。

这是实话，但宙斯把这当作了拒绝。他皱起眉头："你的朋友已经决定加入了，为什么不听听他的意见呢？"

"谁？"

高诚满心疑惑。然后他就看到了金俊浩。

金俊浩不是一个人来的。他身旁还依偎着一个姑娘。

高诚不禁睁大了眼睛。那是一张标准的瓜子脸，睫毛长而弯曲，眼睛中似乎永远有水波在荡漾。柔软的嘴唇如同樱花，带着一种令人沉醉的甜蜜。金色的长发披散下来，仿佛流淌在肩头的阳光。

真漂亮，高诚赞叹。他见过金俊浩很多女朋友，这无疑是最漂亮的一个。再配上金俊浩堪比明星的俊脸，真是赏心悦目的一对儿。

唯一煞风景的是，两人身后跟着六个面无表情的黑衣保镖。

"你怎么落到这种地步？"金俊浩看着高诚。

"天有不测风云。"高诚苦笑，"我听说，你要加入那个……什么来的？"

"圣山。"

"对，就这个。但理由呢？说实话我觉得太突然了。"

"有她就足够了。"金俊浩看了一眼蒂娜，蒂娜笑得更甜了。

"干得漂亮——这真是金俊浩的风格。"高诚叹了口气，看着宙斯，"这样的美人儿神仙都会心动。但我能得到什么？一个一模一样的女人？"

"蒂娜的美是独一无二的。但如果你需要，我可以赐给你一位神灵。"宙斯说着，拍拍手。

一个女子走出来，她穿着古希腊的拖地长裙，赤着双脚，头上还带着橄榄枝编成的花冠。高诚盯着她，露出不可思议的神情。

是凯伦！

高诚张大嘴巴——这不可能！他死死盯着凯伦的脸，发现对方的眼神迷茫，好像在梦游。

"你对她做了什么？"高诚愤怒地问。

"只是让迷途的孩子回归神座。"宙斯微笑着说，"我们的月亮女神，阿尔忒弥斯。"

"太可笑了！"高诚大笑起来，"一天前她还是情报局的特工，现在你让我相信她是神灵？"

"拥有王座的都是神灵。"宙斯的手划过大厅中的那些座椅，"瞧，它们都虚位以待。只要你点头，就有一个位置属于你。你将成为神，拥有无上的权力，世人都是我们的奴仆。"

"我觉得你疯了。"

宙斯板起了脸。他盯着高诚："你还是不肯加入？"

"是你让我没信心。"高诚摇头，"就凭你搜集的这些废柴超能力者，还想征服世界？说实话吧，他们加一块儿不够我一只手打的。"

"如果有一千个、一万个呢？"宙斯淡淡地说。

他真的疯了吗？高诚张大嘴巴，看着宙斯。他知道自己在说什么吗？全世界的超能力者加起来，也没这个数字！除非……高诚脑中闪过一线灵光！

"金苹果？"他脱口而出。

"只要你加入，这个秘密就会向你敞开。"宙斯不置可否地说。

高诚吸了口气，他在消化这个巨大的秘密。金苹果能批量制造超能力者？不，应该没那么快，否则宙斯手中该有更多的人。但不管怎么说，这秘密也足够惊天动地了。

"如果我不加入，你会杀了我吗？"高诚问。

"怎么会呢？那可是巨大的浪费。"宙斯露出残忍的笑，"你们是解码者，但知道吗，我掌握了一种DNA反编译技术，可以把你们重新控制起来。当然，会有些后遗症，比如脑子没那么清醒……"

他的话还没说完，一个穿着黑袍的男子急匆匆赶过来。

"哈迪斯？"宙斯有点诧异，"出了什么事？"

"阿瑞斯不见了！"哈迪斯面色苍白。

宙斯似乎没能听懂这句话。他用一种怪异的表情看着哈迪斯："你说他逃了？从那个铁牢？"

哈迪斯点点头。

这不可能！宙斯根本不能相信。那个牢房是他亲自督造的，别说超能力者，就是关上一头恐龙都行！

"是有内应吗？"宙斯深深吸了口气，强自镇定。

"也许。"哈迪斯低声说。

背叛！又是背叛！宙斯胸膛起伏。他看着大厅里的人，只有阿波罗不在身边。难道是他？有这个可能，自从户隐到来，那个小子就一直不安分……

突然，他听到高诚说："看来你的组织也不怎么样嘛。"

"你想死吗？"宙斯盯着他，眼中冒出火焰。他决定了，要对高诚进行反编译，哪怕浪费了这颗聪明的脑瓜儿呢！

"闹剧结束了。"高诚说。

这似乎是一个信号。金俊浩突然放开蒂娜的手，向宙斯冲去！宙斯大吃一惊，他看到蒂娜仍然面带微笑站在原地，心中顿时充满了愤恨——她也是背叛者！

这些人统统都要死！宙斯看着冲过来的金俊浩。他一点也不担心，金俊浩的超能力不是战斗类型，根本不是自己的对手。除非是宫本瞬——

突然，宙斯瞪大眼睛。他看到金俊浩的右手伸出，两根手指结成剑印！

"这是！"

他的思维甚至跟不上对方的行动。"金俊浩"瞬间在视野中消失。几乎同时，宙斯感到胸前一阵尖锐的剧痛，然后身体向后飘了起来。在半空，他看到"金俊浩"紧紧贴着自己，双手紧握一把肋差，多半已经刺入了自己的前胸！

宙斯怒吼一声，一团白色的电光从他身上冒出来。"金俊浩"被电流弹了出去，向另一个方向摔去。

两人几乎同时倒地。强大的电流让"金俊浩"不住抽搐，但终究慢慢爬了起来。宙斯伤势极重，鲜血从他的胸前汩汩涌出。他盯着"金俊浩"，露出不可思议的神情。

"你……你是宫本瞬！"宙斯喘着气。

"金俊浩"撕下脸上的面具，露出一张陌生的脸。和金俊浩的俊秀不同，这张脸略显狭长，五官充满了棱角，嘴唇很薄，显得刻薄而冰冷。他没有丝毫表情，就像一座冰山。

果然是宫本瞬！宙斯见过照片。他不太明白这一切是怎么发生的，伤口的剧痛诉说着真实。

"蒂娜！"宙斯咬牙盯着蒂娜，恨不得将她放在嘴里嚼碎。我不该相信这个婊子！

突然，蒂娜身后的一名保镖上前一步，伸手砍在蒂娜脖颈上。蒂娜软软倒下去，那名保镖将她扶好，轻轻放在地上。

然后他摘下墨镜，又撕掉两撇小胡子，露出本来面目。这才是金俊浩！

　　"累死我了思密达！"金俊浩喘了口气，"我第一次控制别人这么长时间！"

　　这一切，发生得太快了。直到金俊浩说完话，剩余的五个保镖才反应过来。眼前的情形让他们震惊，但还是迅速拔出枪。可人影一闪，五个保镖几乎同时倒在地上。

　　宫本瞬缓缓收回手。

第二十一章

　　两个小时前，金俊浩和高诚分开，按计划逃向雅典国际机场。

　　他按照标准套路甩开追兵——虽然金俊浩清楚，这样做没什么用，但这正是高诚计划的重点。进入机场后，他装作内急的样子，冲进男洗手间的隔间。在那里，他见到了宫本瞬。

　　宫本瞬乘坐的是上一班飞机，布鲁诺入侵机场系统玩了个小把戏，将宫本瞬的身份和下班飞机的某人调换了一下。这原本是出于安全考虑，却被高诚见缝插针地利用了一把。

　　"见到你真好。"金俊浩去拥抱宫本瞬，"知道吗，这比我和美女约会还要激动！"

　　宫本瞬用一根手指顶住他的胸膛，让金俊浩停在那儿。

　　他有一种很古怪的违和感。男洗手间，隔间内，两个男人热情拥抱……这些因素加在一起，让宫本瞬觉得恶心。

　　然后，他听到金俊浩迫不及待的声音："脱吧！"

　　宫本瞬捂住嘴。他险些真吐出来。

"见到高诚后，我会狠狠揍他一顿。"宫本瞬恨恨地说。

"当然！这都是他的馊主意！"金俊浩一面说，一面飞快地把自己扒成一只光猪。

宫本瞬大为震惊，恐怕自己开着超能力，速度也不过如此吧？然后他惊恐地发现，金俊浩居然准备去脱内裤！

"停！"宫本瞬咬牙切齿，"白痴！你在干什么？"

"啊啊啊，我习惯了……抱歉思密达！"

两人换好了衣服。宫本瞬开始照着金俊浩的模样化装。这一手还是跟户隐学的，据说是甲贺忍者的技艺。宫本瞬想起了户隐，曾经一段时间，那个人甚至可以称得上他的师父。但想不到的是，一切都是骗局……

宫本瞬从卫生间里走出来，前往候机大厅。他的任务基本完成了，剩下的全看金俊浩。

大概十分钟后，金俊浩走出来。他大摇大摆地走到机场入口，装作刚刚下飞机的样子。不多时，他看到蒂娜带着六个保镖走过来。金俊浩没有动，他对自己的化装十分自信——韩国的易容术是最好的思密达！

果不其然，蒂娜丝毫没察觉，他们擦肩而过，金俊浩不露痕迹地在最后一人身上拍了一下。那个保镖顿时僵住了，大概停顿了半秒钟，他重新恢复了自如。然后说："抱歉，我得去下洗手间。"

蒂娜狠狠瞪了他一眼，然后撇撇嘴，示意他快去快回。后面的事情顺理成章，金俊浩变成了保镖，真正的保镖则像光猪一样晕倒在卫生间隔间里。

如果蒂娜能更谨慎一些，或许能看出一些痕迹。但她的心思全在金俊浩身上，疏忽了身边的变化。被掉了包的"保镖"跟在蒂娜身后，随时准备出手。

十分钟后，蒂娜在候机大厅见到了"金俊浩"，对方似乎正准备躲起来。一切尽在掌握，蒂娜想。然后开口说："亲爱的，你要去哪里？"

"金俊浩"慢慢回过头。蒂娜愣了一下，她感到不对劲。即便甲贺忍者的化装术再高超，也没法真的变成另一个人。尤其是蒂娜这样和金俊浩亲密接触过的枕边人。

就在这一瞬间，蒂娜身后的"保镖"轻轻碰了她一下。蒂娜呆滞了片刻，重新变得笑颜如花。

"你不是打算离开希腊吧？"蒂娜委屈地说，"是我哪里做得不好吗？亲爱的，千万不要！我们的度假还没结束呢！跟我回去，好吗？"

"金俊浩"着了魔似的点点头。

"我就知道你最听我的！"蒂娜露出甜蜜的笑，小鸟依人般地偎在金俊浩的臂弯里。

事实上，这一瞬间宫本瞬差点露馅——他感到肉麻。此刻的蒂娜已经成了金俊浩的傀儡，一言一行、一举一动都是金俊浩在表演。

忍住！宫本瞬对自己说。

他们朝机场外走去，六个保镖紧随其后。

第二十二章

宙斯捂着胸口，鲜血仍在涌出。他能感到，自己的生命力正在凋零。

"我怎么会死在这种地方！"宙斯在心中狂吼。

他想不通，到底是哪里出了问题。明明一切尽在掌握，为什么突然都变了？他的手下呢？阿波罗是叛徒，蒂娜是叛徒，还有谁？突然，他看到哈迪斯正面无表情地向后退去，顿时什么都明白了。

"你们都背叛了我！"宙斯怒吼着。

户隐！一定是户隐！宙斯觉得自己太大意。户隐隐身不出，一副看好戏的样子，这种姿态让他做出了错误地判断。宙斯本以为，户隐是打算坐山观虎斗，让自己和解码者拼个两败俱伤，再从中渔利。

这是很正常的推论，毕竟最初，户隐表现得对解码者们极为忌惮不是吗？

但他万万没想到，户隐用了另一种方式——接收了自己的势力和根基，然后利用解码者将自己踢出局！

此时此刻，宙斯对哈迪斯等人的痛恨超过了户隐。他和户隐是枭雄之争，愿赌服输。但这些背叛者……该死的背叛者！

"杀了他们！"宙斯大吼。

那些身穿白袍的超能力者立刻冲上去。最前面的是一个速度型，他的身体化作残像，用肉眼难以跟随的速度前进。他的目标是宫本瞬，那个刚刚杀伤了首领的亚洲男子。

他见识过了宫本瞬的速度，但觉得不过如此。对方果然毫无反应，他冷冷一笑，抽出一把匕首，狠狠刺入宫本瞬的胸膛！

匕首落空了。

速度型超能力者瞪大眼睛。怎么可能？明明刚才还在这里，我明明刺中了他……下一刻，他的头颅翻滚着掉下去，宫本瞬甩掉短刀上的血迹。

"蠢材！"

宫本瞬冷哼一声，竖起手指结成剑印！

顿时，整个大厅到处都是宫本瞬的身影。他一个人化身千万，有的在挥刀劈砍，有的在直刺，有的在肘击，有的在侧踹……下一刻，这些人影又全都消失不见，只有一个宫本瞬站在大厅中央。

噗噗——

血液这才从伤口喷出。十几个白袍人同时倒地，以各种姿态扭曲着。他们的眼中还凝固着攻击那一瞬间的凶狠，甚至不知死亡已经降临。

"比以前更快了思密达！"金俊浩忍不住惊呼。

大厅一片死寂，似乎一切都结束了。突然之间，凯伦——如今的月亮女神阿尔忒弥斯——拔出匕首，刺向了高诚的心脏！

杀死他们！凯伦心中只有这个命令！

高诚怔怔地看着这一切。刀锋刺入的时候，宫本瞬正在对付那些超能力者。没人救得了自己，高诚看着凯伦空洞的眼睛，心中竟在想着别的事。

她还能恢复吗？还能变回那个干练的、充满活力和攻击性的情报局女探员吗？比照这空洞的灵魂，甚至那些恶声恶气的讽刺都格外可爱起来。如果将来能恢复，又知道她亲手杀死了自己，会作何感想呢？

这该死的命运。高诚长叹。

刀锋刺入皮肤，剧痛传来。突然，高诚感到体内有一种力量在窜动。就是它！高诚记了起来，它从阿瑞斯身上窜出来，进入了自己体内。现在，当高诚性命不保的时候，它又忙不迭地逃窜。

附近只有凯伦！

它从高诚胸前冲出，沿着匕首钻入凯伦体内。凯伦浑身颤抖，然后发出一声恐惧的叫声，向大殿深处逃去。匕首在高诚胸膛划出一道血痕，"当"的一声跌在地上。

"凯伦！"高诚大叫一声。

但凯伦置若罔闻，她消失在黑暗中。

锵！宫本瞬用短刀斩断了锁链，高诚终于恢复了自由。他摸了摸胸口，还好，伤口不深。金俊浩上前给高诚包扎，宫本瞬瞥了一眼。

"算你好运。"他决定放过高诚。

宫本瞬把目光转移到宙斯身上，这么一会儿，那个垂死的人居然爬到了大厅中央。他伸出血淋淋的手掌，费力地撑起身体，让自己坐在上面。鲜血仍在流淌，猩红的座椅更加艳丽。

"我们都上了当。"宙斯叹息着，"户隐掌控了一切。我败了，接下来就是你们……"

"金苹果到底是什么？"宫本瞬问。

"我也不知道。很可笑吧。咳咳……它就在晶体里，能让普通人拥有超能力……但他们都会退化……"

宙斯仰躺在王座上，声音渐渐微弱下去。

"我做了一个梦……有无数的超能力者……我统治了世界……我是神……"

"等等！"高诚大叫起来，"凯伦呢？凯伦怎么才能恢复？告诉我！"

但宙斯再也没了呼吸。

"该死！"高诚还要说什么，突然感到地面一阵摇晃！

地震了？三个人一同抬头，发现穹顶的壁画上出现了一个巨大的裂口，而且在迅速扩大。沙尘和石块簌簌而下，耳边响起沉闷的爆裂声，似乎是从很远的地方传来。

"是炸药！"金俊浩大叫。

"户隐！"宫本瞬的眼中露出寒光。

糟糕！高诚想到了凯伦，她刚刚跑到了最深处！但一切都来不及了，身边是同伴，他必须做出选择……

"跟着我！"高诚喊了一声，瞳孔迅速变成银色。他扫视着环境，应力、结构、爆破反应、震波传导——各种数据纷至沓来。他终于计算出一条暂时安全的路径。

"这边。"他说。

宫本瞬紧紧跟随高诚，金俊浩落在了后面。他背起昏迷的蒂娜，咬着牙加速。高诚回头看了一眼，冷冷地说："扔下她！"

"我不能抛弃自己的女人！"金俊浩抗议。

"她是条毒蛇。"高诚说，"成为你的女人只是赠品，她想要你的命！"

"既成事实没法改变，这是我的原则。"金俊浩坚持。

高诚不再理他。爆炸，塌方，落石，各种需要计算的数据流几乎冲毁了他的脑袋。机械心灵并不是全知全能的神，相比计算弹道，这种近乎天灾的场面超越了他的极限。

鼻腔开始充血，再过五秒钟，毛细血管就会破裂。但高诚毫不理会，他带着同伴在死亡中寻找生机。这条生路只存在于自己的眼中，他必须坚持。

身后传来巨大的轰鸣。大厅已经塌陷，无数的土方落下，将十二个神座埋葬——还有宙斯的尸体。滚滚烟尘在通道里追上了他们，一时间什么都看不见。

"继续走！"高诚招呼同伴。

金俊浩双腿发软，大口大口地喘气。这种生死一线的奔跑加速了体力消耗，更何况还背着一个人。他觉得自己快要不行了，背上的蒂娜就像一座山。好几次，蒂娜几乎掉下去，全凭他用手臂死死箍住。

突然，一块脸盆大的石头砸下来。金俊浩奋力一跃，摔倒在坚硬的地面上。粗粝的砂石把他的手肘磨得鲜血淋漓，金俊浩费力地爬起来，突然发现蒂娜头上有鲜血淌下来。

"不！"金俊浩慌忙检查蒂娜的伤。万幸的是，颅骨没有破损。金俊浩撕下衣襟，把蒂娜的头仔细包扎好。

金俊浩再次把蒂娜背好，但脚下一个趔趄，跪倒在地。他努力了几次，都没能站起来。

"放我下来。"蒂娜微弱的声音响起。

"你醒了？"金俊浩惊喜地回过头。

蒂娜已经醒了有一会儿。足足用了几分钟，她才明白发生了什么。这段时间里，金俊浩一直在背着她逃命。

为什么？蒂娜不懂。

她接触过很多人。从很小的时候，就因为容貌出众引人觊觎。但那时她还不懂这些，只会感到开心。她在伊拉克利翁上高中，经常会面对许多男孩子的表白，情人节的时候，各种贺卡和小礼物把桌斗塞得满满当当。

那时候的蒂娜没什么心思上学，各种约会充斥着生活，她的社交天赋很高，总能轻松获得一些利益，自己又不用付出太多。这种状况持续到了大学，她变本加厉，同时在几个男人之间周旋。但最终，她得罪了一名势力很大的男人，这时她才发现，此前引以为傲的人脉或推拉技巧，其实都毫无意义。

最终，她被迫成为那个男人的情妇。她至今还记得那个夜晚，她被男人压倒在床上，那种屈辱和痛苦深深刻入心中。从此，她沦为那个男人的玩物，甚至成为他拉拢别人的筹码，她被迫去陪一个又一个陌生而恶心的男人，那是一段暗无天日的时光。

她反抗过，逃过，结果毫无意外地被捉了回来。男人舍不得对她的身体下手，就去对付蒂娜的父母。她的母亲失了业，父亲被黑帮打断了腿。蒂娜只得再次屈服。

也许是上帝的仁慈。终于有一天，蒂娜觉醒了能力。她发现自己能通过虚假的爱恋控制一个人，让对方成为自己的奴隶。

蒂娜开始复仇。她要杀掉一切占有过自己的人。通过控制那个男人开始，一个又一个，无论是黑帮大佬还是政客，她一个都不想放过。一开始很顺利，但后来终究遇到了危机。

生死关头，是宙斯拯救了她。在蒂娜眼中，宙斯是一个完美的男人。他是救世主，是英雄，是她可以全心全意付出的人。蒂娜开始围绕宙斯生活，她以为这是新生，其实进入了地狱。当有一天，宙斯要求她利用超能力去魅惑一个目标，甚至暗示可以上床的时候，蒂娜的世界崩溃了。

这一次，蒂娜没有反抗。宙斯比以前遇到的所有男人都要强大。她开始自暴自弃，认为全世界的男人都是一个样。

但金俊浩不一样。

哪怕是在生死关头，这个看上去轻浮透顶的男人也没有抛弃自己。当那块石头砸下来的时候，蒂娜以为自己死定了。但金俊浩仍是竭尽全力地拯救了她。

"让我下来。"蒂娜坚持说着。虽然她在剧烈头痛，虽然她可能一步也走不了，但她不想拖累这个男人。

"不行。"金俊浩喘着气说，"你脑袋受了伤，只是轻度脑震荡，但根本走不稳。"

"这里快塌了！"蒂娜几乎要哭出来，"我不值得你这样做！"

"闭嘴！"金俊浩咬牙切齿地说，"自那件事……自那件事以后！我绝不放弃自己的女人！"

这句话似乎给了他巨大力量。他猛然蹿起来，背着蒂娜狂奔。渐渐地，烟尘散开一些，前面出现一个三角形的回廊。金俊浩扑进去，瘫倒在地上再也动不了。

"你这样的傻瓜居然也能活下来，真是不可思议。"

金俊浩看到了一双脚。抬起头，高诚的银色眼眸正注视着他。

"废、废话！我死掉的话……全世界的女人都会伤心欲绝的……思密达！"金俊浩有气无力地反击。

高诚蹲下来，盯着蒂娜："你应该能走了。"

"是、是的！"这目光让蒂娜恐惧。她从金俊浩背上爬起来，摇摇晃晃走了几步，终究站稳了。

"这里的结构暂时安全。"高诚看着头顶，"还动得了吗？"

"可恶！别小看一夜七次郎的耐力呀！"金俊浩费力地爬起来，然后问，"宫本呢？"

人影一闪，宫本瞬出现在面前。他微微皱眉："前面是死路。"

"果然是这样吗？"高诚点点头，"除了这里的特殊结构，都塌掉了呀……"

"前面的东西你应该看一下。"宫本瞬说。

三角形回廊并不长，几十步后，宫本瞬停了下来。他们看到一具尸体倒在墙角，蒂娜捂着嘴惊叫起来："阿瑞斯！"

死者正是阿瑞斯。这个生前壮硕的大汉似乎缩小了一圈，四肢扭曲着，嘴巴微微张开，无声地诉说着什么。

高诚蹲下去，仔细检查。

"他死前受到过很痛苦的折磨。瞧，肋骨断了三根。还有这里，皮肤被剥去了。"高诚翻开他的眼皮，说，"眼睑充血，死因是窒息。"

"宙斯干的？"金俊浩问。

"你是白痴吗？"高诚看了他一眼，"有机会干这个的只能是户隐。他来过这里，逼问了一些事，再顺手杀了他。"

"户隐也想要金苹果吗？"宫本瞬问。

"恐怕更多。至少他还想要我们的命……"高诚抬起头，突然说，"我的时间到了。"

两缕鲜血从高诚鼻腔淌下来。高诚银色的眼眸一闪，被黑色代替。他晃了一下，要不是宫本瞬扶住他几乎跌倒了。高诚觉得浑身无力，脑袋仿佛要爆炸了。

他捂着脑袋，低声问："这次坚持了多久？"

"二十三分钟。"宫本瞬看了看表，"你的能力越来越强了。"

"不一定是好事……下面就拜托你们了。"

高诚靠着墙壁缓缓坐下去，整个人陷入昏沉中。

"接下来怎么办？"金俊浩问。

"交给我。"宫本瞬说。

他环视着周围。这个三角形回廊由大理石砌成，每一块都有半米见方。石面上雕刻着细密的竖线纹路，这是典型的希腊风格。这些石块相互砥砺，从两侧到头顶，一点点闭合。

大理石是最好的建筑石材，而三角形结构可以让受力均匀地分布。正如高诚所说，这是完美的避难所。

塌方的声音渐渐停止。看样子只须等待，就能逃出去。

但宫本瞬能想到的，户隐也一定不会疏忽。无论作为师徒还是敌人，宫本瞬都太了解户隐了，一定还有什么危机等着自己。他拔出刀，在回廊里巡视。

金俊浩坐下来。他太疲惫了，即便有自诩"一夜七次郎"的耐力，也在刚刚的夺命狂奔中消耗殆尽。他感到一个软软的身体靠过来，是蒂娜，精致无瑕的脸庞靠在他的肩膀上。

"刚才你说了以前的事。"蒂娜轻声说。

"哪个？"

"你说'自那件事后'，能说说吗？"

"是有那么一件事，但……"

"不想提？"

"我忘记了。"金俊浩看着她，慢慢说，"它消失了，被挖走了。就像脑子里出现一个空洞，你知道它很重要，知道那是一个女孩儿的影子，知道它关系到一些……巨大转折？我不清楚……但就是忘记了。"

"为什么？"蒂娜惊讶地看着他。

"我总会忘记一些事。这得看运气，大多无关紧要，但有时候……"

"你会忘记我吗？"

"肯定不会。"金俊浩说。但他突然想到了自己最近一次遗忘了什么。上一个女朋友，她叫什么来着？名字，面目，衣着……统统忘光了，只剩下有这么一个人的概念。

蒂娜甜甜地笑，似乎对这个回答很满意。

宫本瞬从他们身边走过，手中的日本刀闪烁着寒光。这不是之前用来刺杀宙斯的肋差，而是一柄狭长的太刀。宫本瞬总能随身携带几把这样的武器，谁也不知道他藏在什么地方，然后变戏法一样取出来。

这不是超能力，而是一门来自日本忍者的古老艺术。

随着时间的流逝，宫本瞬的危机感越来越强烈。他总感觉到有什么事情要发生。户隐不会放过他们，反之亦然。一旦有机会，双方都会毫不犹豫地发动致命一击。

而现在……

突然，宫本瞬感到地面微微晃动了一下，然后滚雷般的闷响随之而来。大量的沙尘混着石块落下来，天花板迅速龟裂，像冰纹一般迅速扩散。

"第二次爆破！"宫本瞬瞳孔收缩。

"轰隆"一声，一道天光从头顶射下。这丝毫不让人欣喜，因为伴随而下的，是一块桌球台那么大的石板！它径直砸下来，宫本瞬或许还能凭速度躲闪，但高诚金俊浩等人必死无疑！

"二十倍速！"

宫本瞬在心中默念，手中结出一个更加复杂的印。他迎着石板高高跃起，手中的太刀奋力劈出！

在金俊浩眼中，宫本瞬的身体陡然消失了，昏暗的回廊里爆发出刺目的光，仿佛有连绵不绝的闪电在翻滚。他根本不知道，宫本瞬在这一刹那究竟劈出多少刀。他只看到，宫本瞬落下之后，那块巨石完全消失了，只有大量粗糙的沙砾纷落如雨。

宫本瞬以刀拄地。他紧紧抿着嘴唇，脸色苍白得吓人。突然，他咳嗽了一声，嘴角淌出鲜血。

"瞬！"金俊浩惊叫起来。

来不及回答，更多的石块开始掉落。体积比刚才小一些，但同样致命。宫本瞬举刀挡在前面，雪亮的光芒翻滚着，每一块接近的岩石都被斩得粉碎。他的身躯算不上雄壮，但这种沉默而坚定的守护，却比山岳还要伟岸。

宫本瞬习惯了这个角色。从小，他是高诚的守护者。后来，他找到了自己的妹妹，他还是守护者。现在，站在团队的最前面，他依旧是守护者。这是一种信念，而信念会带给他力量。

只是，即便意志力可以超越极限，但力量仍不可避免地衰弱下去。他的刀越来越慢，已经无法把石块斩得那样细碎。一颗飞溅的石子打破了他的眉骨，鲜血登时淌下，但他恍若未觉，只是沉默地挥刀。

"当"的一声，超合金打造的太刀也终于禁不住这种高强度的劈斩，突然断成了几截。在宫本瞬的视野里，一切运动几乎静止：镜面般的断刃缓缓向四周飞散，每一片都映出宫本瞬血流满面的脸。巨石带着深深的刀痕，向半空缓缓飘起，但终究没有断裂。

宫本瞬已经没有了武器，短小的肋差毫无作用。此时此刻，他脑中丝毫没闪过逃生的念头。宫本瞬丢下刀柄，双手高高撑起！

"带高诚走！"他低喝。

"可恶啊，别小看我！"金俊浩明白了宫本瞬的牺牲，他怒吼着跳起来，双手撑向巨石，"你们走！带上蒂娜！"

可蒂娜就在他身边。她同样高举双手。蒂娜始终看着金俊浩，眼中有泪，脸上却带着笑。

巨石落下。

最后一刻，宫本瞬看到了高诚。他适时地醒了。高诚依旧衰弱，但高举的双手坚如磐石。

黑暗当头落下，每个人手中都传来坚硬粗粝的触感。它是那样沉重，压得每个人都微微躬身。也许抗争只是徒劳，但他们还是竭尽全力，让身体的每一寸力量爆发出来，向上，向上……

压力停了下来。黑暗中，他们相互对视，不敢相信自己竟然做到了！天哪，这可是几吨重的大理石！

"这是奇迹。"高诚舔了舔干涩的嘴唇，"信念的力量有多强大。也许这就是超能力的根源，只要相信自我……"

话没说完，一个娇柔的声音从上面传来："你们让开一点！"

"May？"高诚愣了。他下意识松开手，发现巨石纹丝不动。陆陆续续，四个人都放开了手。岩石就在头顶上悬浮，仿佛在展现一个奇迹。

"哇哦！"金俊浩耸肩，"这一定是信念的力量！"

高诚觉得，自己的脸此刻一定是绿的。

巨石缓缓上升。到一定高度后，一个穿着红色紧身衣的娇小女孩儿翻身跳下来，看上去是一个体操动作。

"大家好啊！"女孩儿挥手。

女孩儿明显是个亚洲人，很漂亮，但肤色有些黑。双眼皮，眼睛很大，但间距略小，鼻钩很深，带着明显的东南亚特点。说话的时候，她的另一只手依旧把巨石托在头顶上。

"May，你来得太及时了。"高诚说，"我相信你一定会在关键时刻赶到。瞧，这就是信念的力量。"

May笑得前仰后合，然后轻轻一拍，那块巨石"砰"的一声飞了出去。阳光立刻洒下来，照在每个人身上。蒂娜睁大眼睛——我的上帝，这女孩儿简直是头人形暴龙！

塌方还没结束，仍然不时有石块坠落。但有May在，一切都不是问题。她轻描淡写地将那些岩石推开，就像拂掉桌面上的尘土一样轻松。过了一会儿，塌方基本结束，头顶露出湛蓝的天空。

那是唯一的出口，但要爬上十几米高，并不是很容易。所幸那些碎石堆积出一条勉强可供攀爬的坡度。高诚打量了一下，决定试一试。

"稍等。"宫本瞬拦住他，对May说，"其他人呢？"

"布鲁诺我不清楚，艾玛来了，但我不知道她藏在什么地方。"May说。

"好。"宫本瞬点点头。户隐不会放弃这个局面，肯定还有后手。他对高诚说，"我第一。"

宫本瞬像猿猴一样轻快。攀岩是忍者的必修课，放在古代，这种程度根本算不了什么。宫本瞬没用超能力，只凭自身的力量就轻松登顶。他握住肋差，小心翼翼地探出头。

这里是个废弃的石料厂。宫本瞬看到一些锈蚀的采石器械，它们就像沉船一样，斜着插入塌陷的深坑里，只有一部分露在外面。更多的是白色的条石，它们有的是堆积在这里的原料，有的干脆是外翻出来的地宫横梁。大都向上方倾斜着，仿佛朝天空张开的利齿。远处是一望无际的荒野，隐隐能看到山峰和树林。

还算安全，宫本瞬想。就算真有狙击，射击角度也会基本被这些东西挡住。他再次确认了一下，然后朝下面喊："可以了。"

第二个是高诚。他的头依旧在剧痛，但体力恢复了很多。虽然比宫本瞬差得远，到底还算顺利。等轮到金俊浩时，终于遇到了一些麻烦。

尽管金俊浩总是自称"一夜七次郎"，但他并不以体能见长——大概两种运动所需的耐力不是一回事。他有些脱力，攀到四米高的时候险些掉下来。一大块被他蹬脱的岩石带着沙土滚下去，被May手疾眼快地挡开。

"要帮忙吗？"May在下面喊。

"完全不需要——思密达！"金俊浩喘了口气，"你帮蒂娜，她有伤！"

金俊浩这一路颇为惊险，在洞口险些再次失足，被宫本瞬一把拉了上去。他躺在地面上，贪婪地呼吸着新鲜空气。但片刻后，他立刻爬到洞口，向下看去。

May的动作简直是在飞。这不是指速度，而是一种状态的描述。她双脚交替踩踏岩石，像云朵一样飘浮起来，即便还带着一个蒂娜，看上去也丝毫没有影响。蒂娜这才明白，May的超能力并不是什么超级力量，而是重力控制。

她可以让岩石变轻，变得就像一大块泡沫塑料。也可以让自己和身边的人变轻。如果有必要，大概也能让什么东西变重，这是蒂娜的猜测。这真是了不起的能力，比自己的"爱情奴隶"强多了。

May跳出洞口，她把蒂娜放在地面上，然后俏皮地朝金俊浩眨眨眼睛，说："这次来真的吗？"

"我从来都是认真的。"金俊浩想。但他总是忘，大概和超能力有关，越想记住的事情越容易忘记。他想这样解释，可不行，他怕蒂娜受不了。

金俊浩只能摇头："你可真不会说话。"

May笑了。她似乎还想说什么，但身体突然失去了平衡。就好像有人在背后重重给了一拳，让她的身体向前飞出去。鲜血从May身上喷出，溅了金俊浩一头一脸。

能清晰地看到，May的右肋出现了一个恐怖的豁口，甚至能看到内脏。

"May！"金俊浩大叫着扑过去。高诚和宫本瞬同样惊呆了。他们甚至不知道子弹来自哪里。

May倒在金俊浩怀里，血汩汩涌出，顷刻间染红了金俊浩的衣襟。金俊浩慌了神，他抚摸着May苍白的面孔，急促叫着："May！你怎么样？"

"给她止血！绷带！"高诚吼着。

金俊浩这才醒悟，但他们没这东西。金俊浩把上衣撕扯成布条，把May的腰腹紧紧包扎起来。高诚用力压着她的动脉，希望能够止血。但血水仍旧往外渗，这种简单的急救只能尽人事听天命。

做这些事的时候，宫本瞬早已经挡在了他们前面。他举着刀，死死盯着子弹飞来的方向。

金俊浩站起来，他向另一个方向看去，希望找到一条快速通路。他焦急地说着："May撑不了太久，我们必须——"

突然，有人从背后把他撞了出去！

金俊浩感觉自己飞了起来。身下是坚硬的岩石，摔在上面肯定疼得要命。他拼命扭过头，看到了蒂娜。

为什么？她为什么要——

迷惑刚刚在脑中升起，就看到蒂娜的身躯猛地一折——那是个不可思议的角度。然后，一股赤艳艳的血从她胸腹间爆开，染红了金俊浩的整个世界。

"蒂娜！"

金俊浩跌在地上，岩石磨得他皮开肉绽。一点也不疼，只觉得热得发烫，就像浑身蹿了火。他大吼着，连滚带爬，手肘膝盖磨得一片血红。

蒂娜倒在地上，整个人几乎浸泡在鲜血里。一颗子弹穿透了胸腔，留下一个恐怖的血洞。

"天哪！蒂娜！不——"金俊浩惊慌失措，用手死死捂住伤口，但血越流越多。

蒂娜脸上没有半点血色，眼睛却亮得吓人。她死死盯着金俊浩，嘴唇嚅动着，发出细微的声音。

"请……不要……"

金俊浩浑身颤抖着。他把耳朵贴到蒂娜唇边。

"请……不要……忘了我……"

"不！不会的！你不会有事！你……"金俊浩语无伦次地说着，却发现蒂娜的气息渐渐消失。

"不——"金俊浩终于意识到，蒂娜真的不行了。他看着那双美丽的眼睛，看着她生命最后一刻迸发出来的光焰，失声痛哭。

"永远不会忘！"金俊浩趴在蒂娜耳边，用尽全身的力气哭喊，"听到了吗？我永远不会忘！"

蒂娜去得很安详。

金俊浩看着她的脸，陷入呆滞。他刚刚发了誓，但他不记得自己以前是否说过同样的话。我绝不能忘记……不，我不能这样想！金俊浩惊慌失措，他知道，越想记住的事情就越容易忘记……

"天哪！为什么！谁来救救我！"金俊浩捂着脑袋，痛苦地大叫。

高诚不敢相信自己的眼睛。这到底是谁干的？还会有第三颗子弹吗？他都不知道。但显然，这里的天然掩体起不到任何作用。

"趴下！听着，给我趴下！"高诚冲过去，把金俊浩按倒。金俊浩双眼无神，任他摆布。高诚就在他身侧卧倒，同时用手臂压着他。过了很久，却再没有子弹飞来。

"节哀吧。"高诚轻轻拍了拍金俊浩的后背。

金俊浩不知有没有听见。他呆滞了很久，突然问："我会忘吗？"

"什么？"

"会忘掉吗？忘掉蒂娜，像以前一样？"

高诚回答不出来。出言安慰很简单，但他自己都觉得虚假。于是他说了另外一件事。

"May需要输血。我们得送她去医院。"

"对……"金俊浩愣了片刻，"你说得对。她怎么样？"

"还算运气。肋骨断了两根，内脏没破，但出血太多……得赶快去医院！"

高诚爬起来。他看到宫本瞬依旧站得笔直。从一开始，宫本瞬就没考虑过躲避子弹。

宫本瞬内心里充满了自责。太大意了！他以为这里还算安全，至少不会出现狙击，但……看着May越来越苍白的脸，愧疚几乎让他爆炸了。他必须做点什么，才能让胸中的火焰得以宣泄。

"户隐！"宫本瞬在心中说，"我必杀你！"

这句话，或许以前也说过。但无论哪一次，都没有这样认真，这样杀机凛然。

"必须送May去医院。"高诚说，"一分钟也不能耽搁！"

宫本瞬深深吸了口气，他拔出刀，说着："我来开路！"

"但那个狙击手？"

"艾玛已经参战了。"

宫本瞬看了看西北方。那里隐隐有沉闷的枪声回荡，那是两把狙击枪在对射。

第二十三章

巴雷特M99，全长1280mm，枪管838mm，口径点416。

这款枪专为加州开发，那里的法律不允许平民拥有点50口径以上的步枪。那时候，艾玛还没有特殊渠道弄到其他枪，巴雷特M99是她能选择的威力最大的一款。

到了后来，艾玛已经有能力和人脉弄到更大口径的步枪，但最终，她还是回归了最初这把。对于狙击手来说，重要的不是威力，而是趁手。经过多年磨合，这把定制的狙击枪已经成了艾玛的一部分，用起来如臂使指。

巴雷特M99还有一个别名——猎枪弹女王。艾玛觉得这是天意，在射击的领域里，她是当之无愧的女王。

如今，女王遇到了挑衅。

她眼睁睁看着May被子弹重伤，蒂娜被直接射杀，直到枪声传来，她才意识到敌人的位置。

但怎么可能？

那里明明是射击死角！

"可恶！"艾玛死死攥着狙击枪，关节变得苍白。如果May死了……她不敢想下去。如果真是这样，艾玛永远不会原谅自己。她开始飞奔，穿过树林，跳上岩石，找到了一个没有障碍的角度。

"看到了！"艾玛盯着远方。她的巴雷特没有瞄准镜，艾玛从来不需要。随着血液的奔涌，强大的力量充斥全身。遥远的距离在她眼中不断缩近、缩近！她看到了那个人！

一个拥有一头金发，如阳光般耀眼的年轻男子。他蹲在一棵大树后面，对着瞄准镜，正要第三次扣动扳机。到此为止了——艾玛端起了巴雷特M99，对准他的脑袋。

"砰"的一声，艾玛扣动了扳机。子弹带着仇恨的怒火冲出枪膛。如无意外，0.8秒后，这颗子弹将击中那个男子，为同伴复仇。

与此同时，艾玛看到那个男子的狙击枪同样喷出了火焰！

天哪！艾玛瞪大眼睛！自己还是慢了一步！他的目标是谁？高诚？金俊浩？还是宫本瞬？这些念头在脑中一闪而过，而血脉中的力量陡然暴躁地呼喊起来，似乎在提醒她危机逼近！

下意识地，艾玛奋力向后一个翻滚。一颗子弹击中原本落脚的岩石，在上面炸出了一个大坑！

"Shit！"艾玛忍不住骂出声来。上当了！这家伙的目标竟然是自己！如果不是在枪林弹雨中练就的直觉，恐怕猎枪弹女王就此成为历史！

该死！但不对劲，艾玛清楚地看到，那个金发男子开枪的时候，枪口根本没有瞄准自己。除非子弹无视经典力学，飞出了一个弧形弹道……

我明白了！艾玛灵光一闪。

那是一个超能力者，他的力量与弹道有关。弧形弹道，或者是自动追踪什么的——这就是他能击中May的原因！

艾玛重新端起枪。她小心翼翼地隐蔽。来吧，让我们看看，谁才是真正的王者。艾玛眼中燃烧起了火焰。

第二十四章

两名超级狙击手在阴影中对峙的时候，宫本瞬也遇到了自己的对手。

他们离开采石场不远，前方出现了十几辆黑色轿车。这些车辆组成了临时阵地，后面都是戴面具的武装分子。黑洞洞的枪口架在车上，封锁住了他们的去路。

人群中，一个面容阴沉的中年男子正在看着他们。宫本瞬认出来，那是哈迪斯。那场混战里他趁乱退走，没想到在这里重逢了。

"户隐呢？"宫本瞬问。

双方相距大约有一百米。如果宫本瞬等人再靠近一些的话，哈迪斯会果断下令开枪。但现在……他不太有把握。

哈迪斯见识过宫本瞬的速度，而高诚也有单枪匹马屠戮一支小队的战绩。如果不是有户隐在背后支持，他真没有勇气站在这里。

哈迪斯说："宫本瞬，你们没有机会了。不想让同伴死掉的话，赶快投降吧！"

宫本瞬的目光逐一扫视过去。那些人都戴着面具，他认不出谁是户隐。至于哈迪斯的话，他已经自动忽略了。这种近乎傲慢的态度，让哈迪斯的脸色难看起来。

"准备。"宫本瞬回头对高诚说。

高诚知道没有别的选择。他背着May，能感受到女孩儿的生命体征正在不断减弱。高诚低声说："小心户隐，他未必在。"

"他肯定在。"宫本瞬露出一丝冷笑。

哈迪斯看到了宫本瞬和高诚低语，虽然听不清，但至少能明白那决然不是准备投降。对方就要行动了！哈迪斯回想起宫本瞬那惊世骇俗的速度，下意识地大叫："开火！快开火！"

顿时，几十把冲锋枪同时喷出火舌！

这些子弹交织成死亡的暴雨，向着前方疯狂地倾泻。但它们都落在了宫本瞬的身后。就在武装分子扣动扳机的刹那，宫本瞬已经掠过一百米的距离，一刀刺向哈迪斯！

哈迪斯只看到光芒一闪。他知道自己避不开，宙斯也没能做到。但户隐就隐藏在旁边，绝不会袖手旁观。尽管有这样的底气，但哈迪斯还是出了冷汗，同时有一种滑稽的感觉——他要杀我？真是可怜，他什么都不明白！就连户隐也不敢对自己怎么样……

宫本瞬的短刀即将刺入哈迪斯的心脏。突然，他感觉自己慢了下来。血脉中的源码停止了工作，千呼万唤也默不作声。

然后，一道刀光亮起，狠狠劈向宫本瞬的左肋。

宫本瞬放过哈迪斯，将短刀一横。两柄武器迸发出火星，清脆的声音中，宫本瞬后退一步。他对面，一个武装分子用手缓缓解开面具，露出了那张熟悉的脸。

"户隐，你只会偷袭吗？"宫本瞬盯着他。

"还是那么天真啊，宫本。"户隐淡淡地说，"真正的武士，该考虑的只有胜利呢。"

"你也配谈武士？"宫本瞬想起偷袭May的那一枪。他眼中冒火，凶猛地冲过去。

刀锋连续交击，两个人步法交错，盘旋环绕。没有超能力，他们依旧快如闪电。一长一短两把钢刀交织成雪亮的光龙，两条人影纠缠着，不分彼此。周围的枪手远远离开了他们。这种情形下，助阵是天方夜谭，只求不被波及。

大多数枪手都在压制高诚和金俊浩。第一波攻击时，高诚和金俊浩都躲入了岩石后面。这里依旧是采石场的范围，最不缺的就是这些东西。子弹在掩体上打出一串串火花，两个人被压制得抬不起头。

如果没有May的重伤，他们的选择完全可以更从容，但现在必须争分夺秒。高诚对金俊浩做了个手势，问："有枪吗？"

金俊浩扔过一把手枪。高诚掂了掂这个小玩意儿，其实聊胜于无。一百米说起来不远，可手枪子弹根本打不到。他让May躺在一个安全的位置，然后说："掩护我！"

同样的手枪，金俊浩还有一把。他探出掩体砰砰两枪，就立刻被打得缩回了头。一瞬间的集中火力几乎把金俊浩赖以藏身的条石打爆了。但借此机会，高诚一个翻滚冲了出去。

前方再无任何遮蔽物。如果超能力还可以使用，那高诚的行动可谓恰到好处。但现在，则近似自杀。他只冲出不到五米，就有无数发子弹扫射过来。高诚扑倒在地，然后急速翻滚。子弹几乎是追着他的后背，在地面上激起一道道烟尘。

高诚一个纵跳，再次向前冲了几米。这次，一发流弹擦过肩头，鲜血渗出。高诚无暇顾及，枪林弹雨快把他逼疯了。高度集中的精神让他的头越来越疼，好像有个活物要从里面跳出来。

就在这时，金俊浩大吼一声，也跳出了掩体。这个举动吸引走了大约一半火力，让高诚压力大减。但不管怎么说，他们依旧没法冲到足够的距离，让手中的枪发挥作用。

众多武装分子中，有个家伙拿着一把与众不同的枪。他始终没有开火，只是不断观察高诚和金俊浩两人的行动。或许是什么特殊原因，他的特立独行得到了默许。但就在高诚再次跃起，打算拉近一些距离的时候，他突然端起了枪。

危险！高诚不由得感到一阵紧张。那是烙印在细胞深处的本能。经过自身血脉的解码，这种本能都被开发了出来。这让高诚等人即便不使用超能力，仍然属于人类顶尖的范畴。

高诚拼命在空中扭腰，让身体做了匪夷所思的盘旋。然后他觉得大腿仿佛被锤子砸了一下，顿时失去了知觉。下一秒，热辣辣的剧痛从大腿传来，让他浑身的每一块肌肉都在痉挛。他扑倒在地上，血染黄沙。

"精确射击的超能力，艾玛的类型……"高诚想到了这一点，但于事无补。剧痛让他动弹不得，而那个超能力者再次举起枪，对准了高诚的脑袋。

"如果你有自我意识的话，就帮帮忙！"高诚在心里说。但没人回应，也许他猜错了，所谓第二人格只是超能力的影子。如果是那样，他一贯的担忧也许是杞人忧天，而性命则危在旦夕。

那个超能力者的手指钩在扳机上，只须轻轻一用力，高诚就会脑袋开花。宫本瞬依旧在全神贯注地和户隐搏斗，金俊浩还在枪林弹雨中打滚……没人救得了他。

突然，那个超能力者的脑袋猛地向后一仰，然后变成一堆红红白白的碎块。没头的尸体倒下去，把周围的枪手吓了一跳。沉闷的枪声这才从极远处传来。

"艾玛！"死里逃生的高诚松了口气。难道她已经解决了对手？

但下一刻，又一声闷响传来。同样是狙击枪声，和之前的位置截然不同。之后，枪声沉寂下去，仿佛什么都没发生。

高诚的心沉了下去。第二枪不是艾玛开的，而是那个人！两名超级狙击手的决斗还没结束，艾玛却为救自己分了心，难道……

"可恶！"高诚用力捶地。此刻，他极度痛恨自己的无力。

但金俊浩抓住了机会。那名超能力者的惨死让武装分子们人人自危，都下意识地进行了规避。枪声变得零散起来，金俊浩拔腿飞奔，冲到了五十米的距离。他的手枪开始发威，枪枪命中。

眨眼工夫，他就打倒了四个人。

战场一片混乱。高诚变得没人理会。他很奇怪地发现了一件事：哈迪斯依旧在负责指挥，就像一个正常的首领那样。

但这本身就不正常。圣山组织的二把手，冥神哈迪斯，肯定是一位强大的超能力者，否则宙斯不会对他委以重任。但如果是这样，为什么他不动手？只须再有一位超能力者，高诚这边就要崩盘了。

肯定有什么问题，但高诚也想不明白。他看到金俊浩那边快不行了，在回过神来的武装分子火力压制下，刚才的威风荡然无存。

高诚记得自己——准确地说是机械心灵——还有一个底牌，但这无法给他任何安慰。现在需要的是一名战士，他对自己说。高诚拖着伤腿，在地上匍匐前进。

身后的沙地上，留下一条延绵的血迹。

第二十五章

　　五十分钟前，希腊国家情报局局长艾伯特接到了一个电话。当时他正在给盆栽浇水，这可是个细致活儿。就在这时，黑莓手机响了起来。

　　刚开始，艾伯特以为手机出了问题。因为响铃里演奏的是德国歌剧《尼伯龙根指环》中的序曲——《莱茵的黄金》。他有良好的品位，听得出这曲子，但问题的关键不在这里。

　　他从没给手机设定过这首曲子，任何歌剧都没有！艾伯特不是凯伦，能一边听着《希腊左巴》一边吸烟。艾伯特没有那种闲情可供消磨，手机响铃永远是经典而刺耳的"丁零零——"

　　我已经有五年没听过歌剧了。艾伯特一边盯着手机，一边想。最终，他拿起了手机。

　　"艾伯特先生？"对面传来一个陌生的声音。

　　"德国人？"艾伯特问。

　　"因为《尼伯龙根指环》？"

　　"还有你的口音。"

　　"我一直以为自己没有德国口音……多谢，艾伯特先生，你让我找到了归属感。"对面的声音说，"自我介绍一下，我叫布鲁诺，高诚的朋友。您并不惊讶对吗？"

"你的身份没有超出我的猜测范围。你们是个组织吗？"

"这会带来困扰吗？"布鲁诺问。

"我希望不会。"艾伯特说，"请继续。"

"我们需要合作。"布鲁诺说，"高诚被宙斯带走了，凯伦也是。你知道这意味着什么。"

艾伯特脸色微微一变，沉声说："我知道宙斯有个秘密基地，对，这是我猜出来的。因为我尝试过，根本查不到那个地址。光是为这个，我就死了三个手下。"

"雅典东南方，一百五十公里，有个萨斯特采石场。"

艾伯特听说过那个地方，他微微一怔："那里废弃很久了……该死！居然是那里！"

"那个基地在地下。"布鲁诺说，"我在半个小时前才捕捉到信号，现在带人去，希望来得及。"

"我会的。"

艾伯特挂断电话，立刻召集了情报局的行动队。那是一支小型的快速反应部队，二十多人，是艾伯特手中的核心力量。在以前，艾伯特知道凭他们对付不了宙斯，但现在不是藏拙的时候了。

去萨斯特采石场的路并不好走。之前的一段公路还算可以，但四十公里后，柏路消失，取而代之的是沙土混合路。车轮抛撒的尘土挡住了后面的视线，跟行变成了极其困难的事情，几辆车的司机都觉得自己好像在天上飞。

因此，尽管这支队伍竭尽全力，仍然没能在关键时刻到达。就在高诚等人岌岌可危的时候，艾伯特的车队还距离战场四十公里。而且他的手下提醒，如果再不降低车速，很有可能因翻车而全军覆没。

就在这时，艾伯特再次接到布鲁诺的电话。

"现在是关键时刻。"布鲁诺说，"所以请谅解，我们要执行第二套计划。"

艾伯特刚想询问什么是第二套计划，一阵雷鸣般的轰鸣从头顶传来。强烈的共振让所有汽车玻璃都在嗡嗡作响，似乎下一刻就会碎成粉末！艾伯特拼命捂住耳朵，他觉得耳膜就要爆炸了！

这种恐怖的声音只维持了数秒钟，就急速远去。艾伯特张了张嘴巴，让颅内压力平衡。他的听力稍微恢复了一些。

"上帝啊！你们看天上！"他听到一名手下在惊叫。

天空中，一道纯白色云带无端出现。它笔直地横亘在低空，就像有人用白色晕染笔在蓝布上画出来的一样。作为情报局的特工，大家当然知道那是什么。

"喷气式战斗机的尾迹！"一个人瞪大眼睛，"我的天，空军的人疯了吗？在低空超音速巡航？"

"是一架幻影2000！我刚才看到了！"

"这里根本不是巡航范围，肯定是导航出了问题！我就说，这种老式飞机早该淘汰了！"

手下们七嘴八舌地议论着。艾伯特一言不发。他盯着天空，那笔直的尾迹就像一根刺，扎得他心口微微作痛。他知道，这是那个叫作布鲁诺的德国人的手笔，但他是怎么做到的？

隐藏在心里的另一个问题是：这些人究竟能做到什么程度？

无论善恶，他们都和宙斯是一类人——艾伯特突然感到恐惧。

第二十六章

空军上尉马歇尔·兰登正在驾驶舱里吹口哨。《波基上校进行曲》，他最擅长这个。每次联谊会，他都能靠这一手吸引到姑娘。这么想着，他迅速爬升，大海被云层取代，阳光毫无遮挡地射下来，一切都沐浴着金光。

他娴熟地操纵着飞机，完成几个规定的动作。没问题，这架幻影2000虽然过时，但机体情况不错。尽管如此，马歇尔还是希望能给自己换一架飞机——和美国空军联合演练的时候，他都觉得脸红。

十分钟后，他完成了所有测试，开始等待返航命令。但通信器里一直传来沙沙的静噪声，让他觉得有些奇怪。过了一会儿，指示终于来了。

"鹰巢呼叫小鹰，收到请回答。重复一遍，收到请回答。"

"这里是小鹰三号。"马歇尔说，"正在等待返航命令，完毕。"

"请注意，下面进行实战演习。"

一开始，马歇尔以为自己听错了。他下意识地询问："请再说一遍？"

"重复，下面进行实战演习。"

"等等！"马歇尔说，"我之前没接到过这个命令！今天的任务是进行航空测试。"

"现在你接到了。"塔台人员顿了顿，又说，"别耽误时间，否则我会告诉莎拉你上星期违纪的事儿。"

马歇尔立刻想起自己在苏达湾空军基地里调戏一名后勤女军官，然后被记过处分的事情。天哪，这可不行，莎拉会吃了我！马歇尔心底的怀疑还没来得及升起，就被这句话打消了。

"好吧，请传送目标坐标。"马歇尔扫了一眼舱外，不知什么时候，他的僚机已经不见踪影。

塔台报出了坐标。马歇尔不知道那是什么地方，但都无所谓。幻影2000改变飞行姿态，在空中划出一道漂亮的弧线，掉头向内陆飞去。不多时，通信器里再次传来命令。

"鹰巢呼叫小鹰三号。"

"小鹰三号收到。完毕。"

"请将高度下降至1500英尺，进行超音速巡航。"

"你疯啦？"马歇尔瞪大眼睛，"下面可是陆地！而且我没有1500英尺高度的空域使用权！"

"空域使用已经授权。重复一遍。高度下降至1500英尺，进行超音速巡航。完毕。"

好吧好吧……马歇尔在心里说。反正更奇怪的指令也不是没收到过。好像就在七年前，塔台还把一架战斗机直接导航到高速公路上呢！他开始降低高度，然后速度提升到了1.2马赫。

从五百米的低空掠过，大地好像一张斑驳的地毯，在眼前飞速掠过。这让马歇尔感到极为刺激。也许他早就想这么干了。然后塔台贴心地给了一次机会……

他似乎在地面上看到一个车队，但转眼就跑到了后面。太有趣了，马歇尔抑制不住地激动。

"小鹰三号呼叫鹰巢。请报出我的地速。完毕。"

"地速824节，完毕。"

这可真棒。在海面上飞绝对没这种感觉。马歇尔想着，就听到塔台再次发来命令。

"瞄准坐标，发射地对空导弹。完毕。"

马歇尔没多想，下意识就照做。反正都是演习，都是假的，对不对？说实话，他还没射过真正的导弹呢……

突然，他瞪大眼睛。看着一道白线从机腹下飞出，以极快的速度向前方扎过去！

"我×！"马歇尔脱口而出，"这飞机居然是挂弹的！地勤都他妈在吃屎？"

他眼睁睁看着导弹冲出肉眼所能观察的极限，大概撞上了什么目标。但想象中的爆炸以及蘑菇云并没有出现，应该是导弹战斗部没有装药。即便如此，马歇尔仍旧被冷汗浸透了飞行服。

"任务完成，你可以返航了！"塔台传来愉悦的声音。

马歇尔面色灰白。他慌忙拉高机体，向着天空冲去。

第二十七章

　　高诚觉得自己快不行了。他身体冰冷，动作迟缓，每一块肌肉都在颤抖。这是失血过多的缘故，同时还造成体内的微量元素失去平衡。他的视线开始模糊，甚至出现了幻觉——他看到一颗导弹正在从远方急速飞来。

　　导弹！高诚突然瞪大眼睛！

　　他想起来了！机械心灵曾经和布鲁诺密谋过，这是最后的底牌！布鲁诺当时表示很为难……现在他真做到了？

　　眨眼工夫，导弹以超过音速三倍的速度撞入汽车组成的阵地。它并没有爆炸，否则的话会杀死这里全部的人。但光凭巨大的动能，它就足以造成恐怖的破坏了。

　　接连四五辆汽车被掀飞。它们在天空翻滚，就像被小孩子拆解的玩具一样，碎成一团乱糟糟的垃圾。金属碎片四处溅射，附近的武装分子们哼都没哼一声，就被淹没在下面。

　　然后，这堆飞舞的破烂又撞上了更多的汽车，连锁反应让一切都混乱起来。错落有致的攻击阵型没了影子，每个人都在连滚带爬地逃命。宫本瞬和户隐交战的地方稍远，在第一时间就急速退开。户隐看着恐怖的场景，眼角不禁一阵抽动。

直到此刻，超音速带来的爆音才姗姗来迟，让残存的每个人都耳膜刺痛。他们看到一架幻影2000正在拉高，从他们头顶七八百米的地方掠过，冲上了无尽的蓝天。

不得不说，哈迪斯的运气实在太好了。他只是脸上被碎玻璃割开一道伤口，并没有其他伤势。就在他身边，一名武装分子被一只轮胎撞了个正着，胸骨大概全碎了，整个人好像漏了气的塑料娃娃一样瘪下去。

但哈迪斯顾不上这些。他呆呆看着那架幻影2000消失在天空，一个极为糟糕的猜测出现在心底。难道军方要对我们动手了？他不得不这样想。除此之外，哈迪斯想不到这架战斗机出动的理由。艾伯特可没这个本事！

哈迪斯知道，如果是那样，自己这边没有任何机会。他不是宙斯，从没妄想着什么统治世界。其实就算是宙斯也明白这一点，所以采用了循序渐进的方式：先控制一个部门，再控制一个国家，最后再考虑整个世界的事情。

但哈迪斯依旧觉得这是疯话。这也是他背叛的因素之一。另一个原因是户隐太过强大，但户隐就算再厉害，也不可能与国家机器正面对抗。

"是布鲁诺干的？"户隐的声音传来，"真有一手，他越来越厉害了。"

宫本瞬依旧在和户隐对峙。他身上到处都是血痕，都是户隐手中的太刀留下的。尽管宫本瞬这些年刻苦到近乎自虐，但户隐同样没闲着。身为合气道大师以及甲贺忍者的传承人，户隐的搏斗技术近乎完美。也许宫本瞬将来能超越他，但不是现在。

户隐身上的伤明显比宫本瞬少，但这并没有让他感到愉悦。他看着宫本瞬，这个曾经的弟子成长速度超出了他的预料。户隐有一种感觉，如果无法在希腊彻底解决这一切，自己将再也没有翻盘的可能。

必须杀掉他，户隐对自己说。尽管计划已经接近失败，尽管残存的武装分子们都失去了斗志，尽管只有自己一个人……但户隐自信，他完全可以解决掉这些对手。

高诚无法行动，May重伤，艾玛在和阿波罗缠斗，金俊浩可以忽略不计……这里真正能跟他对抗的，只有宫本瞬一个人。

"继续吧！"户隐举起刀。

就在这时，他听到了突突的引擎声。地平线上，腾起一片滚滚沙尘，一个车队出现，正迅速朝这边赶来。户隐看了一眼哈迪斯，从对方眼中读出了一丝慌乱。

"该死！是艾伯特！"哈迪斯说。

车队转眼到了近前。随着一声声急促的刹车，一个又一个行动队员从汽车内跳出来。他们迅速展开，以车辆为依托，黑洞洞的枪口对准了哈迪斯等人。艾伯特最后一个下车，他四下看了看，惨烈的场面令他不禁动容。

"宙斯呢？"艾伯特的目光落在哈迪斯脸上。

哈迪斯动了动嘴唇，终于说："他死了。"

艾伯特愣住了。宙斯死了？那个强大到令人恐惧的男子，会死在这里？固然，从这里的破坏痕迹看，任何人都有可能死掉。但为何偏偏是宙斯？艾伯特盯着哈迪斯，他读到了一丝阴谋的味道。

"这次算你赢了。"哈迪斯说。说实话，他从没看得起艾伯特。从来没想到过，有一天对方竟会成为左右战局的力量。

"你想说什么？"艾伯特问。

"让我们走。"哈迪斯说完，下意识地看了户隐一眼。户隐抿着嘴唇没说话。

艾伯特这才注意到户隐，以及和他对峙的宫本瞬。那两个持着钢刀的男子和眼前的场面格格不入。他牵了牵嘴角："你在说笑话？"

"凯伦在我们手上。"

艾伯特怔了怔，并没有太过意外。但已经昏昏沉沉的高诚却被这句话惊醒。

"凯伦还活着？"

"这要取决于你们的态度。"哈迪斯盯着艾伯特，"你怎么说？"

艾伯特犹豫了——他对此非常惊讶，自己竟然犹豫了！没错，这也许是清剿宙斯势力最好的机会，但凯伦几乎是他看着长大的，两人无话不谈，从某种意义上说，凯伦算得上他的女儿……

真可笑！我居然在犹豫！艾伯特真想哈哈大笑，但他根本笑不出来。

他突然发现，凯伦在他心里的地位，并没有想象的那么重要。他知道自己不该这么想，但念头一起，就再也无法回避。

艾伯特想到自己年轻时的意气风发，想到他加入情报局时所宣读的誓言，他说，要用生命守护这个国家……艾伯特痛苦地闭上了眼睛。凯伦能理解我，她同样这样宣过誓……

艾伯特陡然睁开眼，他看着哈迪斯，一字一顿地说："你在说谎——凯伦已经死了！"

哈迪斯瞪大眼睛，好像不认识艾伯特一样。然后，他看着艾伯特从一名手下那里夺过冲锋枪，扣动了扳机！

"不要开枪！"高诚大喊起来。

冲锋枪喷出火舌。哈迪斯猛然趴在地上，一串子弹落空。但随即，更多的枪械加入了射击。在艾伯特的命令下，行动队的小伙子们疯狂开火。哈迪斯缩在汽车废墟后面，根本无法出头。

"停下来，不要开枪！"高诚依旧在大喊，"凯伦没死！我有一种感觉，凯伦没死！"

艾伯特充耳不闻，带头拼命开枪。他的内心充满了愧疚和不安，只能用这种方式发泄。他和手下们一面射击，一面向哈迪斯的藏身之处包抄。

宫本瞬瞥了一眼户隐，两人默契地向后各自退开。大约隔开十米，宫本瞬感到血脉中的力量重新降临。他的身形在原地闪烁了一下，然后出现在艾伯特的身边。

"停手。"宫本瞬把短刀架在艾伯特脖子上。

艾伯特僵住了。若不是脖子上冰冷而锋利的触感真实不虚，几乎要怀疑自己是在做梦。他艰难地扭过脖子，问："你是怎么做到的？"

"停手。"宫本瞬依旧是那句话。

直到此时，行动队的小伙子们才发现上司被挟持了。一阵惊愕后，他们纷纷把枪口对准宫本瞬。但这毫无意义，艾伯特同样被笼罩在枪口范围内。

"你想放了他们？"艾伯特盯着宫本瞬，"你应该知道后果！我比任何人都难过，但这就是正义的代价！"

"靠牺牲别人获得正义？"宫本瞬嗤笑。

这句话好像一把重锤，狠狠击中了艾伯特。他面色苍白，一句话也说不出。他下意识地看看周围，那些行动队的小伙子们也在看他。艾伯特突然意识到，想要牺牲凯伦的，只有自己。

"让他们走……"良久，艾伯特做出了这个艰难的决定。

行动队员们如释重负地收起了枪。哈迪斯朝艾伯特点点头，转过那张苍白的脸，朝户隐走去。户隐最后朝宫本瞬看了一眼，低头钻进轿车——这是唯一幸存的。哈迪斯也上了车。汽车渐渐远去，隐没在黄尘中。

高诚始终在强撑着。直到户隐等人离去，那一口气终于泄了。他觉得整个世界迅速暗下去，仿佛一块沉重的幕布正在下落——迟缓，但不可阻挡。

他陷入了昏迷。

第二十八章

艾玛的面容比一般女子硬朗。五官锐利，上挑的眉梢英气勃勃。她习惯留一头亚麻色短发，喜欢穿着白色衬衫，黑色西服裤子。从侧面看过去，很容易被当成一个帅小伙儿。

她小时候可不这样，漂亮得像个小天使。艾玛还记得自己总穿着白色蕾丝小童装，在满是彩色气球的游乐场里蹦蹦跳跳。

艾玛的记忆里，那个游乐场仿佛是斑斓的色块，怎么也抹不掉。除此之外，她记的东西不多了，一切都像碎片，有时会隐隐约约地闪烁。

在很长的时间里，她努力拼凑那些碎片。她知道了自己是加州人，不喜欢学习，迷恋射击——在这方面，从小就天赋过人。当她拿起玩具枪的时候，会兴奋得像一只小鸟，然后能轻而易举地击中任何目标。

她始终记得那个游乐场。那里有几个射击游戏的摊位，那些五颜六色的气球，塑料弹珠射爆它们的啪啪声……摊主们都认识这个神奇女孩儿。他们达成了一个协议，艾玛只能玩一局，但可以拿走任何想拿的东西。

她记得自己有个同学——小学一年级或者二年级。她们一同去过游乐场，对方对艾玛的射击本领很惊诧，说她像《哆啦A梦》里的野比大雄。艾玛一点儿也不高兴，她可不喜欢那个迷迷糊糊的动画人物。艾玛的偶像是劳拉，那个蹦蹦跳跳能用双枪的电脑角色。

艾玛已经忘记了自己怎么到的螺旋基地。她脑袋受过伤，几乎遗忘了关于自己出身的所有事，但那个游乐场始终在心中铭记。她记得那些标靶，那些气球，那些欢快的人群，那位童年伙伴的那番话。

直到螺旋基地崩溃，艾玛逃了出来。她回到了加州，却找不到当年的家。她忘光了，只记得游乐场。加州的游乐场数不胜数，挂着彩色气球的射击摊位更是多如繁星。她一个个找去，每个都像，又每个都不像。艾玛足足找了一年，最终还是放弃了。

艾玛还记得自己下定决心的那一天。在一家游乐场里待到黄昏，然后大步走向射击摊位，丢给摊主一百美元。她抄起玩具枪，扣动扳机。塑料弹丸不断飞出枪膛，把一个又一个彩色气球打碎。漫天都是彩色的碎片，它们铺满了地面，仿佛下了一场梦幻的雪。

她打光了所有气球，头也不回地离开。再也找不到了，游乐场没了，或许从来就没有过。

离开游乐场后，艾玛去枪械店买了一把巴雷特，端着它闯入了地下佣兵界。几年以后，"女王"的名号在北美冉冉升起。

艾玛坐在台阶上，一边回忆，一边用一块绸布轻轻擦拭枪械。右臂上的绷带让她的动作不太灵便，但艾玛依旧擦得很认真。

台阶前方，一大片玫瑰花圃开得正艳，满眼的火红。更远一点儿，是一片柑橘园。还没到结果的时节，椭圆形的绿叶在阳光下闪闪发亮。它的旁边大概是葡萄园，蔓藤爬满了支架——但也许只是爬山虎，说实话，艾玛分不清这个。

从这个角度看过去，这里一点儿也不像医院。但据艾伯特说，这里是希腊最好的外科医院。艾玛背后的白色建筑，就是医院的主体。里面没什么人，它并没有纳入医保体系，普通人付不起昂贵的诊费。

不知道May和高诚怎么样了，她想。高诚或许还好，但May的伤势太严重了。如果不是时间不允许，真应该带她去美国。May至今仍在抢救，艾玛不想待在手术室外面，那气氛让人受不了。

艾玛将巴雷特的每一个部件都仔细擦拭了一遍，然后认真地上了油。整支枪组装起来后，艾玛拉动枪栓，发出流畅的咔咔声。就在这时，足音从背后传来。

"来杯咖啡吧。"金俊浩坐在艾玛身旁，递过一只白瓷杯。

"谢谢！"艾玛接过来，但并没有喝，"情况怎么样？"

"高诚没事，May还在抢救。"金俊浩皱了皱眉，"但我觉得没问题。"

"为什么？"

"预感。这方面我特别准。"金俊浩看了看她，"你的伤？"

"擦伤，小意思。"艾玛摇摇头。

事实上，右臂的伤势远没有那么轻描淡写。为了救高诚，艾玛暴露了自己的位置，然后被阿波罗的子弹擦过了肩膀。尽管是擦伤，但狙击枪子弹携带的动能太过庞大，几乎掀掉了肩膀的肌肉。

这是一次失败的较量，但艾玛没有失去信心——她已经找到了阿波罗的弱点。

下一次，我会要他好看……这么想着，艾玛端起杯子喝了一口，然后皱起眉头："很酸。"

"你在开玩笑？"

"我的味觉不太正常，有一阵子了。"艾玛把咖啡杯放下，"不用超能力的时候就乱七八糟的。"

金俊浩明显愣了一下，然后叹气："是啊，我们的生活真是乱七八糟……"

艾玛站起身，说："走吧，去看看。"

他们走上台阶，自动玻璃门左右分开。白色的大厅显得很压抑。两个人拾阶而上，一直走到二楼手术室门外。长椅上，布鲁诺笔直地坐在那里。他是后来赶到的，正在等着May的消息。

艾玛没有看到宫本瞬。她瞟了一眼"手术中"指示灯，沿着过道向前走去。尽头是个小阳台，艾玛走进去，看到宫本瞬双手扶着栏杆，不知在看着什么。

听到脚步声，宫本瞬回过头来。艾玛摇摇头，表示手术尚未完成。宫本瞬面无表情地转过头，继续向外眺望。那个方向能看到雅典市区，但角度并不好，宙斯神殿被高楼大厦分割，影影绰绰地露出一角。除此之外，并没什么好看的。

艾玛和宫本瞬并肩看了一会儿，然后评价："杂乱无章。"

"还好吧。"隔了一会儿，宫本瞬回应。

"我是在说你。"

宫本瞬看着艾玛，微微眯起了眼睛。

"你的心太乱了。"艾玛说，"May的伤不是你的责任。如果说有人要负责，那只能是我。宫本，你这个人哪里都好，就是背负得太多。"

宫本瞬没有说话。

"你知道吗，我们很幸运。"艾玛继续说，"我们破坏了黑座基地，但同伴都还在。我本以为，那次战争后，我们活不下几个人。"

"可冈贤悟志失踪了。"宫本瞬说。

"但我们知道他没死，不是吗？我们还活着，还能继续寻找他，一切还有希望——"艾玛盯着他，"你能想到比这更幸运的事？还是说，你要求得太多？"

宫本瞬愣住了，他意识到艾玛说得不错。作为解码者，他们生存本身就是绝大的幸运，如今这种境况，已经算是上天格外的厚赐了。但……这些既然已经存在，为何不能继续长存呢？

也许这是奢望，但这种奢望，正是宫本瞬内心的信念所在。

"你说得对，但我想守护这一切，我不允许——"宫本瞬的话没说完，艾玛突然转过头，向通道内看去。宫本瞬立刻意识到了什么，他立刻离开阳台，几步就到了手术室门口。

一名医生走出来。他擦拭着汗津津的额头，满脸倦容。

"怎么样？"宫本瞬发现自己的声音低得可怕，似乎不敢从喉咙里出来一样。

"病人已经脱离了生命危险，但失血太多，需要长时间休养……"

后面的话，宫本瞬没有听见，他的耳朵差点被一声欢呼震聋了。那是金俊浩。布鲁诺一贯内敛，听到这个消息只是表情变得松弛。艾玛还没过来，于是静悄悄的通道里，只有金俊浩一个人在鬼吼。

"闭嘴！别吵到May！"宫本瞬转身，用力拍了一下金俊浩的肩膀，然后离开。金俊浩龇牙咧嘴地揉肩，但他分明看到，擦肩而过的宫本瞬脸上露出了笑容。

宫本瞬回到了阳台，长长出了口气。艾玛在一旁吹了声口哨，然后眨眨眼。

"现在我们只剩下一件事了。"她说。

"户隐——"宫本瞬眼中跳动着火花。

第二十九章

事不过三。

不论什么事情，当第三次发生的时候，大概也就见怪不怪了。高诚站在一条光秃秃的甬道内，打量着周围的环境。他清晰地知道，自己又是在做梦。但这并不是放松的理由，高诚还清楚地记得，在第二个梦境里，自己被吓成了什么样子。

不知这一次会有什么"惊喜"。他深吸一口气，向前走去。

甬道很长，高诚不知走了多久，始终看不到尽头。他开始在心中数着步子：一步、两步、三步……当这个数字积累到三万的时候，他突然意识到，这次的梦境和往常并不一样。

第一次在旅馆，他无法控制自己的身体，就像被鬼附了身一样，浑浑噩噩地跟着金俊浩行走。第二次是下水道，他什么都没做，直接看到了那面镜子。可这一回，他却能在梦中自由地行动。

高诚意识非常清晰，没有任何力量施加影响。这个梦境的世界就像一个虚拟游戏，让他自由地行走。高诚想不出原因，但可以想见，这种自由对眼下的困境毫无帮助。

有一种念头浮现出来，非常强烈，让高诚明白自己永远无法抵达对面。于是，他停了下来。

高诚看着墙壁，它灰蒙蒙的，就像没有刷过白浆的水泥。但它并没有那么粗糙，仿佛有什么黏稠的东西在上面漫过……高诚伸出手去，轻轻触摸到了墙壁。

一种滑腻的触感传来。高诚收回手，看到指尖有灰色的液体滴落。这是什么？他凑到鼻子前，嗅了一下。一股淡淡的腥气透入鼻腔，让高诚皱紧了眉头。

是血！

错不了，就是这种味道！高诚睁大眼睛，盯着墙壁。这漫长无尽的甬道，难道都是……他再次伸出手，在另外一侧的墙壁上摸了一把，沾了满手的黏腻液体。

是血……高诚深深吸了口气。他有些明白了，就像在黑白电影里，血液就呈现出灰蒙蒙的颜色。他四下看着，终于确认了一件事：这里除了黑与白，就剩下这种过渡性的灰。

等等——高诚盯着墙壁上自己按出来的手印。它正在逐渐变淡，一缕缕的鲜血从上面淌下来，一层层覆盖。就在它即将消失的时候，高诚突然走上去，用力涂抹。

很快，墙壁的底色显露出来——那并不是真正的墙，是……一扇门。

瞧，我猜对了。高诚很想笑一笑，但根本笑不出来。该行动了，梦境正在推动他。如果这是一个噩梦，那它肯定不允许你一直在甬道里做徒步旅行直至醒来。事实上，高诚很想这么做，但他怀疑这样会不会导致自己一睡不醒。

　　这扇门是个鲜明的信号。高诚相信，自己在墙壁任何地方涂抹都会出现这扇门。这是一个邀请，请他继续下去，面对内心的恐惧。

　　让我看看到底会有什么。高诚吸了一口气，推门进入。

第三十章

"他要醒了？"

病床上，高诚的眼睑在拼命翻动。他似乎想睁开眼，但始终没有做到。守在床边的艾玛发现了这个情况，惊喜地叫起来。金俊浩正在沙发上玩手机，他像屁股安了弹簧一样跳起来，冲到床边。

"这家伙昏迷了两天一夜！"金俊浩嚷嚷着，"再不醒，我都想找医生弄个唤醒程序了——就舒马赫用过的那套！"

"闭嘴！"艾玛瞪着他。

"啊……抱歉思密达！"金俊浩举手投降，然后转身跑出去，向大家宣布这个消息。其实不用他叫，布鲁诺和宫本瞬已经闻声赶来。他们聚拢在床边，满怀期待地看着。但渐渐地，这种期待变成了担忧。

"看着不太好啊？"金俊浩皱眉。他发现高诚脸色发白，额头上冒出一层细密的冷汗。他回头叫起来，"医生！医生！"

一名医生走进来，他不紧不慢地翻开高诚的眼皮，然后摇了摇头，用希腊口音很重的英语说："没关系，只是在做梦。"

"那他快醒了？"艾玛问。

"我想是的。"医生点点头，做了一个"请安心"的手势。

大家松了口气，气氛再次轻松起来。医生微笑着转身离开，宫本瞬突然想起什么，快步跟上去，向医生问了一个问题。

"恢复行动？"医生马上摇头，"不，这不可能。你知道，他受了严重的枪伤，动脉都被击穿了。这种伤势一般人要恢复几个月，然后是康复训练，这大概要……"

"我只想知道伤口愈合的速度。"宫本瞬说。

"确实很快。"医生微微一愣，点头说，"你知道，我干了二十年外科。这是我见过愈合最快的一个。但我没办法给你时间表，因为我不确定这种速度是否会保持下去。你们很急？"

宫本瞬摇摇头，没有说话。医生和他告别，宫本瞬目送对方走出房门。金俊浩在后面惊叫一声："瞧，他眼睛动得更快了！"

宫本瞬转过头。确实，高诚的眼睑在剧烈抖动，嘴角微微拉伸，仿佛随时都会惊叫出来。

"你们确定他没事吗？"金俊浩担忧地问。

"医生说了，是做梦。"艾玛轻轻抚过高诚的面颊，轻声说，"也许，是个噩梦。"

第三十一章

关于门里是什么，高诚想过很多种可能。

如果突然蹦出手持电锯的杀人狂，他一点儿也不觉得惊讶，甚至还会松一口气。再或者有个电视，然后爬出一个女鬼什么的……高诚也许会吓一跳，但终究能够接受。

可他依旧没想到，大门里居然是这样一种情景。

这是一个狭长的空间，但不像外面的走廊，它要更高一些。距离高诚最近的地方，悬挂着一个巨大的铁环，铁环上还有一圈金属钩子，锈迹斑斑，上面有暗红色的痕迹，大概是陈年的血。

铁环下面，是一条脏兮兮的传送带。它早就停止了工作，也许滚轮都锈掉了。传送带上有更多的血迹，它沿着房间向内延伸，一路有许多悬挂着的铁环，传送带上的血迹就是从上面滴落的。

高诚这才发现，自己居然能够看到颜色了。但他并不感到庆幸，相比压抑的灰白，眼前这种诡异更让人触目惊心。他小心地向前走，传送带与墙壁之间夹出一条小过道，但非常窄，身体几乎要擦到墙壁。高诚注意到，墙壁上同样布满血迹。

走了十几米，高诚突然看到一根铁钩上挂着一块黑乎乎的东西。他仔细辨认，发现那是一条风干了的猪腿肉。然后他顿时明白了这是什么地方。

屠宰场！

没错，这正是一个屠宰车间。那么铁钩上、传送带上以及墙壁上的血迹就不言而喻了。他不得不承认，这是一个非常得当的安排——很多恐怖故事，都是发生在这种地方。

突然，他在一侧的墙壁上，发现了一行暗褐色的血字，拉丁字母上拖曳着血痕，显得格外阴森。但内容却十分奇特：

牲口咩咩叫，圣婴惊醒了，但小主基督，不哭也不闹。

"赞美诗？"高诚不由得讶异。这是基督赞美诗中的四句，描述耶稣在马棚出生的情景。可为什么会出现在这里？高诚发现，这段赞美诗放在屠宰场竟然并不离题，至少依旧是"牲口咩咩叫"。但这种叫声，就带着死亡的恐怖意味了。

高诚走过这行字迹，前面是传送带的尽头。那里有个长方形的屠宰台，上面居然躺着一个女人。高诚睁大眼睛，那个女人居然是……

"凯伦！"高诚叫起来。

凯伦躺在屠宰台上，一动不动。甚至，她的胸膛没有任何起伏，就像一具死尸。屠宰台上方，悬挂着各种器械，铁钩、长刀、齿轮、钻头……这些玩意儿能轻易把人大卸八块。与之前不同，它们都闪亮如新，带着森森的寒光。

高诚冲到凯伦身边，想要把她救下来。这一刻他几乎忘了，一切只是梦境。他抓到了凯伦的胳膊，那条手臂凉得瘆人。高诚用力一扯，却纹丝不动。

突然，凯伦睁开了眼睛。她就这么躺在那里，直勾勾地与高诚对视。

"我是谁？"她问。

高诚的心脏怦怦直跳。对，这是一个梦！高诚放开了凯伦的胳膊，但双脚却像被胶水粘住一样，半步也移动不得。他就这么盯着凯伦，对方的眼睛没有半点光泽，让人想起磨损了的玻璃球。

"凯伦，你是凯伦。"高诚一字一顿地说。

"你错了。"凯伦露出一丝微笑，"我不是凯伦，并不是。"

"你是谁？"

"我会告诉你的。你必须用这双眼睛看清楚……看清楚……"

突然，那些挂在凯伦上方的器械活动起来！齿轮嗡嗡转动，钻头发出嗞嗞的声音，还有长刀、铁钩……这些东西瞬间切入了凯伦的身体，鲜血喷泉一样涌出。就在高诚眼前，凯伦变成了一个被剖开的皮囊，一个血糊糊的人形从里面钻出来！

那是一个仿佛没有皮的身体，血肉模糊的脸。它凑到僵立的高诚眼前，裸露在外的肌肉蠕动着，发出鬼啸一般的声音：

"看看！我是谁？看清楚！我是谁？"

第三十二章

高诚大叫一声，从病床上翻身坐起来。他大口大口地喘气，冷汗不受控制地从每一个毛孔里涌出。正在削苹果的金俊浩吓了一跳，手中的苹果飞上了天，小刀几乎要把手指切下来。

"天哪，我的手！"金俊浩紧紧攥住手指，大叫，"疼死了思密达！"

但没人理会。大家都围到了病床边。高诚喘息稍定，终于看清周围那几张熟悉的面孔，让他生出了劫后余生的喜悦。这是个梦，只是梦！他提醒自己，但始终驱不散心底的阴霾。

"终于醒了！"艾玛关切地看着他，"感觉怎么样？做噩梦了？"

"没事。"高诚接过布鲁诺递过的水，咕嘟嘟灌了几口，然后问，"May呢？她……怎么样？"

"已经脱离生命危险，但需要长时间疗养。"

高诚松了口气。没死就好，解码者复原能力都很强。比如自己，已经不怎么能感到大腿的伤痛了。但不管怎么说，May确实需要休养，已经无法继续战斗了。而自己……

高诚尝试着动了动腿，一阵剧痛传来，令他微微皱眉。看来活动还会受影响……但高诚不打算理会。伴着这种疼痛，他把双腿从床边垂下来。

"别动！"艾玛拦住他，"你想逞强吗？"

"我去看May。"高诚咬着牙站起来，疼痛升级了，但必须适应。他推开艾玛，在地上走了几圈，冷汗再次冒出来。高诚强笑着："我很好，不是吗？"

"你在用身体开玩笑！"艾玛皱眉。

"别拦着我。我得去看看May的情况，之后还有别的事。等一切都结束了，我会好好度个假，有的是时间恢复……"高诚吸了口气，"但现在不行。"

艾玛还想说什么，但病房门被推开了。宫本瞬和那名医生走进来。看到站在地上的高诚，医生的眼珠险些从眼眶里掉出来！

"天哪！你——"医生盯着他，仿佛看到一个怪物，"你居然能动？我是说，你的腿……"

"完全没问题。"

"上帝，这真是医学史上的奇迹！你知道吗，我干了二十年外科医生，从没见到过……奇迹！真是奇迹！"医生冲过来，那架势恨不得要把这条腿卸下来仔细研究。

"抱歉，让一让，医生。"高诚拖着伤腿走出了病房。宫本瞬跟出来，打量着他的步态。看得出来，并不是很好，高诚额头上的冷汗说明一切，但宫本瞬什么也没说。

"跟我来。"宫本瞬说。

May的病房在走廊另一侧。推门进去，是个带套间的单人病房。外面放着沙发，可以让陪护的人休息。May躺在里面的病床上，脸上还罩着呼吸面罩，有机玻璃下的小脸十分苍白。她整个人都娇娇小小的，病床显得格外宽大。

高诚走到May的身边，下意识地伸出手去，却悬在了半空。他收回手，深深吸了口气。

"醒过吗？"他问。

宫本瞬说："没有。但生命体征还不错，应该问题不大。"

高诚松了口气。但他从宫本瞬的脸上看到了别的情绪，似乎有什么话欲言又止。他有了一种不祥的预感，问："怎么了？还有问题？"

"和这次枪伤无关。"宫本瞬说，"医生说May有严重的骨质疏松，再发展下去恐怕会得软骨病。"

"为什么？"高诚惊讶。

宫本瞬摇摇头，他也不知道，他怎么会知道。

高诚再次把目光转向昏睡的May，她整个人缩在雪白的被子下，就像一个被遗弃的可怜孩子。事实上，她确实被遗弃了。在被组织发现之前，已经度过了五年的流浪时光。

May曾经说过，她家在曼谷郊外的一处贫民窟，家里有四个孩子。May是第三个，没上过学，从很小就跟着其他孩子乱跑，对家庭基本没概念。有一天，她发现父母和兄弟姐妹一夕之间没了踪影。这在贫民窟很常见，May当时就知道，自己被遗弃了。

她的超能力觉醒很早，在七八岁的时候。因为这个，May被一个盗贼团伙吸收进去，凭着改变重力的超能力以及小巧的身躯，专门盗窃珠宝。后来她失了手，被抓进警局。她没有被送进福利院，那地方人满为患。于是她被放了出来，继续流浪混日子。直到螺旋的教授通过警局的档案发现了她，并将她带回了基地。

在高诚印象里，May是一个很活泼的孩子。刚来的时候不服管教，但并不张牙舞爪，她只是散漫，天性无拘无束。May很喜欢唱歌，那些泰国小调很婉转，就像夜色里的孔雀。

他至今记得那些调子，在漆黑的禁闭室，歌声软软地传进耳朵，在内心中回荡。

但如今，May却身负重伤躺在病床上，靠呼吸机维生。她还有严重的骨质疏松，很有可能变成"玻璃人"……

真该死！如果这就是命运的安排，那命运就是一个恶毒的女妖，只会向善良的人说出诅咒。

高诚的脸色愈加难看。宫本瞬注意到了这一点，连忙扶住他。高诚面色苍白，体力在剧痛和伤心中流逝。宫本瞬几乎用拖的方式，将他重新带回了自己的病房，安置在病床上。

高诚疲惫地闭上了眼睛。

这一次，没有再做梦。高诚被一阵细微的声音惊醒，是脚步声，高诚判断了出来。对方不想惊醒自己，但不知为什么，高诚却带着某种期待醒来。

他看到了一张少女的脸，很秀气，很小，五官仿佛都经过了柔化。唯独那双漆黑的眼睛，是那样明亮，隐藏在眼底的是如火焰般炽烈的光。

"杏……"高诚张了张嘴，怀疑自己在做梦。但这面容是如此真切，全无梦中的虚幻。

是宫本杏。

高诚爱上过的第一个女孩儿。时隔两年，她依旧是那副样子。她还穿着杏黄色的小风衣，腰带轻垂着，纤细的身体在里面晃荡。高诚记得自己第一次见她，似乎就是这身打扮。不，也许记忆出了错……但那种感觉，却一模一样。

高诚想起当年的事。那时候，他几乎被宫本杏迷住了。他为对方眼神中的光彩战栗。他以为这种光芒是针对自己，但其实不是。那只是宫本杏对生命的浓烈热爱，并不需要任何人来激发。

宫本杏就像梦幻中的女孩。除了哥哥，她不需要任何人。她是那样热爱一切，热爱这个世界。

是以，高诚的表白最终也未能说出口。

"高诚。"宫本杏微微吃惊，露出懊恼的表情，伸出手抚摸他的额头，"抱歉，我吵醒你了？"

下意识地，高诚抓住她的手。宫本杏任由他握着，眼神带着温暖和微笑。两人静静注视，谁也没说话。

终于，高诚放开手，心中一声绵长的叹息。她并不属于自己，两年前如此，现在依旧如此。

高诚想说什么，病房的门却被推开了。金俊浩一马当先走进来，看到宫本杏，他呆了呆，突然惊叫起来。

"杏！"

金俊浩整个人突然充满了活力。这是花花公子的通病，总是对美丽女性关注过度——哪怕没什么特殊目的。他飞快蹿到宫本杏身前，鞠躬："好久不见思密达！"

"啊，好久不见。"

"真想不到，你居然来了！你根本不知道，天天对着你哥哥那张脸有多可怕！那气氛压抑得会爆炸！我都快受不了了思密达啊——"

金俊浩惨叫一声，被人从后面一把推开，露出了被他挡住的宫本瞬。宫本瞬慢慢走到少女身前，死死盯着她。

少女有些胆怯，她躲闪宫本瞬的目光，微微鞠躬："哥哥——"

"为什么？"

"我……"

"告诉我你为什么会出现在这里！"宫本瞬冷冷地问。

"哥哥。"宫本杏嗫嚅着，突然鼓起了勇气，大声说，"我是你妹妹，但更是同伴，不是吗？相互支撑，可以把后背交给对方的同伴！大家需要我的力量，所以我不能逃避！"

"你怎么知道这个地方？"宫本瞬不为所动，蓦然回头，"谁告诉她的？"

他身后跟着艾玛和布鲁诺。但艾玛一脸茫然。布鲁诺犹豫了一下，慢慢举起手："我。"

大家都惊讶地看着布鲁诺，想知道到底发生了什么。宫本瞬盯着他，眼神中带着疑惑：

"为什么？你知道杏的身体！她根本——"

"不，其实是我。"一个声音打断了他。

宫本瞬转过身，盯着病床上的高诚。他的表情充满了不可思议："你？这不可能！"

"我也以为不可能。"高诚从病床上撑起身体，苦笑，"但事实就是这样，是我——准确地说，是机械心灵的计划。"

"你根本不知道自己在做什么！"宫本瞬咬着牙，他几步走到高诚面前，"你的计划我通不过！"

"哥哥。"宫本杏挡在高诚身前，或许是因为激动，苍白的脸上带着红晕，她吸了口气，尽量让自己的声音显得平静，"当机械心灵开启的时候，他就是我们团队的智囊。这应该是我们的共识。"

宫本瞬怔住了。

他突然发现，妹妹已经长大了，有了自己的主见，不再是那个唯唯诺诺的小把戏。

宫本瞬环视四周，发现所有人都在注视自己。同伴们在等待一个决断，自己是哥哥，但更是团队的守护者、领袖。

他开始慢慢冷静。宫本杏说得对，团队有共识。高诚——或者说机械心灵——总能给团队带来正确的建议。这一点，已经在无数次的战斗中证明过了。

"好吧。"宫本瞬声音干涩，他看着宫本，"你可以留下。"

"真的？"宫本杏几乎要忍不住欢呼起来。

"但是，你必须给我躺在病床上！"宫本瞬根本不管妹妹皱起来的小脸，快步向门外走去，同时高喊，"医生！这里有一个病人！"

艾玛吃惊地看着宫本瞬："杏的身体……这么糟糕？"

宫本瞬在门口停了一下，淡淡地说："比你想的还要糟。"

杏被安置后，宫本瞬再次回到了病房。大家都还留在那儿，似乎等着一个答案。

但宫本瞬也需要一个答案，他面无表情地走向高诚。

高诚已经从病床上坐了起来。艾玛主动过来帮他把床摇起来，形成靠背。她不是一个体贴的人，但房间里只有她一个女人。高诚的后背靠在床上，微微放松了一些，他看着面前的宫本瞬。

"你叫杏过来做什么？"宫本瞬问。

"鬼知道！"高诚摊手，然后指了指脑袋，"这是它的想法。也许我们会遇到危险，需要依靠杏的能力。但我不清楚……这是一个模糊的判断——你怎么了？"

高诚发现，宫本瞬的脸色很差。

"关于杏，我有件事一直没说过。"隔了一会儿，宫本瞬低声说。

气氛变得压抑了。所有人都看着宫本瞬，就连一直在给手指包扎的金俊浩也停止了动作。他们知道，这一定是个很糟糕的消息。杏的身体很差，这一点大家都知道，但他们现在明白，用"差"来形容一定是过于乐观了。艾玛想起宫本瞬曾经说过的话，呼吸都变得急促起来。

"你们还记得那个计划吗，灯塔？"宫本瞬看着大家。

灯塔计划。这个几乎被遗忘了的事情，立刻重新浮现在大家脑海中。为了寻找那些可能存在的同伴，杏把自己当作灯塔，不断扩散意识波，希望能唤醒那些潜伏着的血脉。但那个计划并不成功，并没有在茫茫人海中甄别到同伴。

"当时我们太莽撞了，以为超能力就像我们的手脚一样，用力过度就会酸痛，然后睡一觉就能恢复……也许吧。也许有人是这样，但杏不行。"宫本瞬抿了抿嘴唇，继续说，"因为频繁使用超能力，杏的身体一直在衰弱，医生说，她的内脏都存在不同程度的衰竭——"

"啊？"金俊浩忍不住出了声，"为什么会这样？"

"也许是杏天生体弱，承受不了这种负担，也许是她的超能力有缺陷……谁知道呢？"宫本瞬说，"我一直在带杏看医生，但顶多是维持。我不敢确定她继续使用超能力的后果。"

大家都沉默了。每个人都不知道该怎么面对这个消息，不知道该用什么样的话来安慰宫本瞬——似乎什么都不合适。而且，谁来安慰他们呢？杏不光是宫本瞬的妹妹，也是他们的同伴。

"抱歉，我完全不知道。"不知过了多久，高诚说。

"这不能怪你。"艾玛说，"我们都不清楚杏的情况……不过你提醒了我，超能力没那么简单。我曾经以为使用它就像把子弹射出枪膛一样轻松，但后来发现，枪管同样会磨损。"

"怎么说？"宫本瞬看着她。

"我的感官越来越混乱。有一次我把碱水当成了小苏打，还喝得津津有味。耳朵有幻听，视力开始逐渐下降……"艾玛耸耸肩，"但随之而来的，却是超能力越来越强，就好像做补偿似的。"

"我忘事儿。"金俊浩举起手来，"忘得越来越多……我……"

金俊浩突然说不下去了。他想到了蒂娜，这记忆有多痛苦，就有多幸福。他真想牢牢抓住它，永不忘记……但也许下一次，这一切就会被从脑袋里挖走，只留下一片空虚。

"我得了肌肉僵硬症。"布鲁诺机械地晃动了一下左臂，"不知道是不是超能力的原因。"

宫本瞬的眉头越皱越紧，他看向高诚。

"我在日本生活的时候还挺聪明的，是不是？"高诚问。

"没觉得。"宫本瞬说。

"好吧，那现在更傻了。"高诚叹了口气，"还记得我在日本那份工作吗？保险调查员。现在我要不开机械心灵，根本干不了。"

宫本瞬发现大家都在看着他，摇摇头说："我没发现什么问题，但未必是好消息。总有一种感觉，也许我哪一天就会突然死掉。"

房间里没了声音。仿佛有人施了定身术，大家都矗立在那儿，谁也不开口。过了几秒，一阵"咔嚓咔嚓"的声音响起，让人心烦意乱。金俊浩拿着剪刀用力剪纱布，这种无意义的行动除了制造噪声，便是让地上多了一堆白花花的碎屑。

"啪"的一声，金俊浩把剪刀摔在桌子上。

"等等！你们这都是怎么了？"金俊浩大声叫起来，"垂头丧气？不知所措？我们是不是该举行一个集体葬礼？"

金俊浩盯着每一个人，他挥舞着双手，似乎要把所有的力气都用出来。

"我们还活着不是吗？如果想要感怀什么，请等到葬礼上吧！到时候我们有的是时间，愿意想多久就想多久！但我不想带着后悔躺在棺材里，明白吗？我不想到死也不明白自己究竟忘了什么！你们也一样，不是吗？既然还活着，就能拿出勇气来！"

大家都吃惊地看着金俊浩，仿佛不认识他一样。然后，艾玛把大家的心里话说了出来："我简直不认识你了，小伙儿。不得不承认，你现在的样子真帅。"

宫本瞬拍了拍他的肩膀，力度十分轻柔，金俊浩简直受宠若惊。

高诚看着金俊浩。他发现，自己也许从没真的了解过对方。起初，金俊浩在他心里的印象只是一个善于搞笑的浪荡子。后来，成了靠得住的伙伴。但如今又发现了更多——百折不挠，充满干劲，极度乐观或者叫没心没肺。

在高诚看来，这家伙简直是个千层饼，只要挖掘下去，总有新的惊喜。

解码者们恢复了斗志。但宫本瞬反而变得稳健了。他让高诚继续养伤，自己则和布鲁诺一直在忙碌着什么。这期间，高诚去看了宫本杏，少女正在被哥哥禁足，可怜兮兮地躺在一张病床上。她拉着高诚说了许多话，但高诚总是忍不住走神：机械心灵叫宫本杏来雅典，究竟是什么原因？

三天后，国家情报局局长艾伯特抱着他的盆栽出现在医院里。他只说了一句话："我被停职了。"

第三十三章

"真的？"

高诚有些不太确定。他见过不少从高位跌落下来的男人，颓唐的样子就像一个模子刻出来的。但艾伯特不同，他的脸上充满了斗志，就像一个随时准备上场的拳击手。

只是盆栽有些可笑。

"昨天晚上的事。"艾伯特说。

"那你打算怎么办？"艾玛插口，"不会就这么算了吧？"

艾伯特摇摇头："我们得救出凯伦。还有，哈迪斯必须死。"

"救出凯伦？"高诚几乎笑出来，"实际上是后者，对吗？你只想杀掉哈迪斯。凯伦的死活你根本不在乎。"

"你不明白——"

"我当时就明白了！"高诚打断他。

艾伯特深深吸了口气。他知道，自己无法再被对方信任了。说来好笑，居然是一个外人为了凯伦和自己翻脸。

这就是你应得的。艾伯特对自己说。但他必须说服对方，不管用什么方式。

"随便你怎么看我。"艾伯特说，"但我们有共同的目标。户隐、金苹果、凯伦、哈迪斯，他们都在一个地方。"

高诚眯着眼睛："我们算相互利用？"

"怎么样？"艾伯特看着他。

良久，高诚点头："说说你的想法。"

"我的影响力还在。"艾伯特松了口气，"情报局并不是铁板一块。但我得承认，有很大一部分力量我无法调动了，我需要你们的帮助。我们得找到他们的藏身之处——宙斯真正的基地并不是那个地方。我肯定。"

"那该怎么做？"

"我被停职了，表面上是因为办事不力，造成混乱……但理由并不充分。"艾伯特说，"我猜有人不想让我追查下去。"

"上面？"高诚朝上指了指。

"国防部有一位副部长。宙斯和他的关系很好，两个人有经济往来。也许他怕受到牵连，更有可能——"

"更有可能他知道那个基地……"高诚面色一变，"不好！"

艾伯特诧异地看着他。

"户隐会杀了他！"高诚大声说，"他不会放过这个人！他会解决一切后患！我们必须快点！"

艾伯特面色发白："那个是国防部长——"

"你不了解户隐！"高诚说，"他眼中没有这个，只有杀或者不杀！懂吗！"

"该死！"艾伯特终于意识到事情的严重性，他跳上停在一旁的汽车，"走吧，我带你们去部长的官邸！"

第三十四章

从敞开的白色雕花窗子向外望去，能看到几棵棕榈树。棕榈树后面是一弯半月形的水池，浅蓝色的水体散发着迷人的光。水池边有洁白的沙滩，一直堆到棕榈树的树根下面。

就像在海边一样。

国防部的副部长将近六十岁，头发花白，有一副希腊人罕见的鹰钩鼻子，显得十分阴冷。但他还是很喜欢阳光温暖的事物，比如眼前这番景象。从办公室窗子眺望外面，是他最喜欢的放松。但今天，总有些心绪不宁。

因为什么？他在心里把最近这段时间的事情过了一遍，一时找不到原因。这个位置并不好做，不知有多少人盯着呢，只等他犯下一个错误，就会像食人鱼一样扑上来撕咬。

副部长揉了揉太阳穴。就在这时，他的秘书官走进来，在耳边轻声说了什么。

"艾伯特？"副部长有些诧异，然后他盯着秘书官，面色渐渐沉下去，"为什么不直接回绝？你认为我会见他？"

秘书官沉默着。跟了副部长很多年，不管主动还是被动，他都知道不少秘辛。关于艾伯特的事，秘书官不认为自己可以自作主张地回绝。而现在副部长的表现，也未必就是生气。

"他不是一个人来的？"副部长又问。

"是的。"秘书官点头，犹豫了一下，又低声说了句什么。

副部长微微睁大眼睛，仿佛听到了什么不可置信的话，然后嘴角咧开，随时打算大笑的样子。最终，他挥挥手："让他离开。"

秘书官微微鞠躬，向外走去。

"等等。"

副部长从背后叫住他。就这么几秒钟的工夫，他又改变了主意。"让他进来。"

几分钟后，艾伯特走进副部长的办公室。看到屋内的陈设，他不禁恍惚了一下。已经有几年没来过了？自从宙斯和对方搭上了线，自己似乎再也没有踏进这里一步。

"坐。"副部长指了指前面的沙发。

艾伯特坐下，下意识地看了看那扇敞开的窗子。绿色的棕榈树轻轻摇曳，发出沙沙的声响。

"你说我有生命危险？"副部长盯着他。

"宙斯死了，您知道。"

副部长点点头："是这样。但这和你的话有什么关系？"

"他是一个有很多秘密的人。"艾伯特看着他，"您是知情者。"

副部长愣了片刻，突然大笑起来。艾伯特面无表情，等着对方结束。过了片刻，副部长笑着摇头："对，他死了。然后一切都结束了，不是吗？难道一个死人会比活人更可怕？"

"您对宙斯了解多少？"艾伯特眯着眼睛，"您以为……他只是您养的一条狗吗？"

副部长慢慢板起脸。

"我不知道您和他有什么秘密，但我被停职就是因为这个吧？"艾伯特继续说，"您不想让我追查下去，但真的以为，这样就能结束吗？宙斯的可怕，您从没了解过。"

副部长看着他，微微抿着嘴唇。这是一个带有讥讽色彩的动作，但艾伯特视而不见。

"宙斯并不是普通人。他有超越凡俗的力量！"

副部长几乎要笑出来。

"宙斯是死了，但有一个更可怕的家伙接手了这一切。户隐，您也许没听说过这个名字，但——"

"这就是你要说的？"副部长突然站起身，走到窗口向外眺望，片刻后，他回过头，"你是想说，那个叫户隐的家伙想要杀了我？比如从这个窗口会射来一颗子弹？"

艾伯特突然有一种危险的预感，他下意识地要从沙发上站起来。但一切并没有发生。

"他一定会动手。"艾伯特说，"我不确定在什么时候、什么地点。但他一定会做！"

副部长不屑地摇摇头。

"您为什么要拿自己的生命冒险呢？"艾伯特突然有些激动地站起来，"我不知道您和宙斯有什么交易，但有什么能比生命重要？哪怕只是一点可能性，像您这样的大人物也该回避对吧？只要您告诉我那个基地的位置，一切都由我来解决，您并不需要冒什么风险！"

副部长有些惊讶地看着他，过了片刻，慢慢说："你觉得我可以相信你？"

"您认为我不如宙斯？"

"你是一个正直的人。"副部长并没有开玩笑的意思，他语气平缓地说，"你的妥协是有底线的，对吧？"

艾伯特明白了。副部长和宙斯之间的事情，一定触及了自己的底线，所以副部长根本没法告知自己。他不禁有些浑身发冷，究竟是什么事情，会让自己这个号称冷血部门的情报局局长都无法接受？

"你走吧。今天已经说得很多了。"副部长下了逐客令。

"但是——"

艾伯特还想说什么，但秘书官已经客气而坚定地做出手势。艾伯特无奈地向外走去，出门的时候，他回头说："您会后悔的。"

副部长扯动嘴角，露出不以为然的笑。

随着房门关闭，他坐在椅子上，看着窗外的景象微微出神。直到秘书官走进来，副部长才重新回过神来。

"以后他再来的话，直接拒绝。"

"他已经不再是情报局局长了。"秘书官提醒。

"我都忘了。"副部长失笑，"他早就没了这个资格……"

笑容渐渐沉寂。隔了一会儿，副部长突然问："你认为宙斯是个什么样的人？"

"不太了解。"

"为什么？"

"您和他的事……"秘书官犹豫了一下，"不是我可以接触的。但我知道一点，至少现在，他是个死人。"

"是啊，他死了。一切终究是个画饼——"副部长摇摇头，"就这样吧。斩断了一切，我的政治生命没有任何风险，也算是件很好的事情。"

副部长微微出神。政治生命安定了，但自身安危呢？他不相信那个所谓的户隐能有什么本事威胁到自己，但艾伯特的话始终是根刺。渐渐地，时间就这么流逝下去。

直到秘书官提醒："部长，到时间了。"

看着窗外开始暗淡的天色，副部长这才意识到该下班了。他点点头："回去。"

第三十五章

　　一辆黑色的七座旅行车拐过林荫路。它慢慢减速，靠在路边偃旗息鼓。但发动机仍在怠速低吼，随时准备出发。前方，四辆防弹汽车组成的车队平稳地行驶过去，那是副部长官邸的方向。

　　"我觉得咱们就是一群傻帽。"

　　车内，金俊浩缩在最后排狭小的座椅上。他看着副部长的车队开过去，把刚才的话又重复了一遍。

　　"咱们现在就是一群傻帽！"

　　"还是加上'我觉得'比较好。"艾玛回头瞪着他。

　　"但这就是事实！"金俊浩皱着眉，"咱们有一百种方法让这个什么副部长开口，却偏偏束手束脚，就像普通人那样！"

　　"我不会允许的。"艾伯特说。

　　"你允许？"金俊浩笑了，"如果你的'允许'管用，那也不用担心有人会暗杀国防部副部长了！"

　　"如果我不告诉你们这个消息，你们永远不知道。"艾伯特盯着他，"所以必须按我的方法来，懂吗？"

"我根本不理解你的坚持。"金俊浩摇头，"你是在让他送命。"

"世俗的规则在你们看来很可笑对吧？因为有了超能力？"艾伯特说，"如果你今天能随意去绑架国防部副部长，那明天呢？去刺杀总统？规则是维系秩序的唯一方式。如果维护规则而去破坏规则，那本身就是一种悲哀。"

金俊浩一时说不出话。隔了一会儿，他气哼哼地说："我不想听什么大道理。再说一遍，你的方法是在让他送命！"

艾伯特平静地说："任何人的生命都不能高于社会秩序。"

"你——"金俊浩睁大眼睛，好像不认识这个人一样。

就在这时，汽车微微一顿，开始启动了。高诚紧握方向盘，死死盯住前方的车队。距离大概两公里，又有树丛和建筑遮掩，并不容易被发现。但这也增加了跟踪的难度。

"他会死吧？"高诚喃喃说。

"也许。"坐在副驾驶的宫本瞬说，"守护比破坏难，而且目标不配合。"

"那我们在做什么？"

"你赞同金俊浩的说法？"宫本瞬瞥过目光。

"不知道。"高诚沉默了片刻，"但凯伦……"

"如果我们做那种事，和户隐有什么区别？"

"我明白！但……"高诚烦躁地用力握住方向盘。

"我们不能采取激烈的方式对抗秩序。但可以做些别的。"宫本瞬说，"比如等他进入官邸，潜入进去劝说一下。对方并不了解超能者的世界，当他明白之后，想法是会改变的。"

高诚的眼睛微微发亮。

就在这时，前方的车队拐入了一个弯道。一栋老旧的蓝白相间的小楼挡住了视线。这是很寻常的情况，但高诚却突然有了一种不祥的预感。

"砰！"

一声沉闷的枪响。由于楼房的阻挡，高诚看不到发生了什么，但声音随即而来——刹车声，混乱的叫喊声，还有沉闷的碰撞声。高诚将油门一踩到底，向出事地点飞驰而去。

就在他即将拐过弯道的时候，又有两声枪响在耳畔回响。伴随而来的，是一些男子惊慌恐惧的叫声。高诚不懂希腊语，但从情绪上可以分辨到底发生了什么。

他的脸色苍白起来。

就在这时，车门"哐"的一声打开，艾玛从飞驰的汽车上跳了下去。她灵敏地在地上一个翻滚，然后端起了狙击枪。

"艾玛！"金俊浩探出车窗，大叫了一声。

艾玛跷了跷大拇指。

金俊浩熟悉这个手势。这表示了艾玛的自信，同时还告诉大家——那家伙都交给我！

只是这么一瞬，旅行车就把艾玛的身影甩在后面。高诚已经顾不上这些，他已经看到了枪击现场。几辆汽车散乱地横在公路上，还有一辆撞上了旁边的房子，车头瘪了一大块。车门敞开着，有人在里面忙碌什么，隐隐能看到鲜血。几个身穿黑西装的男人持着枪，魂不守舍地看着四周。看到飞驰而来的旅行车，他们不约而同地举起了枪。

"是我！"刹车的一瞬，艾伯特已经跳了出去，他跟跄了几步，险些摔倒，"部长怎么样？"

艾伯特的脸就是最好的通行证，这些黑衣男子松了口气。但他们答不上这个问题，每个人都嘴唇发抖，脸色青黑。尽管艾伯特有了预感，却还是感到心里发凉。

在车厢里忙碌的男子钻了出来，他身上沾了大块大块的血渍，正是那位秘书官。看到艾伯特，秘书官的面色苍白如纸。

"部长死了。"他喃喃地说。

艾伯特像一只暴怒的狮子，一把将他推开。那个失魂落魄的男人摇摇晃晃地退到一边。艾伯特看清了车里的一切，国防部副部长——几个小时前还在和自己谈话的男人倒在座椅上，胸前有一个巨大的血洞。无须抢救，任何人一眼看去，就知道这只能是一具尸体。

"该死的！"艾伯特感觉胸腔中升起一股火焰，整个人都要因为愤怒爆炸了。尽管他说过，"任何人的生命都不能高于秩序"，但那是最糟糕的结果。艾伯特绝不乐意看到，可它就在眼前发生了。

"一共三枪。"一个声音从身后传来。

艾伯特回过头，看到高诚毫无表情的面容，以及那双淡银色的眼眸。

"第一枪击碎了轮毂，让车辆失控。第二枪没能击穿防弹玻璃，第三枪打在同一个位置，击穿后射杀了他。"高诚平静地说着，"幸好，他在死亡前留下了线索。"

线索？哪里有线索？

艾伯特茫然地看着车厢内的一切，破碎的车窗，血红的座椅，扭曲的尸体……他并没有找到任何可以称为线索的东西。

"能够爬到这样的高位，不可能是简单的男人呢。"高诚轻声说着，上前抬起尸体的右手。手掌蜷缩着，似乎在紧紧攥着什么。掰开后，里面有一把晶亮的钥匙。

"认识吗？"高诚拿起钥匙，转头问秘书官。

"好像是……"秘书官盯着那把钥匙，半晌才说，"书房！"

第三十六章

　　天色渐渐暗下去。阿波罗蹲在一栋大楼的窗子后面，盘算着下一步。

　　按计划，他杀死副部长后就该掉头离开。但超能力者的自傲迟滞了他的脚步，阿波罗不认为警察或者快速行动队能给自己带来什么威胁。能杀死超能力者的，只有超能力者。

　　和神话传说中的太阳神一样，阿波罗拥有同样的傲慢。他几乎没遇到过失败，即便上次与艾玛交锋，他也微微占据上风。阿波罗发誓，自己绝对击伤了对方。由此可见，上一次的对决他是胜利者。

　　眼下，正是阿波罗的自信膨胀到最高点的时候。

　　要不要再做点什么？比如，杀掉一两个解码者？阿波罗从窗口探出头，雅典的夜色已经降临，星星点点的灯光顶着黑暗逐一升起，就像一座发光的城市正从深海中浮现出来。从这个位置，他看不到副部长死亡的地点，但能想象现场正在发生什么。

　　他们什么也找不到，我这一枪干脆利落。阿波罗自信地想着，同时也认为户隐还派出另一组行动人员是小题大做。那可是基地里最后的力量，完全不该在这里消耗。

阿波罗看着夜色，盘算着这些事情。突然，一种危机感陡然浮现。

阿波罗猛地一个翻滚。身后的墙壁顿时爆开，好像一束灰蒙蒙的礼花。墙壁上出现一个碗口大的深坑，水泥化作了齑粉。空气中弥散着烧灼的焦煳味。

"砰！"

沉闷的枪声传来，在夜空中飘荡。

"妈的！"阿波罗狼狈地掸了掸头发上的灰。太大意了！什么时候被那个娘儿们盯上的，自己居然不知道。他把身体缩在窗口下面，等了片刻，然后猛地端起枪对准窗外。

除了茫茫夜色，什么都没有。

该死！我该带个夜视仪来！阿波罗咒骂着，迅速缩回身体。一颗子弹击碎了窗台，从肩膀上方擦过，打得地面尘烟滚滚。

阿波罗额头上沁出了冷汗，肩膀火辣辣地痛。也许没什么伤，但恐惧的感觉抓住了他。阿波罗拼命朝楼下跑去，他尽量弯着腰，不让自己的身影从楼道窗口上露出来。他一口气从七楼冲到了二楼，然后屏住呼吸，把后背贴在墙角上。直到此时，阿波罗才感到自己的心脏正猛烈跳动，发出鼓点一样的声音。

太危险了！他根本找不到敌人！他的超能力可以控制子弹的轨迹，击中视野中的任何目标，哪怕对方躲在掩体后面呢！这固然是狙击手梦寐以求的天赋，但他却从没想过一个致命的问题——如果他看不见呢？

夜色深沉，吞噬了他的视线。该死！难道对方知道了？阿波罗不禁一阵心慌，他四下看着，似乎黑暗里随时会射来一颗子弹，要了他的命。

必须继续移动！阿波罗明白，待在原地就是自取灭亡。他一口气从二楼冲下去，奔入无边的夜色中。他端着枪，一边奔跑一面寻找，打算像一个真正的狙击手那样，凭着基本功与对方周旋。但他悲哀地发现，自己以前太过依赖天赋，并没有把这些基本训练做到极致。

阿波罗听到了警笛的声音。国防部部长遇刺的结果开始爆发，他甚至能隐约看到远处有快速反应部队的身影。平时，这些人在阿波罗眼里就像一个个靶子，分分钟就能消灭干净。但他现在根本不敢多事，反而感到了极大的压力。

两个狙击手的死斗自然引起了部队的注意。一组组人马循着枪声包围聚集。但那两个狙击手就像黑夜中的幽灵，自如地在军警的包围下穿梭缠斗，跳着刀尖上的舞蹈。

仅仅十几分钟，阿波罗却感觉过了几年一样。他把所有手段都用尽了，但毫无作用。有那么一阵子，阿波罗甚至以为对方是不是离开了。但一颗险些要了命的子弹提醒他，敌人始终都在。

阿波罗越跑越远。杀死一两个解码者？去他的吧！他现在要考虑的是怎么保住这条命！他翻墙进入了一个不知名的公园，里面有一大片黑漆漆的林木。阿波罗就像看到救星一样，一头扎了进去。

这片树林很大，阿波罗怀疑是否连着一座真正的森林。奔跑了十几分钟，阿波罗终于停下脚步。他大口地喘着气，一边剧烈地咳嗽，几乎要把肺叶从嘴里咳出来。他感觉那个女人也许不会再来了，如果只比耐力，女人不是男人的对手。

几分钟后，阿波罗渐渐恢复了过来，开始考虑下一步的行动。一个强烈的、很有吸引力的想法闯入他的脑海：他要远远离开这里，解码者和户隐的战斗他也不再关心。为什么不呢？他可以逃到国外去，隐姓埋名过一个普通人的生活。南非怎么样？那里风光独特，适合安家。他还有不少钱，不用担心以后的生活。闲暇时还能去草原上打打猎。凭他用枪的本事，草原上的动物可要倒霉了。

这么想着，他突然听到背后有人说话：

"不继续跑了吗？"

阿波罗的心脏险些从喉咙里跳出来！他下意识地转身，朝身后开枪。但随着一声轰鸣，巨大的震动从手中传来。那杆狙击枪飞了出去，像一堆废铜烂铁一样砸在地面上。

面前，一个人影静静站着，手中握着一支大口径手枪。袅袅青烟，正从枪口冒出来。

"你——"阿波罗睁大眼睛。他发现一个苗条的身影站在身后，满头金发散落下来，以及似笑非笑的美丽面庞。

"艾玛。"对方自我介绍，但枪口始终对着他，"又见面了，这回可真近。"

"你趁着晚上……"阿波罗咬牙切齿，"这不公平！"

"我给过你机会，但你的技术太差了。"艾玛说，"过于依赖超能力，往往会死得很快。"

"不！不要杀我！"阿波罗叫起来，"我投降！你们解码者不会滥杀无辜不是吗？我早就想退休了！不，我还可以帮助你们！我——"

"砰！"

阿波罗的话被枪声打断。他的心窝中了一枪，鲜血顿时喷出。阿波罗捂着胸口，缓缓倒在地上。他的眼睛里，依然带着恐惧和不可置信。

　　"你差点杀死了May。"艾玛说。

第三十七章

副部长的官邸距离枪击地并不远。在快速反应部队到来前，高诚等人就已经全速赶向那里。他们必须争取时间，不论是军方还是户隐，都是竞争对手。

不多时，高诚已经看到了那栋二层小楼。在夜色里，小楼呈浅灰色，窗口亮着灯，显得十分宁静。

"总算没来晚——"后座的金俊浩松了口气。

突然，他觉得车轮一震，仿佛轧到了什么尖锐的东西。"砰"的一声，前轮的车胎爆开，汽车失去控制，横向甩出。金俊浩拼命抓住前面的车座，剧烈的晃动中，看到高诚面无表情的面孔。

高诚若无其事地控制着汽车。风力、湿度、摩擦系数、道路宽度……这些数据如潮水一般涌入大脑，然后通过稳定的双手控制着它们。汽车诡异地甩尾，从翻滚边缘擦肩而过，稳稳停了下来。

车门打开。宫本瞬第一个跳出去。三个人影慢慢从夜色中走来，他们都持着长刀，冷峻地盯着解码者。宫本瞬看着他们，轻轻抿着嘴唇。他的右手握住了刀柄，把长刀缓缓抽出来。

突然，一阵火光冲天而起，映亮了每个人的脸。金俊浩瞪大眼睛，他发现，火光是从官邸中冒出来的。

"交给我。"宫本瞬叫道，"你们快去！"

高诚向官邸冲去。一名持刀者想要拦住他，却被宫本瞬挡住。金属交击的声音从背后传来，高诚头也不回地奔跑。官邸内的火势蔓延极快，从窗子向外缭绕，就像一条条鲜红的舌头。

"金俊浩跟着我！布鲁诺在外面监控！"高诚说着，一头扎进大门。

"为什么是我？"金俊浩悲惨地叫着。

尽管如此，他依旧毫不犹豫地冲入火场。浓烟和火光让他什么都看不见，只有高诚的身影在前面晃动。

"跟着我！"高诚的声音再次传来。

金俊浩紧紧跟随。高诚的路线就像一条安全通道，避过了灼热和烟气，不断深入。金俊浩不知道书房在什么地方，但他相信高诚一定能找到。冲上一节楼梯，金俊浩突然停下了脚步。

"你听！"他叫起来。

高诚没有理他。

"你听！有小孩儿的哭声！有孩子在哭！"金俊浩大叫着。

高诚继续向前走。

"该死的！你——"金俊浩内心在挣扎。他想要跟上高诚，脚步却越来越慢。最后，他狠狠咬牙，向着哭声的方向奔去。

一离开高诚，火势顿时汹涌起来。金俊浩感觉皮肤上的水分迅速蒸发，头发也开始卷曲。他胡乱寻觅，发现墙角摆着一只巨大的玻璃鱼缸，里面还有半缸水。金俊浩用力扳倒，水从头到脚淋了一身。

趁着水没干，他一头撞过火墙，闯入了一个房间。

或许是用了阻燃材料，这间屋子里火势不大。四壁都是粉红色，中间摆着一张公主床。床上的纱帐已经开始燃烧。墙角有一个巴洛克风格的奶白色矮柜，一个七八岁的小女孩儿缩在旁边，正在哭泣，金色的卷发随之瑟瑟抖动。

金俊浩恍惚了一下。金发、女孩儿、火焰……莫名的熟悉感从心底升起，慢慢地想要交织成什么图景。但终于，它们颓然散开，胸中的空洞愈发地痛彻起来。

他捂着胸口，露出痛苦的神色。

小女孩儿抬起头，看到了金俊浩。她停止了哭泣，秀美的脸上闪现着惊喜。"帮帮我！"她伸出手。

"跟我走！"金俊浩拉住她的手臂。

小女孩儿跟着他朝门口跑去，汹涌的火焰缭绕着，让她尖叫起来。金俊浩转过头，看着小女孩惊恐苍白的面容，心中似乎有某一副模样想要浮现出来，和面前的人重合。

但最终什么也没有。他的目光定格在小女孩的脸上。

"裹上这个！"金俊浩把外套脱下来，上面都是水，凉丝丝的感觉让小女孩舒服了很多，"我们冲出去！别怕！"

小女孩用力点头。金俊浩把她抱在怀里，冲入火海。火焰吞没了他们，然后又迅速分开，金俊浩跌跌撞撞，在火焰中拼命跋涉。一块燃烧的木料从头顶上落下来，砸在肩膀上。金俊浩一个趔趄，但他死死抱住怀中的女孩儿，双眼通红地看着前方。他要找到一条通路。

"右边！有个侧门！"

裹在衣服里的小女孩发出闷声闷气的声音，用的是英语。

金俊浩跑了几步，终于看到了那扇门。门口已经扭曲，火舌在上面缭绕，黄铜的把手变得通红。他深深吸了口气，抱着女孩奋力一撞！

"轰"的一声！

金俊浩和小女孩跌到外面的地面上。这里是后院，有一片草坪，秋千、木马、白色的小凉伞。新鲜的空气涌入肺叶，金俊浩大口地呼吸着，感觉整个人获得了新生。

"你还好吧？"金俊浩把小女孩从外套里扒出来。

"谢谢你！我——"小女孩的声音戛然而止。她用恐惧的目光盯着金俊浩背后。

金俊浩蓦然回头，发现身后站着两个眼神淡漠的男子。其中一个家伙抬起冲锋枪，毫不犹豫地扣动了扳机！

"我的妈呀！"金俊浩惊叫一声，抱着女孩奋力翻滚。子弹打在草坪上，草茎和泥土翻飞。

金俊浩连滚带爬。子弹追逐着他。秋千、木马、白色的小凉伞，纷纷化作七零八落的碎片。那个枪手毫不在意，就像是专门来搞这种破坏的。终于，金俊浩躲到一个铁柜子后面，这东西有一层坚硬的金属外壳，也许是个烧烤架。子弹打在上面崩出一溜火星。

"别怕！"金俊浩安慰怀中的小女孩儿，一边打算去拔枪。

就在这时，另外一个男子突然出现在他面前！金俊浩来不及做任何反应，就被对方一把卡住脖子！

超能力！和宫本瞬一样，速度型，比以前见过的那些都强！金俊浩只来得及在脑子里转过这个念头，男子另一只手握着匕首，狠狠地刺下来!

"噗!"

金俊浩下意识地抬了一下手臂,匕首狠狠刺在上面,贴着骨头穿透了肌肉。金俊浩疼得浑身颤抖,甚至忘记了窒息的痛楚。他死命抓住对方的手腕,想要把匕首推开。

但匕首还是缓缓地、毫不留情地向下挺进。鲜血沿着刀尖滴落,金俊浩的力气越来越小。

我得想想办法!金俊浩不想死,但他却像把超能力忘掉了一样。他心中有一个声音在呼唤:别忘了我!别忘了我!金俊浩双眼通红,看着刀锋缓缓刺入自己的胸腔……

持枪的男子站在草坪上。他看着同伴扑到铁柜后面,然后是一阵搏斗的声音,再然后,一切都寂静下来。过了片刻,那个持刀的超能力者站起身,手中的匕首满是鲜血。

"死了?"持枪者问。

持刀男子点点头,向他走过来。不知为什么,持枪者感觉有些不对。但他还没来得及做出任何反应,那柄匕首已经刺入他的心脏!

持枪者颤抖了一下,带着茫然的神情缓缓倒下去。持刀者站在原地,他目光空洞地看着脚下的同伴,就像一尊雕像。

金俊浩慢慢从铁柜后面爬起来。他用左手给自己包扎。贯穿性的伤口处理起来十分麻烦。小女孩走上来,细心地帮他包扎,湖蓝色的眼睛一闪一闪。

"疼吗?"小女孩问。

"有点。但总比死了强。"金俊浩喘了口气。

在生死之际,金俊浩还是下意识地用出了超能力,把那个持刀者变成了自己的傀儡。但不知为什么，他却觉得心中不太舒服，没太多劫后余生的喜悦。似乎在那一瞬间，他有过一种宁死也不使用超能力的想法……

"到底是为什么？"金俊浩陷入思索。

自己到了希腊，然后撞鬼一样失去三天记忆，被高诚救下来，然后和宫本瞬会合……记忆如同走马灯一样在脑海里盘旋，似乎并没有哪一环的缺失。等等——我到底为什么来的希腊？

金俊浩没有印象，完全没有。这不是忘记，与那种"见到某人眼熟，却叫不出名字"的情况截然不同。这是一种割裂，从表层到潜意识，它彻底消失了，就像负责这部分记忆的脑细胞完全死掉了一样。

应该不重要——金俊浩想。也许只是为了配合高诚的行动。回头去问一下，如果只是这个原因，那没什么大不了的。

想到这里，金俊浩高兴了起来——只是不明白为何自己的双眼在不受控制地流泪。也许是结膜炎，金俊浩擦擦眼睛，站起身。

"你……还好吧？很伤心？"小女孩担忧地看着他。

"好得很。"

"不，明明……"

"真失败，连小孩子都能看出来！"

金俊浩深吸一口气，他看了看那个持枪的傀儡说："我心情很不好啊！所以像你们这种凶手干吗还要活在这个世界上？"

"小孩子别看。"金俊浩揽过小女孩儿，向前走去。

身后，传来一声枪响以及重物坠地的声音。

第三十八章

高诚站在书房里。

房间的布置平淡无奇，四壁都是顶到天花板的落地书架，中间有张橡木桌子，以及天鹅绒蒙皮的座椅。但它们此刻都在火焰中燃烧着，鲜红的火苗舔舐着，仿佛品尝美餐的舌头。

高诚站在烈火中，银色的眼眸闪动。

橡木桌子有两个抽屉，高诚打开过，里面除了一个烟斗、一把手枪，什么都没有。这些东西没什么异常，桌子也没有夹层。或许线索就隐藏在满屋的书籍中，但它们都已经焚烧殆尽。

几分钟后，屋顶开始坍塌，高诚头顶下起了一场火雨。这些东西落不到他身上，火焰也被轻轻避过，但光是高温就足以让一个人脱水。高诚始终没有呼吸，以免有毒的烟气进入呼吸系统。仅凭肺叶中残存的氧气支撑高速计算，即便是高诚也有些勉强。

他的脸色愈加苍白，一缕鲜血从鼻孔淌出。高诚轻轻抹掉，走到一个燃烧过半的书架前。他抽出一卷焦黑的东西，转身离开了火场。

"轰"的一声，房屋在身后崩塌。

高诚吸了口气，脸色由白转红。但氧气的瞬间涌入让他有一阵眩晕。突然，有人从旁边扶住他。

是宫本瞬。

"都解决了？"高诚问。

宫本瞬点点头："先离开这儿。"

旅行车已经换过车胎。旁边倒着几具尸体。高诚上了车，发现所有人都在，连艾玛都赶了回来。可不光如此，金俊浩身边还缩着一个金发的小女孩儿，看样子还不到十岁。

"她是谁？"高诚问。

"就是你见死不救的那个！"金俊浩气哼哼地说。

"会带来麻烦吗？"高诚问。

金俊浩瞪着他，发现高诚依旧是那副银色眼眸。他摇摇头，决定暂时不和对方说话。

"副部长是你什么人？"高诚问那个小女孩。

"外公。"小女孩半天才说话。

"让她下去，警察会处理。"高诚指了指外面。警笛声正由远及近。

"不行！"

金俊浩条件反射般起身，一头撞在了车顶，他捂着脑袋缩回来。小女孩紧紧抓住金俊浩的衣角，戒备地看着高诚。

"为什么？"高诚问。

"你能保证安全吗？"金俊浩嚷嚷着，"也许外面还有杀手，也许警察里就有他们的人，也许——"

"我为什么要保证她的安全？"

金俊浩睁大眼睛，愣愣地看着高诚。但高诚毫无开玩笑的意思。金俊浩勃然大怒，指着高诚叫起来："听着！如果你不是现在这种状态，我会一拳砸在你脸上！你最好相信！"

高诚看着他，面无表情。

"快走吧。"宫本瞬在一旁说。借着火光，他已经能看到警车正在靠近。

高诚转过头，开始专心致志地开车，仿佛刚才的一切都没有发生。车厢内的气氛十分压抑，足有十几分钟没人说话。旅行车远离了事发地点，周边的景象变得荒凉起来。

突然，汽车慢慢减速，然后停在了路边。高诚趴在方向盘上，一动不动。

"怎么了？"艾玛吃惊地直起身子。

"有点累。"高诚没有抬头，声音透着疲倦。

"变回来了？"

"嗯。"高诚应着，随即沉默了，几分钟后，他才重新坐正，说，"刚才的我有点可怕。自己都吓到了。"他牵动嘴角，却笑不出来。

"没什么……也习惯了。"金俊浩说。

他说完就后悔了，这并不是安慰人的话。但高诚没有在意，立刻转入了正题。

"书房里一共有一千四百……多少来的？忘了，反正那么多本书。主要是历史类、哲学类、政治类，大概占了……"高诚皱了皱眉，摊手，"相信我，之前我都知道准确数字来的。"

"说重点。"宫本瞬提醒。

"我正在想。"高诚一边琢磨,一边说,"还有一部分医学书和生命科学……总之,没经济类书籍。这说明什么?"

"副部长并不喜欢钱?"艾伯特问。

"也许。但你说他和宙斯有经济来往?"

"这正是我疑惑的。"艾伯特说,"靠书房的书籍能推断出来?"

"不知道。但伪装也好,真实也好,没有一本经济相关的书籍,就能说明一个问题。"高诚掏出一卷黑乎乎的东西,递过去。

艾伯特接过来,发现这是一本烧掉一半的书,就像一卷黑乎乎的海带。但书的名字还隐约可见——房地……经济……查……告……

"房地产经济调查报告?"艾伯特在脑中补完了书的全名。

"回到我刚才的话。书房里单独出现这样一本书,很奇怪。"高诚说,"似乎在暗示什么。"

"是什么?"

"不清楚。"高诚耸耸肩,"这得让布鲁诺来。希腊的房地产方面,有什么特别的吗?"

"我正在查。"布鲁诺通过手机接入了网络。

过了一会儿,布鲁诺睁开眼睛,露出兴奋的神色:"斯巴达!我们现在就去!"

第三十九章

凯伦苏醒过来。

她觉得自己像是喝多了，头痛得厉害。凯伦不怎么喝酒，但有一年，因为一个已经彻底忘掉了的原因，她喝得酩酊大醉。第二天起来，她就被那种剧烈的头痛几乎逼疯了。凯伦至今仍能记得这件事，就是因为头痛，而不是事情本身。

现在的感觉差不多。也许没那么严重，但也够糟糕的。就像有人用一把凿子撬开了脑壳，然后一锤一锤地往里砸。但随着这种冲击性的疼痛，凯伦感觉有什么东西也被灌了进来——开始是一片恍恍惚惚的鬼影，慢慢地就像一秒三十格的胶片一样，连成了影像。

那是凯伦这几天的记忆，它们开始复苏了。

"我的天！"凯伦终于想起来自己遇到了什么。她被哈迪斯控制了，成了什么阿尔忒弥斯，穿着一身可笑的古希腊长袍，后来还刺了高诚一刀！这一切简直是疯了！

凯伦下意识地想要起身，却发现根本动不了。手臂还有双腿，都被紧紧束缚着。她用尽全力向前探头，几乎要把脖子扯断了，剧痛中，凯伦终于看清了自己的处境。

她躺在一张床上——或者不是床，只是工作台或者解剖台什么的。反正这东西铺着白布，看上去死气沉沉。凯伦被固定在上面，就像个蝴蝶标本，一动也别想动。

而她头顶上，竟悬挂着一架机械臂。最前端是个明晃晃的齿轮，有汤盘那么大。这东西肯定能转，凯伦想。如果真的转起来，机械臂向下一压……她几乎能想象自己变成两半的情景了。

凯伦死死盯着齿轮，生怕它会在下一刻启动。万幸的是，齿轮似乎没有转动的意思，倒是在房间的另一头，脚步声由远而近。凯伦费力地扭过头，看到一个中年亚洲男子慢慢走过来。

"你是谁？"凯伦根本不认识对方。

"我叫户隐。"对方停在凯伦身旁，微笑道，"感觉怎么样，阿尔忒弥斯？"

"别叫那个名字！"凯伦叫起来。

"好吧，凯伦。"户隐点点头，目光上下打量着她。凯伦感到毛骨悚然，对方似乎不像是在看人，而是在看一种物件。联想到头顶上的机械臂，她开始怀疑户隐下一刻就会把自己大卸八块。

"七年了，你的变化可真大。"

凯伦瞪大了眼睛。她仔细看着户隐，摇摇头："我没见过你。"

"你当然见过。"户隐笑起来，"只是这部分记忆消失了。但这并不影响什么，你还是你，瞪起眼睛的样子就和当年一样。"

"别开玩笑了！"凯伦冷笑起来，"这种幼稚的把戏能骗过谁？"

"你的内心在惧怕。不要抵触现实，毕竟你已经见过那么多不可思议的事情了。对吗？高诚、金俊浩、宫本瞬，他们都不是普通人，你肯定看得出来。那么再多一个可以编织记忆的家伙，有什么不行呢？"

户隐依旧在微笑，他看到凯伦冰冷的瞳孔开始收缩。你在害怕呢，小女孩儿。那么，让我再加一把火。

"七年前，你去了清迈旅行。"户隐说，"那是一个愉快的假期。你去寺庙烧香，过了泼水节，还骑了大象。当时有只小象和你要香蕉，你没有准备，结果它愤怒地喷了你一脸水。这让你印象深刻，你当时想：这小家伙肯定有狂躁症——"

"别说了！"凯伦呼吸急促起来，"你想告诉我这都是假的吗？这……都是假的？"

"就像编剧本那么简单。"户隐微笑着说，"每一个细节，每一句台词，就像你亲身经历过一样。挺难想象是吗？但这世界上总有一些人能够做到。"

凯伦只觉得脑袋嗡嗡作响。她不敢相信，不肯相信——但无疑，她已经相信了。如果说那些情景、那些细节还可能是有人跟踪记录的话，可她的心理活动根本不可能有别人知道！

户隐说的那句话，和她当时心里想的一模一样！

"你们为什么那么做？为什么？为什么要操纵我的记忆？你们这群浑蛋！"凯伦大叫着，用力挣扎，工作台发出"哐哐"的声音。如果可能，她一定会跳起来把面前这个家伙杀掉。就算没有武器，哪怕用牙齿咬呢！

"这得感谢宙斯。"户隐说，"我们当时到处寻找'有才能'

的人。可这太难了，甚至不能用大海捞针来形容。怎么说呢，就像在全世界的海滩上寻找几粒沙。我们找不到任何规律，没有任何一种数学模型能够表述它——这种感觉真是糟透了，我感觉自己快要死掉了。"

"真可惜。"凯伦冷冷地说。

"差点儿。"户隐笑起来，"但我们总归找到了几个，全凭运气。当然，运气最好的是宙斯，他居然在身边找到了一个人，就是你。他确认你有'才能'，把你带到了清迈，我们经过基因测序也证明了这一点。可惜的是，诱发过程出了一些意外，基因没有形成显性。所以看上去，你依旧是个普通人。"

户隐看着凯伦，发现她并没有打断的意思，于是继续说：

"我们不知道你的能力什么时候能显现。也许第二天，也许很多年以后。在宙斯的要求下，我们给你编造了一段虚假记忆，然后留下一个后门。就是那句'月亮女神'，让宙斯能控制你的行为。当然，用过一次后就不好使了。宙斯始终想把你培养成自己人，我们也在这方面进行了催眠诱导，但你居然抵抗住了，这可真不简单。"

艾伯特说过这样一句话："我不知道你为什么对宙斯这样信任……也许如果不是那些事，你早就跑到他那边去了。"凯伦曾经很不耐烦。但她现在知道，艾伯特说得对。如果没有那种深刻的羁绊，也许宙斯就要得逞了。

"该死……"凯伦咬着牙，"真是该死的……"

"借你吉言。宙斯确实死掉了，但我对他遗留下的财产很感兴趣——其中就包括你。"户隐说。

"你在邀请我？"凯伦冷笑，"跟着你发疯，去征服世界？"

"我和宙斯不同，没有那种虚妄的理想。可你终究该明白，超能者和普通人不一样。他们会嫉妒我们的才能，像小鸡嫉妒高飞的雄鹰。而你，早晚也无法忍受自己与他们为伍、生活在鸡窝里的日子。既然如此，为什么超能者不能联合在一起呢？这就是我的理想，即便不是征服世界，但依旧是一项伟大的事业。"

"如果你真像你说的那样崇高，高诚他们会与你为敌吗？"

户隐摇摇头。早就知道，凯伦不是一个言语能够打动的人。那么，就来点实际的吧。他手中捏着一个遥控器，按下了上面的按钮。顿时，一阵刺耳的轰鸣从头顶响起，那个齿轮开始旋转。

凯伦惊恐得睁大眼睛。他要杀了我！这一刻，她心中只有这个想法。那个齿轮正在缓缓下落，很慢，但很坚定，看上去无可阻挡。巨大的恐惧让凯伦的血液开始倒流，脸色苍白如纸。

"不——"凯伦大叫起来。

"答应我，成为我的伙伴。"户隐的声音在耳边响起。

"不……绝不！"凯伦大口地喘气，愤怒撕破了恐惧的穹顶，从里面钻出来，"我宁可去死！你这个浑蛋！"

"那么，你就去死吧！"

在户隐阴森的声音中，齿轮呼啸而下！

第四十章

拉刻代蒙，或者说斯巴达。

这座古代城市早已消失，取而代之的，是在上面重新兴建的斯巴达自治市。这座城市在希腊没什么影响力，游客也不多。有段时间，那部叫作《斯巴达三百勇士》的电影倒是掀起了一股斯巴达热，很有一些人来这里瞻仰。但古斯巴达人或许是太过热衷于军事，在文化、建筑方面缺乏建树，本身就没留下什么。再加上战争摧残，如今能看到的，只是一小片低矮的残垣断壁，没什么好看的。

这些游客大都乘兴而来，失望而归，渐渐也就没什么人了。即便有些游客，大都转上一圈便直接取道向西，那个方向有著名的密斯特拉遗址，可比斯巴达好看多了。

现在生活在斯巴达自治市的居民，和古代斯巴达没什么关系。严苛、暴烈、勇猛的斯巴达血统早已经消失，人们过着和普通小镇没任何区别的生活。像大多数希腊人一样，悠闲、随意，容易满足。

"但这只是表象。"艾伯特说。

他们正在去往斯巴达自治市的路上。旅行车风驰电掣，远远超出这条路能够承载的速度。但在高诚的控制下，它就像一只小猫那样乖顺。

车厢有一圈加固钢梁，上面包着黑色真皮的缓冲物。艾伯特把头靠在上面，盆栽放在牢固的杯托里，从口袋里摸出一支烟。点燃之后，他深深吸了一口，面孔在袅袅烟雾中显得模糊不清。

"如果没有你们的帮助，我恐怕永远也不知道真相。副部长和我谈过底线的问题。我当时不太明白，但现在……"艾伯特的眉宇间露出一丝锋利的东西。也许是杀机，也许是愤恨。他用力吸烟，想把这种情绪压抑下去。

"还是我来说吧。"布鲁诺接口道，"根据房地产经济的线索，我比照了一下希腊地产经济的波形，发现了一个有趣的巧合——两年前，斯巴达自治市的房价突然开始上涨。"

"哪里巧合了？"金俊浩问。

"艾伯特先生告诉我，宙斯的金苹果计划就是两年前开始的。"

艾伯特在烟雾后面点点头。

布鲁诺继续说："斯巴达自治市的位置不算好，不靠海，景色也不出奇，一般情况下房产成交量不该出现太大波动。但在这两年的时间里，斯巴达自治市成交了1527套房产。"

其他人对这个数字并无概念，都等着他继续说下去。

"根据历年的正常情况，这两年能有300套的成交量就不错了。也就说，另外的1000多套并不正常。"布鲁诺说，"宙斯在置换斯巴达自治市的居民，如果他的计划继续下去，很可能将来整个斯巴达自治市都会变成他的人——或者说，他的实验品。"

"好大的手笔啊思密达！"金俊浩忍不住感叹。

"金苹果计划需要大量的实验品，于是斯巴达自治市成了宙斯的实验基地……"艾玛皱了皱眉，"我猜，这座城市的常住人口肯定不够官方公布的数字了。"

"等等！"高诚很纳闷地问，"这也太明目张胆了吧？市长啊，议员啊，警察局什么的，难道都没察觉？"

"你确实越来越傻了。"宫本瞬摇摇头。

"拜托我知道啊！根本不用你提醒好不好！"

"很显然，那些官僚都被收买了、控制了，或者干脆就是宙斯的人。"宫本瞬说，"宙斯自己做不到，或者说没法在两年内做到，于是他才和国防部副部长联合在一起。"

"但宙斯能给副部长什么？"高诚不明白，"他不是不喜欢钱吗？"

"你的推断未必——"宫本瞬微微一怔，突然问，"你说他的书架里有很多医术和生命科学的书？"

"对。"

"他生病了？"宫本瞬下意识地看向那个小女孩儿。

小女孩半天没说话。隔了片刻，低声说："我妈妈……在美国治疗淋巴癌……晚期……"

大家都叹了口气。他们终于弄明白了这件事的始末。副部长支持宙斯的人体实验，是为了拯救女儿。这种做法不能苟同，情感却可以理解。金俊浩拍了拍小女孩儿的肩膀。

"不管怎么说，宙斯真正的基地，一定在斯巴达自治市。"艾伯特说，"如果户隐想要接手宙斯的资源，那一定会在那里！"

"准备吧。"宫本瞬点点头。

半个小时后，他们看到了斯巴达自治市的灯火。

第四十一章

轰鸣骤停。

齿轮停止转动，它抵在凯伦的胸腹间，锐利的钢齿甚至割破了衣服。巨大的恐惧让凯伦昏迷过去，以为自己已经死掉了。并不是胆小，事实上凯伦能在枪林弹雨中面不改色。但这种非常规的、无可躲避的死亡方式降临之际，恐怕任何人都难以保持镇定。

户隐等了几分钟，看到凯伦的睫毛微微颤动，缓缓睁开眼。

"你是个幸运的女孩儿。"户隐看着她，"我临时改变了主意，并且恰好来得及。如果我再慢上哪怕零点一秒，你我都会后悔。"

感受着皮肤上的冰凉和锐利，凯伦丝毫不怀疑他的话。

"但下次，未必有这么幸运。"户隐按了一下遥控器，机械臂慢慢升上去。

"我不会……加入你们的。"凯伦的声音又干又涩。

"看得出，你很害怕。"

"我比自己想的要胆小，我今天才发现。"凯伦喘了口气，慢慢说，"是的，我是很害怕，非常害怕。但改变不了什么，我不会加入你们，再问一次也是这样。"

一口气说出这些话，凯伦感觉好受多了。她突然明白了一个道理：恐怖并不耻辱，只有被它征服才是一件耻辱的事情。如果这番话激怒了户隐，导致齿轮真的切入身体的话，自己肯定会在痛苦和恐惧中死去——但这依旧无法改变什么。

来吧！她想。

户隐的眼睛里出现了一抹赞许："不得不说，宙斯的眼光很不错。他对你投入了那么多的耐心，现在我终于理解了一些。"

"耐心？"凯伦冷笑，"包括安排狙击手给我脑袋上来一发子弹吗？"

"你错了，阿波罗的那颗子弹本来是留给高诚的。这是宙斯的安排，但他根本没想到，那时候阿波罗早已经投靠了我。"户隐说。

"你那时候就想杀了我？为什么？"

"我是在帮助你，希望你早日'觉醒'。"

"我听不懂你在说什么！"

"你会明白的。"

户隐微微一笑，转身离开了房间。关上房门，外面是一条四壁洁白的走廊，天花板上亮着荧光灯，走廊两侧有许多门，大都厚重坚固，呈现出浅浅的金属色，门框安装着带液晶面板的掌纹识别装置。户隐走到第三个大门前，把手按在上面。

门开了。

里面是一间宽阔的房间，有上百平方米，一具具棺材一样的培养槽摆在地面上，由各种导线和管子连接着。户隐走到最近的培养槽前，透过半透明的特种玻璃，能看到里面充满了淡绿色的液体，以及一串串雪白的气泡。气泡搅动的间歇，能隐约看到一具人类的躯体。

"还有多长时间？"户隐问。

哈迪斯就站在房间中央，他看了看表："调试完毕还需要半个小时。"

"还能加快吗？"

"这已经是最快速度了。"哈迪斯说，"调整液就剩这么多。如果按照以前的方式，可以产生四十名调制者。但现在……成功率要降低一半。"

"二十个足够了。金苹果在我们手里，以后要多少有多少。"

"我不明白你为什么这么急。宙斯在这里经营了两年，没人知道这个地方！副部长已经被杀了，绝对安全——"

"不要跟我说绝对！"户隐盯着他，"你们以前的成功只是建立在对手的无能上！但这次不一样，你看到了宙斯的下场！"

宙斯的下场？那还不是因为你吗？如果不是我们的背叛……但随即，哈迪斯又改变了想法。即便他和阿波罗都全力以赴，能改变当时的结局吗？一想到那些解码者的强大力量，他变得没那么自信了。

"等这些调制者苏醒，我们尽快离开。三天，只给你三天时间。"户隐说。

"没法那么快！这些设备根本运不走！我们得慢慢想办法——"

"全部丢掉！我们只带核心设备走！"

"什么？"哈迪斯瞪大了眼睛，"你知道这些设备要多少钱吗？"

户隐盯着他，一言不发。哈迪斯咽了口唾液，他已经在后悔了，自己不该那么说，本来可以更婉转一些。但这是他的真实反应，为了这个基地，还有这些设备，宙斯串通国防部副部长截留了大量军方的资金，那可是一笔天文数字……

哈迪斯看着户隐慢慢走近。他开始恐惧起来。他不知该怎么做，不知是不是该转身逃走。他鼓不起勇气支撑自己的任何行动，只能僵硬地站在那儿。然后，户隐伸手卡住哈迪斯的脖子，将他扯到自己面前。

"知道吗？不管多少钱，也不值得送掉自己的命。"户隐慢慢说着。

哈迪斯说不出话。卡住他脖子的那只手正在慢慢收紧，如同铁钳一般坚硬。哈迪斯挣扎着，却仿佛蚍蜉撼大树，根本无济于事。他的视线模糊起来，因为缺氧，肺叶针扎一般剧痛，胸腔几乎要爆炸了。

陡然，他感到喉咙上的压力陡然消失。他瘫倒在地上，大口大口地吸气，就像一条离了水的鱼。哈迪斯的视觉渐渐恢复，看到户隐自上而下看着他，那双眼睛并无暴戾，居然一派平静。

"我不知道宙斯是怎样和你相处的。"户隐说，"也许他软弱，或者他宅心仁厚。但记住，我和他并不相同。"

"我明白了……"哈迪斯艰难地发声。

户隐没再说话。哈迪斯爬起来不知所措地站在旁边。他想向户隐示好，却发现自己从没真正了解过对方，不知哪句话会触到霉头。他尴尬地站着，浑身肌肉都感到僵硬。

幸好，通信器里的报告拯救了他，尽管根本不是什么好消息。

"发现车辆进入市区，一辆旅行车，可能是敌人。"

哈迪斯几乎惊叫起来。他强迫自己闭上嘴，飞快地看了户隐一眼。户隐面无表情，但内心绝不平静。

我还是小看了他们。户隐想。也许早就该离开，什么调制者，什么核心设备，都应该统统丢掉。只要有金苹果，哪怕白手起家又有什么不可以的？但户隐立刻把这些想法抛到脑后。因为他发现，这无疑是信心动摇的表现。

"准备战斗吧。"他说。

"但我们不在市区。"通信器另一头的保安人员声音带着惊讶，"他们不可能找到我们，基地可是在——"

"别天真了。"户隐说，"你们去拖住他们，我需要半个小时。"

户隐结束了通话。他再次看了看手表，距离调制结束还剩二十八分钟，这时间真让人煎熬。户隐看着那些气泡翻滚的培养槽，不太确定把希望寄托在这上面是否值得。

"这是最强的一批？"他问。

"是的。"哈迪斯赶忙回答，"根据您的要求，按照最高峰值进行调制，因此寿命只有不到一年。"

"足够了。"户隐点点头，向外走去，出门的时候，他又重复了一遍之前的话，"准备战斗吧。"

第四十二章

地下基地的入口，就在古斯巴达遗址的那座小山上。

这里视野开阔，能俯瞰整个市区。靠近山脚是市区最北端，是斯巴达足球场。球场大门口矗立着列奥尼达——也就是传说中斯巴达三百勇士的首领——的雕像。基本上，所有参观遗址的游客，都会来这里瞻仰一下，然后从足球场两侧绕过来。当然也还有别的路，但在防御者的眼中，任何靠近的方式都无所遁形。

基地里派出了所有战斗人员，有三十多人。没有超能力者，但长短枪械组成的火力网也足以让攻坚者感到头痛。他们盯着山下，发现一辆旅行车停在了斯巴达足球场附近。几个人鱼贯而出，开始朝着这座小山摸上来。

居然真的找到了？防卫者们略感吃惊，但还是很快做好了战斗准备。对方只有七个人，还有一个似乎是小孩子？如果这都对付不了，那简直是上帝开的玩笑了。

防卫者们带着轻松的自信开始了战斗。

十分钟后，高诚等人抵达了山顶。周围横七竖八躺着防卫者的尸体，三十多具，他们就坚持了这么久。

在山顶稍远一点的地方，是斯巴达卫城，如今也只是一圈地基残留着。但卫城并不向游客开放，外面围着铁丝网。根据布鲁诺的调查，地下基地的入口就在这里。

铁丝网构不成障碍。宫本瞬直接劈开一道口子。布鲁诺测定了金属反应，他们挖去空地上薄薄的土层，露出下面的金属大门。

这扇门将近三米高，四米宽。它平平地贴在地面上，几乎没任何缝隙。高诚用匕首在边框上用力撬了几下，但没什么作用。

"我来。"艾伯特说。

艾伯特走上去。他半跪着，在金属门边框处摸索。然后，从怀中掏出了一些纸片一样东西，小心地塞到每一个缝隙里。

"你居然随身带着这种东西？我以为你只会带盆栽！"高诚睁大眼睛。

他看出那是一种叫作KEY4的炸药，是破门而入的利器。成分主要是黑索金，以及二乙已基增塑剂。它和C4差别不大，但可以做得非常薄，就像眼下这样。可谁要小看它的威力，干出那种站在旁边看热闹的傻事儿的话……以后就再也没有做傻事儿的机会了。

"什么意思？"艾伯特问。

"早知道我根本不让你上车好吗！"高诚心有余悸地大叫。

大家都开始后退，拉开几十米的距离。不消吩咐，所有人都自动分散，然后卧倒在地。艾伯特看了看，按下手中的按钮。

"轰！"

一声惊天动地的巨响，地面升起一颗巨大的火球，它翻滚着冲向天空，瞬间将黑夜化作白昼。

当尘烟散去，原地出现一个巨大的空洞。金属门没有被完全炸开，还有一半残留着，就像微微卷曲的书页。金属泛着红光，热气从上面袅袅升起。隐约能看到下面发光的通道。

艾伯特向里面看了看，打算第一个下去。

"艾伯特。"有人叫住他。

艾伯特回过身。看到高诚朝自己走来。

"你留下。"高诚说。

"为什么？"

"户隐很危险，你会死的。"

"希腊人不怕流血。"艾伯特冷冷地说。

"那这个孩子呢？"高诚指了指畏缩在金俊浩身边的小女孩儿，"让金俊浩留下当保姆，还是带进去，或者把她一个人留下？"

艾伯特愣了一下。他凝视着高诚淡银色的眼眸，轻笑了一声："你会在乎那个孩子的生死？现在这种状态下？"

高诚盯着他。艾伯特摇摇头："直说吧。"

"你必须守在这里，我有件更重要的事情交给你——它事关生死。"

"事关生死？"

"事关生死。"

高诚凑到艾伯特耳边轻声说了几句，艾伯特不禁诧异起来，他皱了皱眉："这个号码……"

"你肯定记得住。"

"我是记得住。"艾伯特看着他，"但为什么你会用这种状态和我说话？这件事对于原本的高诚来说，说不出口？"

高诚没有说话。他走到金俊浩身边，把那个小女孩拽过来，塞到艾伯特怀里。

"你不能温柔些吗？"金俊浩抗议。

"你第一个下去！"高诚说。

"公报私仇啊思密达！"金俊浩苦恼地挠挠头，然后蹲在小女孩儿面前，轻声说，"等着我。"

"嗯。"小女孩儿紧紧抿着嘴唇。

金俊浩走向大门。他向里面看了一眼，能隐约看到一条倾斜的狭长通道延伸下去。他正打算朝里面钻，高诚的声音又在背后响起："如果遇到哈迪斯，大家都不要攻击。"

"为什么？"金俊浩回过头，目光对上高诚那双淡银色的眼眸。

但高诚没做任何解释。

第四十三章

"那家伙不喜欢解释。"

五个人在宽阔的通道内行走。两侧每隔一段就有一盏荧光灯，把坚硬的岩壁照得清清楚楚。能够想象，这座基地究竟花了宙斯多少资源。光这条通道，就有地铁的规模。

金俊浩的声音在通道内回荡。他继续说："我的话就是真理，你们无条件服从就好了，居然还要问'为什么'？一群不可救药的白痴啊，真是愚蠢！是不是这样，高诚？"

"闭嘴！"高诚捂着脑袋，"我的头痛死了。"

"但你得承认，机械心灵就是这个思路。"

"你也得承认你是个话痨！"

"你们都小声点！"最前面的艾玛回过头，"以为在郊游吗？浑蛋！"

"有情况吗？"宫本瞬问。

艾玛摇摇头。

"高诚继续说，但小声点。"宫本瞬说，然后他补充了一句，"金俊浩先闭嘴！"

"他的思维运转太快了，我只能接收一些片段信息。"高诚皱了皱眉，"简单来说，哈迪斯表现出的能力和地位并不相等。说实话，你们觉得他像超能力者吗？"

大家都摇摇头。

"但他肯定是。呃，别问为什么，我不知道。"高诚说，"那么我们先设定这个前提，他是超能力者。但战斗中他没表现出任何特异之处，这说明什么？"

"也许他是辅助型？"布鲁诺说，"就像我和金俊浩一样，战斗时显得很没用？"

"你说谁没用？我战斗时表现很好吧思密达！"

"闭嘴！"宫本瞬说。

"没有任何感觉。"高诚摇摇头，"他其实没有存在感，甚至还不如金俊浩。"

"呜呜……"如果不是被宫本瞬按住，金俊浩已经要扑上来咬人了。

"那机械心灵的结论是什么？"宫本瞬问。

"被动型超能力，满足一定条件才会触发。"高诚说，"所以尽量不去管他，就当没这个人。"

"子弹可不长眼。"宫本瞬说。

"尽量吧。"

几个人说着话，来到了通道的尽头。前方是一扇圆形的金属闸门，旁边有密码锁。一条粗大的电缆从密码锁上延伸出去，钻入通道内部。

布鲁诺走上去，用刀子割开电缆。电弧流窜着，布鲁诺好像没看见一样，一把攥住。几秒钟后，闸门发出嘎嘎的声音，向一侧旋转开，露出后面的通道。

"前进！"金俊浩欢呼起来。

"稍等！"宫本瞬说。

金俊浩这才发现，布鲁诺并没有就此罢休。那个德国人正微闭双目，全力发动超能力。他的思维化作源源不绝的数据流，随着电路入侵到基地的每个角落。在这个看不见的战场上，每一秒都有上亿比特的数据在交换、搏杀、侵吞、伪装……每一秒，都有一道道防火墙崩塌溃散，整个基地都在节节败退。

他想直接控制这个基地！

"小心点，别弄短路了！"金俊浩吐槽。

话音未落，通道内的灯光瞬间熄灭，几个人在一片黑暗中面面相觑。金俊浩死死捂住嘴巴："和我没关系思密达！"

"闭嘴！"

"嗨！"金俊浩鞠躬致歉。

布鲁诺睁开眼，黑暗中看不清他的面色，但声音有些疲惫："他们切断了主电源。"

"也就是说，整个基地都'死'了？"高诚问。

"也许有地方独立供电，但整体上差不多是这样。"

"户隐的主意。"宫本瞬说，"他很了解我们。"

"现在怎么办？"

"继续前进，户隐只是在拖时间。"

"有什么用？"

"肯定有礼物在等着我们。"宫本瞬走入了黑暗。

第四十四章

　　整个地下基地就像用墨汁灌过一样，伸手不见五指。但那个调制超能力者的房间却依旧亮着灯，户隐看了看时间，现在是两点三十分。培养槽里的气泡翻腾得更加厉害，仿佛一锅滚开的水。再过不到十分钟，调制就将完成。

　　"您确实有先见之明。"哈迪斯说，"如果不是您提出让这里独立供电，和电网分离开的话……一切就都完了。"

　　"我觉得你在害怕。"户隐说，"你已经把全部希望都寄托在这上面了。"

　　害怕？见鬼，我当然在害怕！哈迪斯觉得自己的恐惧源于两方面——首先是眼前这个暴君，他根本不知如何讨对方喜欢。然后就是那些解码者，那些家伙的实力超出自己的想象。就像陷入一个缓缓向中间挤压的机关一样，哈迪斯根本找不到安全的位置。

　　但他肯定不会说出心里话。哈迪斯努力笑了笑："有一点。您知道，阿波罗非常厉害，但我猜他已经死了。我可没那种能力，我天然需要依附强者——比如您。可不管怎么说，这些调制者能顺利苏醒的话，总归会多一些力量。"

"把心放肚子里吧。如果他们不傻，就不会伤害你。如果失败了，你的归宿大概是一间漆黑的牢房，一辈子。"户隐说。

上帝！这就是我最担心的！哈迪斯的心脏狂跳了一阵。

"你很紧张？放松一点，你认为我会让一个死心塌地的追随者陷入这种状况？"

"当然，您不会。"哈迪斯强笑着。

"那让我们等待吧，"户隐微笑，"看看会发生什么。"

一分一秒，十分钟很快过去。每一台培养槽都亮起了红灯，发出嘟嘟的声音。唤醒程序自动执行，培养液从管子中被抽出，露出里面一具具人体。片刻后，罩子纷纷弹开。

但过了很久，始终没有任何动静。哈迪斯的心提到了嗓子眼，他以为什么地方出了错。如果这些调制者一个都爬不起来，户隐肯定会拧下自己的脑袋！幸好，一阵咳嗽声拯救了他。

靠近墙边的一台培养槽里，一个调制者坐起半截身子，用力咳嗽。残余的调制液从肺里排出来，顺着鼻腔流淌到赤裸的胸前。他的皮肤沾着淡淡的绿色，看上去有些恶心。就像打开了什么开关似的，调制者一个接一个坐起来，都在大声咳嗽。这间屋子看上去有些像肺病医院的候诊大厅。

调制者们爬出培养槽，行动迟缓地去穿地上准备好的衣服。哈迪斯数了数，一共十九个，比自己预料的要少。幸好户隐并不在意。这些人的行动越来越敏捷，当他们站到户隐面前时，已经变得精干起来。

调制者从一开始就会被输入效忠对象，那是一种深层次催眠，效果很不错。他们盯着户隐和哈迪斯，眼神狂热，就像二战期间党卫兵看着元首的样子。只要一声令下，这些人会毫不犹豫地赴汤蹈火。

很不错。户隐看着这些调制者，从内心感到满意。有了这些人，就有了和解码者周旋的底牌。只要把金苹果从凯伦体内取出来，那么……

突然，房顶的扩音器发出一阵刺啦啦的静噪声。然后，传来困惑的男性声音："天哪！来电了？怎么回事！这里是监控中心！电路恢复了，有人能听到吗？"

"怎么可能！"户隐睁大眼睛。

与此同时，在黑暗中摸索的解码者们也吃了一惊。他们看到头顶上的灯接连亮起来，就像无数个太阳在炙烤大地。一时间，他们眼中只有白茫茫一片，好一会儿才恢复过来。

"来电了？"高诚愣住了。

第四十五章

灯光照亮通道，折射出惨白的光。前方是一小段楼梯，从这里下去，应该就是基地的最深处。

黑暗已经被驱散，他们没费太多时间就找到了这儿。这地方距离地面大概有二十米，高诚想到头顶上压着不知多少万吨泥土，就觉得呼吸都有些压抑。上次也是这样的地方，那场塌方真让人印象深刻。

宫本瞬在楼梯口站了一会儿。当他想向下走去时，艾玛拦住了他。

"下面有人，很多。"艾玛侧耳倾听，轻声说，"户隐也在，我嗅到了他的味道。"

宫本瞬停住了脚步。

"我有个主意。"艾玛摸出那颗枪榴弹，打算装到枪口上。

高诚一把拉住她："你疯啦？凯伦也在！"

"抱歉，我忘记了。"艾玛耸耸肩，把榴弹收回去。这东西放在身上不用，总让她感觉手痒。艾玛从不认为自己是战争狂，但她在北美地下世界鼎鼎大名，"女王"这个称号可不是从天上掉下来的。

真遗憾。这玩意儿要打进去，户隐的脸色应该很有趣吧？她想。

"进去吧。"宫本瞬拔出短刀。或许户隐真有什么阴谋，但说到底，一切还是要看实力。

解码者们走下楼梯，进入了地下基地的最后一层。和上层的结构一样，回字形的走廊连接着一扇扇大门。每一扇大门里都藏着宙斯这些年的核心机密或者财富，但解码者们无暇理会。

在十几米外，他们看到了一群人。

高诚恍惚了一下。那群人有十多个，看上去都一个模样。不是说相貌，而是那种淡漠的表情。

这就是户隐的底牌？

宫本瞬一言不发地冲上去。突然，一道雪亮的光芒在眼前闪过。宫本瞬退了一步。他惊讶地发现，一个持着长刀的男子站在面前。

这是那群人中的一个。看上去比宫本瞬还要冷漠。他举起刀，向宫本瞬劈过来！

"叮"的一声，宫本瞬用短刀架住，一脚踢向那个家伙。就在这时，他感到背后一阵刺痛。不是受伤，而是本身灵觉给予的警告。宫本瞬把踢腿的动作变成了顺势跨步，一柄长刀擦着他的左肋刺过去。

趁此机会，对面的家伙挥刀砍过来，宫本瞬一个跳步，落到了两米之外。身后的偷袭者与前面的家伙站在一起。

宫本瞬看着他们。对面是两张木然的脸。

"速度型超能力？"宫本瞬眯了眯眼睛。

比之前遇到的都要强。上一次，那些劣质产品没一个能跟上自己的速度，而眼前这两个，似乎能跟自己抗衡了。

但也仅仅是似乎。

宫本瞬冷笑一声，身形突然快了五倍。他像一道闪电，撞向那两个拦路的家伙。对面两人也加快了速度。刀光闪烁，亮银色的光辉缠绕在一起，仿佛电流在肆意流淌。

六倍、七倍、八倍……宫本瞬不断加着速。两名调制者的脸色苍白起来，他们的肌肉开始颤抖，巨大的载荷让身体承受不住。

噗！

宫本瞬的刀尖从一人胸前刺入。他一脚把尸体踢开，长刀向后甩，又抹开了另一个家伙的喉咙。

两名对手倒在地上。

宫本瞬抬起头，来不及喘息，瞳孔骤然收缩！

对面，十几名调制者面无表情，每个人手上都端着一挺冲锋枪！

"嗒嗒嗒——"

子弹交织成火网，向着宫本瞬迎面扑来。这算不上大阵仗，他见过更要命的场景。宫本瞬急速扭动身躯，在弹雨中转折，意图找到一条突破口。

不对！

宫本瞬突然发现，那些子弹的轨迹无比巧妙，似乎预知了他的方向，将每一个角落都死死封住。就算把速度加到最快，也不过是用更快的速度去相撞。

他突然有一种面对高诚的感觉。

难道是——

"跟着我！"耳边传来冷冷的声音。

是高诚。

高诚抓着宫本瞬，把身体贴在走廊的墙壁上。两人躲过第一波弹幕，但这无济于事。对方本来就想把他们逼退。

高诚和宫本瞬移动着，想要在枪林弹雨中找到一条通途。但每一颗子弹都像食人鱼，准备冲上来狠狠咬一口。

"感官提升……还有机械心灵？"

高诚银色的眼眸闪烁。脑海里的数据流奔涌如江河。他看到了不协调的东西，正在概率之外制造概率，那一颗颗看似不经意的子弹，将自己死亡的可能性无限提升。

一定有空隙……

他死死盯着火网，大脑飞速地运算。就在脑袋几乎爆炸的时候，终于看到了一条通路。

"冲过去！"高诚大叫。

多年的默契发挥了作用。宫本瞬毫不犹豫，跟着高诚冲向枪林弹雨。时间似乎停止了，每一颗子弹都化作了概率云。死亡的可能性正在不断提升。

三米。

死亡率百分之九十……

五米。

死亡率百分之九十四……

十米。

死亡率百分之九十九……

突破了！

就在即将陷入万劫不复之际，宫本瞬和高诚终于突破了子弹的阻隔，他们越过调制者们，到了背后。

高诚和宫本瞬都受了伤，身上带着一道道细小的弹痕，正在缓缓淌血。

　　"继续走！"

　　高诚对宫本瞬说。

　　宫本瞬犹豫了一下，和高诚向前飞奔，把调制者们甩在身后。那些家伙想要回追，但几声清脆的枪响，接连倒下几人。

　　于是他们只好回头，子弹疯狂地扫射出去。

　　艾玛拉着布鲁诺，重新跳回了楼梯间。子弹几乎贴着他们的后背扫过，墙壁的边缘立刻变得坑坑洼洼，就像被无数双利嘴啃过一样。

　　"你没事吧？"仍旧躲在楼梯间里的金俊浩探头探脑地问。

　　"我干掉了两个！"艾玛喘着气说。

　　"很难对付？"

　　"他们的能力和我们一样。"艾玛皱着眉说，"打起来就像是照镜子！我们被克隆了？"

　　"如果有那种技术，满大街都会是超能力者。"布鲁诺摇摇头，"可能是因为金苹果……我现在真的好奇了。"

　　"别想那个了。"金俊浩说，"高诚他们两个冲过去了，咱们怎么办？"

　　"拖住他们，解决他们！"艾玛掏出一颗手雷，掂了掂。

　　"咱们撑得住？"

　　"必须撑住！"艾玛把手雷朝对面的墙壁丢出去。手雷经过反弹，咕噜噜滚向走廊内。但不出意外，它几乎瞬间就被打爆了。艾玛却趁此机会冲出去，端着枪一阵扫射。

　　"必须撑住。"金俊浩点点头，也冲了出去。

通道尽头是一间很大的房子。门上裹着厚厚的黑色隔音材料，就像电影院的大门。

高诚推门进去，居然没锁。

然后，他们看到了户隐。

户隐看上去和往常一样，一副胸有成竹的样子。哈迪斯站在他身后。但高诚的目光越过了他们。后面是一间半透明的隔间，墙壁用的单向透光玻璃，就像审讯室一样。在灯光下，能看到里面有张床，凯伦就被绑在上面，而她的上方……天哪，那个梦居然是真的！

高诚盯着凯伦头顶上的机械臂，那真是一个令人毛骨悚然的玩意儿。

"你们居然有勇气进来？"户隐说，"就两个人。"

"你刻意营造的对吗？"高诚问，"你来对付我们，那群家伙对付其他人。你的信心从何而来？"

"你不觉得，他们比以前那些强得多吗？"户隐说。但他却看着宫本瞬。

"是要强一些。"宫本瞬面无表情地说。

户隐看上去很快活，笑着说："瞧瞧，这才是完美的属下。我不再需要你了，瞬。真令人感慨，我曾经是那样看好你……"

"完美属下？你是说这些短命鬼？"高诚打断了他。

户隐扭过头，与高诚银色的眼眸对视。他发现了？户隐在心底笑着，那又有什么关系呢。他好整以暇地转过身，把后背留给宫本瞬，丝毫不担心被偷袭。户隐说："好吧，让我听听你有什么话。"

"我一直在思考用金苹果制造超能力者的代价是什么。世界上可没有十全十美的事儿。你身边这批能力很强，比之前的强很多，但为什么宙斯做不到？他脑袋上顶着一个弱智光环，所以死掉后你们突然变聪明了？"

高诚银色的眼眸闪着光。

"我第一次遇到这种家伙是在中海，然后他死掉了。我一直不太明白，但现在想来，他是超过了'使用期限'。普通人，哪怕带着一点超能基因的人，想要成为超能力者，都得付出代价，有大有小。宙斯那套技术的代价就是寿命，你比他更极端。让我猜猜……一年，还是几个月？反正过不了多久，你这些完美手下一个都剩不下。"

"那又怎么样？你以为这番话能让他们造反？"户隐笑了。

"催眠术？"高诚问。

"你很聪明，但毫无意义。"户隐的笑容冷下来，"我想，你的同伴们应该都被解决了。"

"白痴！"高诚摇摇头。

"来吧，户隐。"宫本瞬持刀冲上去。

第四十六章

户隐是宫本瞬的师父，哈迪斯隐约知道这一点。

上一次两人的战斗他也亲眼看见了，当时感觉宫本瞬果然很强。但户隐，则不愧是世界上最可怕的男人。

宫本瞬不可能是户隐的对手，就算再加个高诚也不行。其他解码者都被拦在外面，就凭这两个人的话……

赢定了。

他看着宫本瞬和户隐搏杀，刀光在两人身边闪烁，就像一片片飞舞的雪花。哈迪斯清楚，他们都没有使用超能力，也正因为这一点，更让哈迪斯觉得骇然。

但不管怎么说，户隐赢定了。他唯一奇怪的是，高诚为什么不去帮忙。他盯着高诚，担心对方会不会绕过户隐对自己出手。

高诚看了他一眼，露出一丝微笑。

哈迪斯打了个冷战。他向后退了一步，想要躲到户隐身后。但高诚始终没有行动。

战况正在发生诡异的变化。

和上次不同，户隐并没有取得压倒性的优势。宫本瞬身上多了几道伤口，但户隐身上也有一道。

伤势不重，甚至不怎么疼痛。但这一刀却让户隐动摇了，他开始怀疑自己能否战胜宫本瞬。

户隐变得谨慎了。刚才暴风骤雨般的攻势停歇下来，双方有来有往。这个情景落在哈迪斯眼中，让他紧张起来。

怎么会这样？

哈迪斯面色有些苍白。这和我想的不一样！如果户隐不能战胜宫本瞬，那……哈迪斯顿时想到了无尽的囚牢。

他下意识地拔出了枪，对准宫本瞬扣动扳机。火光闪烁，子弹飞了出去。

"叮！"

户隐一刀磕飞子弹。他停了手，冷冷盯着哈迪斯："不要添乱！"

事实上，户隐并不遵从武士的精神，丝毫不介意以多欺少。但刚才那颗子弹飞向了他。

两名剑道大师交战，一把手枪除了制造混乱，起不到任何作用。

尽管不甘心，户隐也不得不承认，宫本瞬已经达到了"大师"的程度。或许比自己稍差，但没有本质的区别。

"放弃吧。"户隐看着宫本瞬，"你不行了。瞧瞧你那些可怜的同伴，他们在哪儿呢？"

宫本瞬紧紧握住刀，连伤口都不去管，只是说："来吧。"

户隐盯着他，内心里突然升起一种强烈的嫉妒。不是因为对方年轻，也不是因为对方的成就，自己在这个年纪不比宫本瞬差。但他在宫本瞬身上发现了那个自己有过但后来又失去的东西——纯净的武者之心。

无关邪恶，无关正义，只是纯粹的对武器的信仰，对自身技艺的执着……这些东西，户隐已经没有了。

什么时候，自己开始用言语、计策、手段……这些武道之外的东西来增加胜率了呢？户隐想不起来。他强烈地嫉妒着宫本瞬，想要立刻就毁了他。户隐大吼一声，举着刀冲上去。

宫本瞬抿着嘴唇，举刀相迎。

哈迪斯看着眼前这场超乎想象的战斗。褪掉超能力的外衣，显得尤为可怕。宙斯居然想控制这个人，控制他的同伴！哈迪斯心底生出一种荒谬感，下意识地一步步后退。

突然，一只手捏住了他的脖子！

哈迪斯几乎要大叫起来！他感到那只手异常阴冷，带着一种让人不舒服的滑腻，就像毒蛇在脖颈上缓缓扭动。他被那只手扭着慢慢转过身，看到了身后的那个人——

怎么是他？这不可能！

哈迪斯瞪大了眼睛，发出一声毛骨悚然的惊叫！

第四十七章

户隐和宫本瞬停了手。

他们都看着哈迪斯身后的那个人，脸上露出不可思议的神情。隔了片刻，户隐盯着那个人，缓缓说："宙斯，你还活着？"

宙斯！

是宙斯。

站在哈迪斯身后的，正是那个曾经光芒四射、神王一般的宙斯。

但他现在的样子，简直像地狱里爬出来的恶鬼。身上的阿玛尼西装残破凌乱，一多半变成了破布条，上面沾满了泥土和暗红的血。平素一丝不苟的金发凌乱不堪，甚至有一小块出现了斑秃——但其实不是，那地方有块肉陷了进去，就像多年的旧伤疤一样。他张开嘴，牙缝中满是污血。

"我回来了。"宙斯神经质地笑，声音十分奇怪，"我特地从坟墓里爬了回来，就为了这一刻，户隐。"

户隐看着他。他很想明白宙斯此刻的状态——只是没死，抑或真是僵尸什么的？宫本瞬同样在看，他注意到宙斯的心口，那里同样有一块暗红色的凹陷。宫本瞬清晰地记得，自己在那里刺了一剑。

但宙斯眼中没有他。似乎那致命的一剑没造成任何仇恨，他只是盯着户隐，同时捏着哈迪斯的脖子。

"看着我！户隐！哈哈，我又站在你面前了！"宙斯尖叫着。

"你想再死一次吗？那很容易。"户隐说。

宙斯只是咯咯地尖笑，伴随着一种粗糙的摩擦感，就仿佛发出声音的时候，一直有只看不见的手在卡着他的喉咙。

"他居然没死？"宫本瞬微微皱眉。

"他当然没死。"高诚说，"刚才恢复供电也是他干的，根本不是什么户隐的阴谋。"

高诚的话吸引了大家的注意力。就连户隐都忍不住看过来。关于宙斯死而复生的秘密，没有人不好奇。

"那一天，宙斯被宫本瞬刺中了心脏……你们不觉得很奇怪吗？一个心脏被刺穿的人，居然还撑了那么久，甚至爬上了宝座……这可不是电影或者小说什么的，哪怕是超能力者，受到致命伤同样会死得很快。除非——心脏并不是他的要害。"

宫本瞬下意识看了宙斯一眼，看着他胸前那个已经愈合了的丑陋伤疤。这或许是真的！但……

高诚继续说："宙斯的超能力是雷电，可以放出雷神一样的闪电攻击。它是那样耀眼，以至于蒙蔽了大多数人的眼睛——想想吧，我们的身体，我们的细胞，都是靠着生物电来作用的。如果他真的彻底掌握了这些，那么自愈能力就会自然而然地出现。"

大家看着宙斯。没错，就是这样。且不说心脏，他的脑袋明显被塌方砸出过一个窟窿，现在看上去像愈合了很多年一样。在那样的情形下活下来可不容易，看看他的衣服吧，他显然被埋在了下面，或许他的骨头都一根根碎掉过，但现在……

宙斯咯咯地笑着："你是一个聪明人，从来都是。可你说的未免太多了，你和户隐不是敌人吗？"

"我是在帮你。"高诚平淡地说。

户隐突然发现，就在高诚讲述的时候，宙斯拖着哈迪斯，越来越靠近屋内的隔间。隔间有扇门，正半开着……

他突然想到了一种可能，宙斯的目的不会是……户隐怒吼一声，向着宙斯冲去！

宙斯尖叫着，爆发出一团雪亮的雷光。但没有用，任何超能现象到了户隐身边都会消失无踪。但光芒还是干扰了户隐的视线，他差点没看清宙斯掏出的枪——那原本是哈迪斯身上的。

宙斯飞快地射出子弹，户隐只得向一旁躲闪。宙斯拖着哈迪斯，进入了那扇门。户隐随后冲了进去，他看到宙斯手中举着那个遥控器，正以玩味的神情看着他。

该死！我居然把这东西留了下来……户隐向前迈了一步，宙斯摇了摇手指，按下开关。

"嗡"的一声，齿轮旋转着，向凯伦压下去！

"不！"户隐停了下来。

齿轮随即停住了，悬在距离凯伦几厘米的地方。

"不要动，否则我会毁了它——你知道我在说什么。"宙斯伸出一只手，像是指挥交通一样，"往那边站，对，就是那里……"

"你能毁了它？靠这个？"户隐没有动。

"我不知道。"宙斯笑起来，"你想和我赌一下？"

　　户隐盯着他，过了片刻，他走到隔间的一角。这里足够宽阔，那地方距离宙斯有十几米远。宙斯满意地点点头，他看着门外。

　　片刻后，高诚和宫本瞬走了进来。

　　"舞台搭好，人也齐了。"宙斯咯咯笑着，目光落在仍在昏睡的凯伦身上，"我的月亮女神，你也该醒了。"

第四十八章

凯伦被一阵嗡嗡的声音吵醒。

蒙眬中，她似乎看到一个齿轮飞速旋转着，朝自己的身体劈来。凯伦一点也没有害怕，她记起了之前的事情，户隐差点用齿轮把自己切成两半。后来呢？恐惧透支了她的精力，让她陷入了昏睡。

这应该是个梦，她判断。凯伦重新闭上眼睛，那嗡嗡的齿轮声果然消失了。但过了一会儿，她听到一个古怪而熟悉的声音：

"我的月亮女神，你也该醒了。"

诅咒这噩梦！凯伦用力睁开眼睛，即便是在梦里，那个家伙也不允许出现！她慢慢清醒过来，看到头顶上晃动着两张脸。一张惊恐而苍白，属于哈迪斯。而另一张……

"老天——"凯伦惊呆了。

宙斯！居然是宙斯！但他彻底变成了另一个样子，他……

"你终于醒了，我的月亮女神。"宙斯咯咯地笑，"真是命运的安排。你、我、哈迪斯……又是我们，就像那天在神殿里一样！可惜蒂娜已经死了，真是可惜……"

"你不是死了吗？"凯伦脱口问道。

"是的，但我又回来了。"宙斯说，"看看我的身体，看看吧！看我为了复仇付出了什么代价！哈哈哈！"

天哪，他真是宙斯？凯伦内心充满了恐惧，几乎说不出话了。宙斯看上去已经疯了，他就像一个回来复仇的恶鬼！那身衣服，还有伤痕累累的身体，黏成一团团的头发，都在散发着恶臭，就像腐烂的尸体的味道。

"不要杀我！"哈迪斯感到脖子上的力量稍微减弱，立刻大叫起来。如果允许，他几乎要痛哭流涕地向宙斯忏悔了。

"为什么？"

"你不能杀我！你知道的！"

宙斯用很好奇的眼神看着他。似乎他真的忘记了这些事。他的另一只手慢慢在哈迪斯脸上摸索，就像一条蛇在游动，最后捏住了哈迪斯的耳朵。他用力一扯！

"啊！"哈迪斯发出一声惨叫，左耳被扯了下来，鲜血淋漓。

突然之间，在众人眼前，诡异的一幕发生了：仿佛有一只看不见的手捏住了宙斯的耳朵，同样把它扯了下来！"啪嗒"一声，宙斯的左耳掉在地上，鲜血顺着脸颊流淌下来。

宙斯摸着脸上的血，放在舌头上舔了一口，然后咯咯地笑："真的很有趣，我早就想这样做了！"他又扯掉了哈迪斯的另一只耳朵，就像拔韭菜一样轻描淡写。

"啊！救命！救救我！"哈迪斯发出濒死一般的号叫。

两个人脸上都是血。他们都没了双耳，看上去就像两个刷了一层红漆的葫芦。宙斯似乎根本感觉不到痛，他摆布着哈迪斯的脑袋，就像一个五岁的男孩子，考虑着怎么破坏自己不再喜欢的玩偶。

"不要……求你了……"哈迪斯哀号着，"户隐大人，快救救我！"

户隐就站在门口，但他没有动。宙斯距离凯伦太近了，如果他发起了狂，那金苹果可就遭殃了。直到现在，户隐还不知道金苹果到底是一种什么东西——只知道这东西会寄生，但它究竟是个什么状态？活的？死的？总之超出了户隐的理解。

"知道吗？"宙斯突然看向户隐，他依旧在笑，但鲜血映衬下显得格外恐怖，"金苹果我是从螺旋那里得到的。"

"什么？"户隐的呼吸突然急促了。这一瞬间的失态落入哈迪斯眼中，竟然让他产生一种好奇。他差点忘了自己的处境，只是惊愕——他从没见过户隐这个样子。

"洪博士交给你的？"户隐的声音从牙缝里蹦出来。

"这要感谢你呀，户隐！"宙斯大笑着，"你毁掉了螺旋的基地！那地方可真惨，就像被核弹炸过一样。然后我有了个很棒的发现——没错，就是那个晶体！我管它叫金苹果，一个可以改变世界的东西！"

"你说爆炸？"高诚突然问。

是高诚！凯伦听出了这个声音。但她被束缚着，用尽全力也看不到视线的死角。凯伦叫起来："高诚！是你吗？"

但高诚毫不理会，只是重复刚才的问题："是在基地里发现的？一个爆炸坑？"

"当然，是基地。或者说……是一个巨大的坑。"宙斯说，"我不知道发生了什么，但那东西真的非常美妙，只有神话里的金苹果才能媲美。拥有了它，凡人就成了神灵。"

宙斯的脸上充斥着幸福的回忆，似乎他再次身临其境，体验到当时的巨大幸福。这是宙斯的崛起之源，是他野心的催化剂，他认为整个世界正在向自己敞开，等待自己去占领，但——

他的表情突然狰狞起来。宙斯回到了现实。一切都完了。一种疯狂的情绪在升腾，他要毁掉它，谁也别想得到！这么想着，宙斯狠狠按下遥控器的按钮！

"嗡"的一声，齿轮启动，机械臂狠狠下压！

"不！"户隐大叫一声，但根本来不及。如果有人能够阻止这一切，那只有宫本瞬。可就在这时，高诚猛地伸手，拉住了宫本瞬！

为什么？宫本瞬看向高诚，满脸的不解。

凯伦睁大眼睛，看着齿轮呼啸而至。这不是威吓，她看得出宙斯赤裸裸的杀意。她拼命挣扎，就像一只蛛网上的昆虫一样，但毫无意义。在一个扭曲的角度，她终于看到了高诚，但对方银色的眼眸里只有淡漠。

没人救得了自己，死亡即将降临！

凯伦死死盯着齿轮，仿佛一切都变得很慢很慢。肾上激素，这种充满毒素和原动力的物质在巨大的恐惧下疯狂分泌，她能听到自己心脏在拼命跳动，血液像海潮一样澎湃。她感受到血脉的最底层，一种难以明说的东西在呼唤。

改变发生了，它如此深切、如此温暖、如此宏大。凯伦感觉自己化作了一束光，在茫茫黑暗中不断追溯。她越过了现代，越过了中古，越过了久远以及久远之外的漫长。她来到了生命诞生之际，在茫茫生命之火中寻找到了自己——最根本、最纯粹的根源！

轰！

一切在眼前炸开，黑暗退却，光明笼罩着一切。凯伦的意识重新回归身体。她意识到了改变，意识到了一切已经不同。一种新生的能力，却像与生俱来一般化作本能。

"月光！"她大叫着。

与此同时，齿轮带着恐怖的声响，狠狠切入了凯伦的胸口！巨大的动能让它没遇到任何阻力，穿透了凯伦的身躯，径直切在下面工作台上。"咔"的一声，齿轮嵌了进去。

众人睁大了眼睛。和预料中的场景不同，凯伦没有喷出一滴血。她的胸腔化作一团淡青色的光辉，就像一张宣纸滴上了清水，不断向四周晕染。眨眼工夫，凯伦化作了一团人形的光辉！

觉醒？宫本瞬喃喃地说："怪不得……她也是超能者！"

光辉一闪，脱离了工作台。它落在地上，再次变成了凯伦。她大口大口地喘气，面色苍白，显然消耗极大。

"你失败了，宙斯。"户隐大笑起来，"金苹果是我的了！"

宙斯充耳不闻。他盯着凯伦，仿佛呆住了一样。真是讽刺啊，他想。当初凯伦被查出拥有超能者的基因，但无论怎样催发，都没办法展现。自己足足等了七年，始终没能摘取这颗果实。但就在他经历了无可挽回的失败，想要亲手摧毁掉一切的时候，竟然……

这就是命运。宙斯一直相信这一点。他曾经一遍遍阅读希腊神话，看着那里面叱咤风云的英雄、国王、绝代尤物——都在按照三女神编制的命运轨迹来行动。就像一场木偶剧，看上去欢蹦乱跳，但每个关节都被捆得死死的，任凭幕后的那双手来拨弄。

直到他认为自己成了神，才摆脱了这种宿命感。但现在想来，神灵同样要受命运摆布。希腊主神不是曾因一个动摇自己统治的预言吞掉了墨提斯吗？但雅典娜，这个据说要取代宙斯统治的女神还是从他的头颅中诞生。

命运不可更改，不可阻止，你只能静静等待，看着它发生。

这么想着，宙斯突然睁大了眼睛。他看到一缕缕的光从凯伦身上弥散出来。那不是凯伦的超能力，而是另一种难以形容的东西。它带着一种令宙斯熟悉的气息。

"金苹果！"宙斯大叫。

金苹果？所有人都瞪大眼睛，除了宙斯——不，就连宙斯也没见过！那块晶体，并不是金苹果本身。

光芒一缕缕从凯伦体内涌出，但凯伦并没有感到任何异常，不，反而更加和谐。她觉得自己就像一块海绵，正在把那些不属于自己的水分挤出去，整个人变得干爽通泰了。

终于，最后一缕光离开了凯伦。光芒在半空盘旋，就像千万只萤火虫。它们迅速聚集在一起，形成一个朦胧的人形。这个人形慢慢凝实起来，化作了血肉之躯。

那是一个周身赤裸的男子。非常年轻，也许不到二十岁。他显然是个混血者，面庞以东方人为基础，混合了西方人轮廓深刻的优点，呈现出一种特殊的硬挺。

我的天，金苹果竟然是一个人！宙斯只觉得脑袋嗡嗡作响。这可真是老天开的巨大玩笑！但当他看到户隐以及宫本瞬等人的神情时，却发现他们比自己还要震惊！

宙斯突然明白了，他们认识这个人！他是谁？

就在这时，大门被推开，金俊浩、艾玛、布鲁诺，这三名解码者鱼贯而入。他们身上带着伤，但显然是最终的胜利者。

那些调制者，大概都已经变成了冰冷的尸体。

一进门，金俊浩就看到了那个人。他睁大眼睛，颤抖着指向那个赤裸的男子，舌头几乎打了结："冈、冈贤悟志！"

第四十九章

冈贤悟志。

这是一个不断被提及，却从没出现过的人物。

在解码者中，他年龄最小，却拥有着不可思议的能力。高诚现在还记得当年——大概十三岁的时候——看着幼小的冈贤悟志完美模拟出机械心灵时，自己那副见了鬼的表情。

他并不孤单，其他解码者们也差不多。超级速度、重力控制、五感强化、电子掌控、傀儡操纵、心灵感应……这些属于每个人的独门绝技，却被冈贤悟志玩耍一般地一一模拟出来，那种感觉真的很难形容。

更可怕的是，冈贤悟志所模拟的超能力，甚至远比原版还要强大！

可惜的是，世间或许容不得完美，冈贤悟志的缺陷在于自身能量过于庞大，非常容易失控。宫本瞬曾经说过，如果冈贤悟志能完全掌控自身力量，那么剩下的解码者——宫本瞬、高诚、艾玛……加在一起也不是他的对手。

冈贤悟志性格有些懦弱，这不是缺点，懦弱的人大多很善良。大家都喜欢他，把他当作弟弟看待。冈贤悟志很享受这种关爱，就像自己真的是弟弟一样。就是这样一个人，却为了掩护大家撤退，引发了一场惊天动地的爆炸。

高诚至今还记得那场爆炸。冈贤悟志爆发出的五色光彩直冲天空，仿佛巨大的能量喷泉。在这恐怖的力量下，黑座所布置的封锁线就像遇到洪水的沙堤，瞬间土崩瓦解。宫本瞬带着大家死命逃出去，高诚扭过头，看着巨大的蘑菇云缓缓升起……

很长一段时间，高诚都以为冈贤悟志已经死了。死于那场超能失控，死于能量爆发，死于连锁的爆炸……但宫本杏却不这样认为，她坚持说冈贤悟志没有死。解码者们都相信杏的预感，或者说，都愿意拿这个理由欺骗自己。他们开始漫长的寻找，寻找那个当初管所有人都叫哥哥姐姐的男孩。那是一个本应该由他们来保护的人啊……

高诚看着冈贤悟志，银色的眼眸在微微闪烁，渐渐蜕变为黑色。高诚的本我回归了，在巨大的情绪波动下，机械心灵暂时退避。

"我早该想到了……"他喃喃自语。

高诚想到了那些梦。那是宫本杏的能力，经过冈贤悟志的强化后，不断向自己发出信号。冈贤悟志想要诉说自己的处境，他在金俊浩体内，在高诚体内，在凯伦体内。

高诚想到了第三个梦境里，写在墙上的那幅血字：

牲口咩咩叫，圣婴惊醒了，但小主基督，不哭也不闹。

是复活。他终于明白了这个暗示。《新约》里记载，基督在被钉上十字架的第三天，复活于人间。冈贤悟志死了，又复活了，这就是他想说的话。这也是宫本杏能力的局限——无法言说，只有暗示。

寄生在他人体内，这应该是金俊浩能力的变种。但高诚不理解冈贤悟志的存在模式。物质量子化？真让人难以想象……

这一切，机械心灵必然是想到了。它阻拦宫本瞬去救凯伦，不就是为了完成基督死而复生的仪式吗？至于凯伦的死活，机械心灵根本不会在意。毕竟在它的思维逻辑中，凯伦根本不是同伴。

机械心灵不是高诚，根本不是。这一刻，高诚终于清晰地认识到了这一点。

高诚想到了很多很多，但这一切不过在转瞬之间。金俊浩还没来得及放下颤抖的手，户隐已经朝着冈贤悟志冲过去！

户隐明白了一切，所谓金苹果不过是冈贤悟志的能量余波。那么冈贤悟志呢？他开始懊恼，自己当初没明白这个人的价值。所有解码者加在一起，也比不上冈贤悟志的一根手指。

如果能早明白一些，他或许会采取一些别的手段。更加温和，更加隐蔽，更加……时间不能倒流，现在他只想把这个人抓在手中。

一道明晃晃的刀光刺过来。户隐挥刀格挡。两柄钢刀相互砥砺，发出嘎嘎的声音。两人的目光隔着刀锋相逢。宫本瞬想要守护，而户隐则要凿开这层坚硬的壳。

"你拦不住我！"户隐微微喘着气。

宫本瞬用力将户隐推开。两人各自退开一步，举刀对峙。其余人向外退开，围成一个圈子。

"还记得吗？"宫本瞬说，"当年在基地，我说过要和你决斗，但你没有同意。"

户隐只是看着他。

"当时你胜券在握，确实没有必要冒险。"宫本瞬说，"但就是那时候，我知道自己终将超越你。户隐，你从那时就失去了武士的心。"

户隐笑了笑。

他不知道自己为什么笑，也许为了放松。但他知道，自己并没有放松。

心，有些乱。

"来吧！"户隐大吼一声，冲上去。

两柄钢刀再次交织在一起。令人牙酸的金属声不绝于耳，两个人盘旋着，就像两头双眼发红的牛。

但渐渐地，户隐落入下风。

他开始害怕。他害怕失败，害怕宫本瞬的成长。对面的那柄长刀就像一条冲破樊笼的银龙，户隐用尽全身的力气，却根本束缚不住。

"刷！"

随着户隐的迟疑，对面的长刀刺向右胸。户隐犹豫了一下。究竟是该躲避，还是格挡，抑或采取更激烈的方式同归于尽？他一时拿不定主意。

刺痛的感觉传来。户隐下意识地躲避，一道狭长的血口从胸前生长出来。鲜血涌出，浸透了衣襟。

户隐呆呆地站在那里。

尖锐的痛楚似乎传达不到大脑。他只为自己刚才的表现感到不可思议。我竟拿不定主意？

我最骄傲的技艺，生死之间，竟拿不定主意？

我的……

户隐后退了一步。他盯着宫本瞬。那个年轻人紧握着钢刀，双眼是那样地坚定。

户隐突然感到羞愧。

"哈……哈哈……哈哈哈！"他笑了起来，像疯子一样。

宫本瞬有些疑惑。但他从对方的笑声里听到了畅快。仿佛什么东西被打破了，蒙着的盖子被掀开了。有什么东西重新放射出光芒。

户隐……

宫本瞬深深吸了口气。

此时此刻，艾玛看到了一个机会。户隐失去了戒备，他正在陷入某种情绪中，他忘记了其他人……

机会来了！

艾玛把枪口对准了户隐，撞针发出悦耳的声音，枪火喷涌，子弹朝着户隐的脑袋飞去——

嗖！

在艾玛的视野里，陡然出现了一枚苦无！

子弹被苦无劈开，变成均匀的两半，绕过了户隐。而那枚苦无仍在朝着艾玛飞射，毫不迟疑。

它仿佛非常慢，艾玛能够看到它的每一个细节。尖锐的锋刺，轻薄的两刃，水滴般的造型，以及拖在后面微微颤动的圆环……但艾玛根本躲不开，身体跟不上眼睛。她只能眼睁睁看着苦无不断接近，下一刻，它就会刺入眉心！

艾玛头一次感到，死亡是如此接近。从拿起枪械的那一天，她就无数次设想过死亡，猜测过自己面对死亡时的情形。但她惊讶地发现，死亡真正来临时，自己的内心竟是一片平静。

一片混乱中，户隐冲破宫本瞬的阻截，一把抓住了冈贤悟志。

"守护远比破坏更艰难，宫本。"户隐带着胜利者的笑。他用一柄随身携带的匕首抵住了冈贤悟志的脖子。

冈贤悟志毫无反应。他甚至没有去看户隐，双眼就像蒙了一层白纸，毫无神采。

该死！宫本瞬的心沉下去。他手中没了武器，却毫不畏惧地逼向户隐。户隐拉着冈贤悟志后退，后背靠在墙壁上。户隐和宫本瞬的目光燃烧在一起，甚至能融化钢铁。

"退回去！"户隐叫道。

"你会伤害他吗？"高诚忍着痛爬起来，"冈贤悟志就是所谓的金苹果，这是你最后的希望了。"

"没错。"户隐说，"我什么都没有了。所以你想跟我赌一下吗？你想看看，一个穷途末路的人会做出什么，对吗？"

高诚并不敢赌，其他人也是。宫本瞬向后退了一步。

"就是这样。"户隐笑起来，"再退远一点！"

为了表示自己的决心，户隐的匕首开始加劲儿，锋刃在冈贤悟志的皮肤上压出一道血痕。

"住手！"解码者们同时大叫起来。

突然之间，冈贤悟志的眼睛翻动起来。这痛楚惊醒了他。那双空洞的眼睛显出惊恐，就像一个透过指缝窥视黑夜的孩子，并真的看到了自己想象的那些——抓小孩儿的巫婆，喷火的恶龙，没有头的白色鬼魂……

然后，他发出一声恐惧的尖叫！

这叫声仿佛是有形的，高诚似乎看到了空气中一层层波纹，涟漪般扩散开。然后，周围的一切都飞了出去。

户隐首当其冲。他觉得自己挨了狠狠一锤，胸口疼得要命。他倒在了地上，身体失去了控制。

这可不行！

户隐想要翻滚，但一个沉重的身体压住了他。户隐抬起头，看到宙斯那张疯狂的脸。

"你也有今天！"宙斯大笑着。他用尽全力，双手死死抱住户隐，一口咬向他的咽喉！

户隐奋力挣扎。宙斯没能得逞，只咬住了肩膀。一阵剧痛袭来，户隐浑身的肌肉都在颤动。他紧握匕首，刺向宙斯的胸膛。

一刀、两刀、三刀……

宙斯渐渐无力。血淌下来，两个人浑身都是。户隐甩开宙斯，却看到雪亮的刀光从天而降！

"宫本瞬！"

户隐大吼一声，抬手抵挡。

血光崩现！

户隐的右臂应声而落。剧痛让他几乎晕过去。但他没有放弃，用恐怖的吼声宣泄痛楚。他一头撞开宫本瞬，捂着肩头狂奔。没人来得及阻挡，或许大家都被困兽犹斗的户隐震慑了，眼睁睁看着他冲出大门，消失在通道尽头。

宫本瞬呆滞地看着地上的那条手臂。苍白，没有血色，就像白蜡铸成的。这只手教过自己挥刀，抚摸过自己头顶。他还记得，这条手臂是多么温暖和有力。

但如今，却被自己亲手砍了下来。

解码者们都在发愣。没人注意到，顽强的宙斯仍然没有死。他咧着嘴，似乎想笑，却只能发出嘶嘶的、类似蛇一样的声音。

他知道自己要死了。这一次，是真的死了。上一次的自愈，已经榨干了自己所有的力量。

但还没完，他的仇还没报完。

他摸索着，捡起地上的枪，枪口对准了早就吓瘫了的哈迪斯。

永别了——不，也许是地狱见。

他扣动了扳机。

第五十章

黑暗中燃起了一点火。

思维被照亮，哈迪斯的意识从地狱中艰难地爬出来。他知道，自己死了。

哈迪斯回想着一秒钟之前发生的事情——子弹从枪膛射出，钻入了自己的额头，然后将大脑搅成一摊烂泥。

其实死亡并不可怕。他想。

曾经，哈迪斯是那样恐惧死亡。为此他卑躬屈膝，在宙斯和户隐这两个强力人物之间游走。

但最后的结果呢？

真可笑……我这一生就是个笑柄。

生命的最后一刻，他冷静地嘲讽着自己。但这并不能阻止复仇，他依旧希望拉上所有人陪葬。

"我诅咒你们！"

"我诅咒你们沉睡！诅咒你们彷徨！诅咒你们失去方向！诅咒你

们陷入死亡的迷宫！诅咒你们永远找不到路径……"

哈迪斯的超能力，第一次也是最后一次得到了释放——以生命为代价，最为恐怖的诅咒系超能：死神的复仇。

发动。

一股阴冷的、无形的力量从他的身体上扩散出去。它像深海中的沉默巨兽，悄无声息地吞噬着。宫本瞬是第一个，然后是艾玛、布鲁诺、高诚……他们一个个倒下去，陷入永恒的梦魇。

户隐已经逃远了。可即使站在这里，这个诅咒也对他无效。这是哈迪斯一直惧怕户隐的原因。

不过足够了。带着这样多的祭品与自己一同上路，哈迪斯心满意足。

他终于死去。苍白的脸上凝固着诡异的笑。

第五十一章

高诚发现自己又在做梦。

他看到一个宽广明亮的大厅。数不清的射灯从天花板倒垂下来，仿佛无数个太阳并升。大厅中央，是一团更加刺目的光。高诚看了一眼，就觉得眼睛剧痛，似乎视网膜都被灼伤了。

但这终究是错觉。高诚盯着那团光，发现它实际上是一个巨大的多面晶体。高诚认了出来，这就是三号研究所的大厅。此时的晶体尚未损坏，冈贤悟志还藏在里面。

但他是怎么进去的呢？高诚想不出原因。他看到一个高大的人影从晶体前经过，正是阿瑞斯。高诚意识到要发生什么。果然，晶体突然发出清脆的破裂声，阿瑞斯惊愕地扭过头。他没意识到危险即将降临，大概只是想这东西如果出了什么问题，该怎么交差。

阿瑞斯发现了晶体的破口。他犹豫了一下，把手伸进去。一道光芒爆发出来，顺着手臂贯穿了阿瑞斯的全身。阿瑞斯壮硕的身躯如同触电一般颤抖，然后眼神暗淡下去。

从这一刻，这具躯壳已经换了个主人。

之后的事情，就如同高诚用机械心灵"看到"的一样，阿瑞斯杀死阻拦他离开的"旅者"，逃出了三号研究所。

画面变化。

依旧是这间大厅，到处都是人。就像电影中的快镜头一样，这些人以飞快的速度来来去去，高诚甚至看到了宙斯的身影。晶体被浸泡在水中，清水慢慢变成类似抹茶的绿色，微微翻腾着一些气泡——这大概就是调制液的由来。

变化。

高诚看到了大海。天色近晚，阴沉的海面翻动身躯，发出压抑的吼声。一场暴风雨即将降临，岸边是嶙峋的石崖，一个个风化的岩洞口，海鸟急匆匆地钻进钻出。

蓦然，海水破开，一个狰狞的巨大"海怪"露出身躯，惊得海鸟飞散。高诚认出来，这是一艘大型潜艇，没有任何标志。它慢慢靠近海边，在这种礁石密布的海域靠岸，有着莫大的风险。

海岸上，一些焦急的面孔正在等待，高诚又看到了宙斯，以及他旁边海滩车上拖着的巨大集装箱。集装箱被运进了潜艇，它慢慢离开海岸，静静下潜，随之而来的暴风雨掩盖了一切痕迹。

变化。

高诚的眼睛陡然睁大！他看到了基地——螺旋的基地！那道高耸的围墙，以及十厘米厚的铁门……高诚曾和宫本瞬打赌，外面关押重刑犯的监狱是否有这样森严。那时候，他们对这一切充满了厌恶……但现在高诚却几乎要落泪了！

他记起了这个情景。当初他们被堵在了这里，户隐的人控制了出口，要将他们一网打尽。然后……是的，正如现在，高诚所看到的画面，面对无数荷枪实弹的敌人，面对牢不可破的高墙铁门，冈贤悟志冲了出去！他身上燃烧着火焰，就像一道巨大的金色光柱，越来越浓烈，越来越……

高诚痛苦地想要闭上眼，但他必须看清楚这一切。他看到冈贤悟志聚集起来的庞大能量爆发出来，就像一枚核弹一样摧毁了一切！敌人、高墙、铁门……一切都化为乌有，地上只留下一个深深的陷坑，以及坑底下一抹晶亮的闪光！

晶体——原来是这么回事！或许是一种自我保护，冈贤悟志并没有将自己炸得粉身碎骨，而是用一种奇异的形式存活下来。但他们当初却谁也没能想到，只认为冈贤悟志已经牺牲了。

如果当时能再……假设没有意义，但高诚还是下意识地伸出手，想要触及这不可触及的画面。

画面破碎了。

整个世界变得一片黑暗。高诚无法行动，他被困在了黑暗的牢笼中。这是诅咒的力量，"死神的复仇"将每一个人都困在心灵中。

随着时间的推移，肉体将逐渐腐朽，每个人都会死去。

除非……

高诚凝视着极为遥远的地方，隐约能看到一点光亮。那是冈贤悟志的心灵所在。

在心灵的世界，思维就是光亮。就像刚才高诚所接受到的记忆片段，就是这些东西照亮了黑暗。

这就是冈贤悟志的强大，即便是"死神的复仇"也无法封闭。只要他醒来，就一定能突破诅咒。

醒来吧……

高诚看着点光，静静等待。能做的一切都已经做完，现在只有等待。一切希望，都寄托在那个电话上。

宫本杏……

不知为什么，高诚感到了一阵忐忑。他像孩子一样抱着膝盖，蜷缩在心灵深处。

第五十二章

黑夜正要退去。

站在小山顶上的艾伯特比斯巴达市区的居民更早看到第一缕晨光。城市边缘，微微摇曳的雾霭被剔透的光线染成乳白色。一些鸟雀开始高歌，它们已经忘记了昨夜凶猛的爆炸是如何让自己惊慌失措的。

斯巴达市区一片寂静。仿佛所有居民都失去了好奇以及恐惧的情绪，对激烈的战斗充耳不闻。但艾伯特并不感到奇怪，这个城市大部分房屋都是空巢，人口被一批批的实验消耗殆尽。

艾伯特微微眯起眼睛。一轮红日以不可阻挡的力量跳出地平线。斯巴达市内，那些方方正正的地中海式房屋染上了瑰丽的色泽，使刻板的线条都生动起来。更远处，大片的森林披上了红光，仿佛一支高举火把的庞大军队。

"真美啊……"艾伯特喃喃自语。

艾伯特是个纯粹的希腊人，为古希腊文明的辉煌而自豪，为现代希腊的没落黯然神伤。他从不承认自己是个种族主义者，却认为希腊人的每一滴血都是高贵的。

二十年前，他雄心勃勃，想着恢复希腊的荣光。如今年纪渐老，往昔的热血冷了下来，才知道当年的天真。可不管怎么说，他至少要守护眼前的一切，不想让祖国受到一丁点伤害。

国际局势已经足够糟糕，超能力者又以希腊为中心制造种种人祸……如果有可能，不管户隐还是高诚，他真希望这些人都同归于尽。

也许我可以不打这个电话——

艾伯特看了看手机。上面已经储存好了一个号码，这是高诚临走时留下的。

"如果黎明时分我们还没出现，就打这个电话。"

高诚的话在艾伯特脑海中闪过。现在已是黎明，解码者们肯定遇上了麻烦，他们需要启动备用计划。虽然艾伯特不明白为何这个"启动器"要放在自己手中，但绝对能肯定这十分关键。

如果置之不理的话——

这真是一个充满诱惑力的想法。但艾伯特很快恢复了理智。如果失败，他将面对解码者们的报复。他可以漠视自己的生命，却不敢拿希腊的人民去赌博。超能力者无法正面对抗军队，但如果以自身能力撬动社会资源的杠杆，所能造成的破坏力简直无法想象。

艾伯特始终在犹豫。

"不打电话吗？"一个声音说。

艾伯特愣住了。身边的小女孩儿正在用湖蓝色的眼睛看着他。

"我看到你想打电话。"小女孩儿抿着嘴唇，"不打吗？"

艾伯特愣了片刻，拍了拍她的头顶，终于把号码拨了出去。

"喂——请问你是？"对面传来一个柔嫩的女孩儿声音。

"高诚让我打这个电话。"艾伯特说。他知道对面是谁了，宫本杏，那个留在医院接受医疗监护的女孩儿。

"他们遇到麻烦了？"

"我不知道。高诚临走前说：'如果黎明时还没有船舶靠岸，那就需要一座灯塔。'"其实艾伯特不太明白这句话的意思，解释说，"他就说了这么多。你能明白吗？"

"我懂了。谢谢。"

宫本杏挂断了电话。她抬起头，对面墙壁上挂着一幅仿制的凡·高的《向日葵》。这是宫本杏特意要求的，这能冲淡医院那种压抑的惨白色调。她喜欢凡·高的向日葵，喜欢那种如同火焰一般燃烧着的浓烈生命。

"我喜欢这样。"少女喃喃地说。

宫本杏闭上眼睛。苍白的面孔变得红润，皮肤柔嫩得几乎在发光。她的生机在剧烈升华，就像即将熄灭的灰烬爆发出了最后一缕火苗。庞大的精神力量脱离了躯壳，以超脱时间空间的方式，向整个世界投放出去。

那一天黎明，无数人梦到了灯塔。

第五十三章

冈贤悟志小时候非常怕黑。

那时候，他会拉着艾玛、宫本杏或者是May，用可怜巴巴的眼神恳求。三位姐姐会陪着他入睡，May甚至会给他唱一些泰国儿歌。

再大一些，他渐渐不再恐惧黑暗。哥哥们开始教导他成为一个真正的男人。这方面，他总做不好，甚至从内心深处抗拒。

他不太想长大，不太想像个大人那样承担责任。他很幸运，有一群哥哥姐姐照顾。但这也导致冈贤悟志始终没能"成年"，习惯了有事情别人解决。

但那一天，他终于明白了责任是什么。所以他会带着决然的姿态冲向户隐，冲向峛巍的高墙。

之后，他就自我封闭在心灵深处。那些转换、附身、控制，一切都是凭着本能在进行。但他终归怕黑，终归渴望摆脱束缚。于是，高诚开始做一场又一场的噩梦，在冈贤悟志的暗示下苦苦寻觅。

最终，他被凯伦驱赶出来，又险些被户隐袭击。这些外部刺激让浑浑噩噩的心灵打开了一道缝隙，但终究不够。

冈贤悟志依旧躲在心灵深处，渴望又恐惧地打量那道缝隙，就像在地狱中仰望天堂。

忽然，他感到了一阵悸动。

那是熟悉而温暖的波动，轻轻扫过心田。他慢慢苏醒过来，伸出直觉的触角，小心翼翼地触碰。

他看到了一个人。

那是由思绪形成的形象，在心灵之中，转化成一名半透明的少女。她微笑着，向冈贤悟志伸出双手。

"醒醒……醒醒吧……"

"是谁……你是谁？"

"醒来……我们需要你……"

"需要我？我……我是谁？"

"你是……"

少女的身体正在虚化，心灵的呼唤渺不可闻。冈贤悟志再也听不到声音，他看到少女的嘴唇嚅动着，不断重复一个名字。

"是……那是……"

冈贤悟志思维开始转动，像一枚破土的种子。黑暗的外壳被掀翻，一缕天光照射下来。

"冈贤悟志！我是冈贤悟志！"

他醒了过来。看到几乎已经消失不见的少女身影。冈贤悟志睁大眼睛，扑上去拥抱她。

"杏！姐姐……"

他抱住的只有虚空。宫本杏消失了。

"姐姐！姐姐！"

冈贤悟志惊慌地大叫。他了解宫本杏的超能力，知道这种消失意味着什么。伴随情绪的波动，强大的能量从心灵深处散发出去，驱散了黑暗。

诅咒的力量消退了。

冈贤悟志重新回归了身躯。时隔两年，重新掌握了躯体，这本该是无比欣喜的时刻，但惊恐驱散了一切，他几乎哭泣出来。

他身边，所有人都醒了。冈贤悟志的力量驱散了诅咒。高诚看着哭泣的冈贤悟志，一种不祥的预感升上心头。他摇摇欲坠，脸色苍白如纸。

"小弟！"宫本瞬兴奋地扑上去。

但很快，他发现冈贤悟志的眼泪与喜悦无关。宫本瞬用力扳过他的脸，凝视着："到底怎么了？"

"杏……快去！她……"

宫本瞬的表情僵硬了。

第五十四章

再次见到解码者们，艾伯特不知道该不该高兴。他也不知道自己打的那个电话是否起了作用，又起到了什么样的作用。他只知道那些解码者的神情不对头，车厢里的气氛凝重得几乎要爆炸。

"再开快一些！"宫本瞬朝着司机说。

艾伯特不知道发生了什么，但这个一向镇定到几乎冷漠的超能力者如此失态，一定是发生了大事情。司机向宫本瞬解释自己已经竭尽全力，然后宫本瞬有些粗暴地取代了他的位置。

在宫本瞬的驾驶下，吉普车癫狂地飞奔着，甚至超过车辆的设计时速。艾伯特脸色发白，有那么一会儿，他以为宫本瞬打算自杀——同时还要带上所有人陪葬。

回程所用的时间很短，却让艾伯特感到极为漫长，这真是相对论的最佳注脚。当车辆"嘎"的一声停在医院门口，宫本瞬立刻推门冲了出去。高诚跟不上开启了超能力的宫本瞬，但他还是竭尽所能地快速奔跑。

宫本杏的病房在二楼。高诚不顾几个护士惊讶的表情，冲进了病房。他看到宫本瞬站在那里一动不动，就像一座冰山。高诚的心凉了下来，他坚持着走到病床前，看到了宫本杏。

"不会的——"高诚喃喃自语。

宫本杏躺在那里，整个人就像一堆洁白的雪。她的长发几乎全白了，只有一丝黑色隐现其间。她的脸颊苍白得近乎透明，眼睛微闭着，胸口只有极轻的起伏。

此刻的宫本杏就像一片叶子，就那样轻轻落在床上，一阵风都能将她吹走。

"怎么会这样——"

"抱歉，我们也不清楚。"直到此时，高诚才发现病床边上还站着一位医生，对方用沉重的口吻说，"她的器官都衰竭了。上帝啊，怎么会这么快！几乎就是一瞬间的事情！等我们发现仪器报警，已经来不及了。"

"来不及？"高诚觉得脑袋轰的一下爆炸了，他盯着医生，"你说来不及？你是说她已经——"

"一般来说，这种情况已经可以宣布病人死亡了。"医生皱着眉说，"但她的情况有些特殊，还没有完全死亡，而且状态较为平稳……"

"她能恢复？"高诚的眼中燃起了希望。

"抱歉。"医生避开他的眼神，"这种情况……现代医学毫无办法。我建议……"

医生停顿下来，似乎在找一个不那么刺激的措辞。"准备后事"能用什么样隐晦的单词来代替呢？片刻后，他终于承认了失败，只能摇摇头，发出一声叹息。

此时此刻，解码者们以及凯伦都拥了进来。单人病房显得有些拥挤。但房间里的气氛却出奇地寂静，没有人发出声音，随着医生的叹息，每个人都变得面色惨白。

"你的建议是什么？说啊！"高诚仿佛听不懂话外之音，朝着医生大吼。

"闭嘴！"

宫本瞬突然转过身，面孔狰狞得令人害怕。他冲到高诚面前，一把卡住他的脖子。高诚被推着后退，撞在了墙壁上。宫本瞬毫不留情，看上去像要掐死高诚一样。但几秒钟后，他松开手，就那么盯着高诚。

"这是你的计划！告诉我，这是不是你的计划！"

高诚就像一个木头人一样，一动不动。

"你这个浑蛋！"宫本瞬举起拳头。

拳头砸在脸上。高诚就像一个沙袋，猛地向后倒去。然后他的后脑撞在墙壁上，整个人贴着墙瘫倒下去。鲜血从脸上流淌下来，高诚瘫坐在地上，仿佛失去了魂魄。

"你害死了杏！"宫本瞬再次举起拳头。

"够了！"

凯伦比所有解码者都先反应过来。她挡在了高诚前面，宫本瞬的拳头就在眼前，凯伦毫不畏惧地与他对视。凯伦看到宫本瞬的双眼通红。她见过这种眼神。几年前在北美打猎时，她射杀过一对郊狼。当一只死去，另一只朝自己猛扑过来时，就是这种眼神。凯伦至今都记得。

"他是你的同伴！宫本瞬！"凯伦说。

"让开。"宫本瞬面无表情，"他害死了我妹妹。"

"她救了大家！"凯伦说，"我虽然不知道发生了什么，但这一定和宫本杏有关。如果没有高诚的安排，我们全会死！"

宫本瞬粗重地喘了口气，咬牙说："我宁可自己死！"

"那其他人呢？"凯伦咄咄逼人地问。

宫本瞬说不出话来。他下意识地回头看了一眼。艾玛、金俊浩、布鲁诺、冈贤悟志，这四个人都目光复杂地看着他。这种情况下，他们不知该怎么办，甚至不知该如何劝导宫本瞬或者是高诚。他们每个人都不愿意让宫本杏牺牲，他们宁可牺牲自己——但这毫无作用。

"他只是在逃避而已。"一个平静的声音说。

高诚不知什么时候站了起来。他用手抹掉脸上的血迹，一双银色的瞳孔微微泛着光。他从凯伦背后走出来，径直朝门外走去。没有人阻拦他，甚至宫本瞬也一样。

即将出门的时候，高诚转过身。

"你只是在逃避而已。"高诚重复着刚才的话，"你在逃避你的责任，你的无能。你根本不想用理性的思维去思考，因为那样会让你无法接受。"

宫本瞬盯着高诚。凯伦甚至以为下一刻他会扑上去，但没有。他只是那样盯着，胸膛起伏。

"用一个人换七个人，这根本不需要犹豫。"高诚的话像一支支钢箭，刺入宫本瞬的胸膛，"你只是在愤怒，却找不出任何解决的办法。如果迁怒能让你好过一点，那么请继续。"

宫本瞬面色苍白。好一会儿，他慢慢说："我不想让任何人牺牲，不光是我妹妹，任何同伴都一样……"

"你对核心问题避而不谈——"

"人命不是数字！"

"对我来说，人命就是数字。"

说完这句话，高诚消失在病房门口。其他同伴用担忧的目光看着宫本瞬。宫本瞬苍白的脸色始终没有恢复，但他同样没有像大家担忧的那样，跑去和高诚决斗。宫本瞬只是慢慢坐在杏的病床前，低下头。

很久很久，他一直没有动作。

第五十五章

　　凯伦在走廊尽头追上了高诚。当时高诚正要下楼梯，就看到凯伦气喘吁吁地跑来。高诚继续向前走，但凯伦飞快地超过去，并转身拦住了他。高诚凝视着凯伦，眼眸里没有一丝情感。

　　"你也在逃避！"凯伦喘了口气，大声说，"你跟宫本瞬没什么区别！"

　　高诚想了想说："如果你是指'本我'的话，那应该是没错。"

　　"让他出来！我要跟他谈谈！"

　　"他不想。"

　　"那他需要多久！"

　　高诚似乎在考虑，然后摇摇头："我不知道。"

　　他继续向前走，那姿态仿佛就像有堵墙挡着也要撞开似的。凯伦下意识地让开了路，看着高诚的背影渐渐消失。

　　"真他妈该死！"凯伦低声骂。

　　按理说，她应该丢下这一切，赶紧回到国家情报局的大楼，向局长艾伯特汇报工作。宙斯死了，他的组织灰飞烟灭，幕后boss户隐恐怕也完蛋了……这正是情报局开始奋发，涤荡妖氛的好时机。至于宫本瞬和高诚——管他去死！

"白痴！"凯伦想着，却挪不动步。她不能把这些放下，尤其是高诚，那状态简直令人担忧。这个笨蛋，用冷漠的第二人格构建一道高墙，以为就能抵御痛苦吗？事实上那毫无用处，只会成为自我封闭的囚笼。

凯伦愣了片刻，快步向病房走去。她得说服宫本瞬！直觉告诉她，只有那个家伙才能打开高诚的心房。还没进门，就听到冈贤悟志在里面大声说话。

"我们得去找洪博士！"冈贤悟志说，"他是我们的缔造者！他了解我们！他无所不能！我们必须找到他！只有洪博士才能救宫本杏！我们得——"

"是谁？"艾玛向门外看去。

凯伦无意掩饰自己。她大方地走进房门，一直走到宫本瞬面前。宫本瞬看着她，不知道这个女人想要说些什么。

"你妹妹的事情我很难过。"凯伦说，"但高诚并没有做错什么。如果我是你，就会向他道歉。"

"为什么？"宫本瞬冷冷地问。

"他所做的一切都是为了你们这个团体！"凯伦提高了声音，"你必须承认，当时你想不出任何办法——"

"但他想到了！"

"难道这是罪过？"

"他早就想到了！"宫本瞬站起来，盯着她说，"你根本不明白我在愤怒什么！他早就想到了这一切！他把杏的号码交给了艾伯特，他一直在布局！他都知道！"

凯伦的面色苍白起来。她满满的自信崩塌了一角，挣扎着辩解："这不可能！没有人能预知一切，他也做不到！"

"当然。这只是他做的一个备案，他习惯这样。"宫本瞬深深吸气，"但他不应该隐瞒。他应该把一切都告诉我。同伴不是他的棋子！大家都已经受够了这种摆布，当初户隐就想这么干！"

"那是'机械心灵'做的！你知道！"

"依旧是他。两个人格共享信息，他全知道。"宫本瞬摇摇头，"但他们都没告诉我，谁也没说……"

凯伦无法再把话题继续下去。她相信高诚，那个在梦境中宁死也不肯放弃自己的高诚，绝不是视同伴如棋子的家伙。但宫本瞬的话让她无法辩驳，凯伦突然发现，自己并不了解高诚。

凯伦离开了。艾玛送她到门外。走廊上亮着荧光灯，光线经过多次反射，在视野里呈现出一片刺目的惨白。凯伦突然觉得一切都毫无意义，自己根本改变不了任何事。

"高诚的问题，我猜和超能力的后遗症有关。"艾玛轻声说。

"你说什么？"凯伦瞪大眼睛。

"后遗症。"艾玛点点头，"我们都有。包括你——"

凯伦没工夫管自己，急切地问："那家伙知道吗？我是说宫本瞬！"

"他知道。其实我们都知道。只是宫本瞬现在还接受不了，毕竟……会过去的，你放心。但你知道，这需要时间。"

"时间！见鬼的时间！那高诚怎么办？"

"高诚怎么了？"艾玛惊愕。

"不知道！谁也不知道！但我猜，这家伙才是大麻烦！"凯伦咬着嘴唇，"该死，我得去找他！"

凯伦"噔噔"跑了。艾玛犹豫了一下，转身回到了病房。冈贤悟志还在讨论怎么样寻找洪博士，宫本瞬认真地听着。也许他有些怀疑洪博士了，但绝不会放弃拯救妹妹的任何希望。

"冈贤悟志，"艾玛走过去，"你知道洪博士在哪里吗？"

"不知道。"冈贤悟志很老实地回答，"但他肯定还活着。"

"我们都相信。但这有什么用？"

冈贤悟志涨红了脸。他辩解说："我还知道一些别的！洪博士有个朋友，我见过！"

大家都精神一振。宫本瞬沉声说："说说！"

"那是挺早之前的事。有一次我去洪博士的办公室，你们知道，他那里有时候会有糖果……"冈贤悟志沉浸在回忆里。

在解码者中，他年龄最小，也最受洪博士关注。别人对洪博士有些惧怕，他却没这种感觉。冈贤悟志小时候经常偷偷溜进洪博士的办公室，洪博士只是和善地笑，有时候还会给他一些糖果……

"当时洪博士正在招待客人。那是一个中年男人，穿着灰色西服，没胡子，脸色有些黑。他说他叫杰克，英国人，在剑桥大学实验室干过一阵子，后来在利物浦开了一家什么大分子材料公司……他和洪博士是老朋友，还有生意上的往来……你们瞧瞧，只要找到这个人，也许就能找到洪博士的下落呢！"

真是个好消息！宫本瞬的眼睛亮起来。他看了看妹妹，宫本杏仍然在床上昏迷不醒，心电图的波形微弱，但还算稳定。如果能快点找到洪博士，也许妹妹就可以……

但布鲁诺的一句话却把他重新打入地狱。

"没那么简单。"布鲁诺摇摇头。就在冈贤悟志说话的时候，他已经通过手机侵入全球网络，去定位这家位于利物浦的大分子材料公司。但结果却令人失望。

"我找到了，确实在利物浦，2003年注册的。这家公司从没进行过主体变更，结构一目了然。但我找不到杰克这个名字。"

"也许是个假名字？"宫本瞬皱眉。

"很可能。"布鲁诺点点头，"但还有一种可能，一切都是假的。"

布鲁诺把手机递给冈贤悟志，上面有所有董事以及工作人员的照片。从2003年至今，一个不漏。冈贤悟志一张张看过去。房间里一片沉默，既期待又恐惧，宫本瞬粗重的呼吸声格外明显。

过了好一会儿，冈贤悟志颓然丢开手机，近乎崩溃地说："不是，一个都不是！难道都是假的？他为什么要骗我？洪博士也在骗我？不……这不可能！"

对于洪博士，冈贤悟志比其他人都要亲近，因此这个结果让他受的打击最大。

"洪博士一定有原因的……"冈贤悟志喃喃地辩解，"肯定是为了安全，当时我太小了，很多事不该知道……"

"你是对的。"艾玛搂住冈贤悟志的肩膀，希望能让他好过一些。

冈贤悟志不再说话，屋子里也没人说话。宫本瞬的眼眸闪烁着，就像在灰烬中挣扎的余焰。他不甘心这个线索断绝，也许这是最后的希望。他看着妹妹，宫本杏衰弱的样子让他的心在撕裂。

良久，艾玛说："一切都是假的，但人是真的。"

大家都抬头看着他。

"我们必须去找高诚。"她说。

第五十六章

艾伯特正在给心爱的盆栽浇水。它有点像仙人掌，肥硕的叶子绿得发腻，像是涂了一层猪油。阳光从办公室敞开的窗户照进来，整片叶子都在闪闪发光。

这真是一株有趣的植物。但艾伯特看上去心不在焉，他只是潦草地浇了几下，这水量大概只能保证勉强不死。但这棵植物就是如此生机勃勃，真是奇怪。

艾伯特想着心事。整件事的结局并不是那么圆满。他皱着眉盘算一会儿，却又自嘲地笑了。太贪婪了，不是吗？几年前，他还坐困愁城，看着宙斯在危害国家的道路上越走越远，自己却束手无策。

可现在呢？宙斯死了，他的党羽死了，组织垮台了，留给自己一个干干净净的国家情报局。如果再不满足，上帝都会惩罚自己的贪得无厌吧？只等那些超能力者离开这儿，希腊的危机就算解除了。

只是凯伦……艾伯特的心又沉下去。她为什么还不回来，仍然待在医院？不过这样也好，自己也需要时间……艾伯特还不知道该用怎样的心情面对凯伦，尽管她什么都不知道。

突然，敲门的声音传来。

是凯伦吗？艾伯特立刻坐在桌子后面，深深地吸了口气："进来。"

来者推开门，然后轻轻带上。艾伯特惊讶地看着对方走到桌子前面，用那双淡银色的眼眸俯视着。

"高诚？"艾伯特站起身。他不喜欢仰视的感觉。

"很吃惊？"

"有一些——我以为你还在医院守护病人。请坐。"艾伯特递过一支雪茄，"尝尝？"

高诚摇摇头。他坐在对面的椅子上，打量着艾伯特的办公室。艾伯特把雪茄含在嘴里，却找不到吸烟的心思，干脆重新放回盒中。不知为什么，高诚的眼神让他心慌。

"贺喜，官复原职。"高诚说。

"得多谢你们。"艾伯特问，"你的同伴，宫本杏好些了吗？"

高诚没有回答这个问题。他似乎对这间办公室产生了浓厚的兴趣，看起来没完。朴素的米黄色天花板，铁艺吊灯，铁皮文件柜……最后，他的目光落在橡木桌的那盆绿色植物上。

"很不错的盆栽。"高诚说，"这叫什么名字？墨西哥仙人掌？"

"我不知道。"艾伯特笑了笑，"但你说得肯定不对，墨西哥仙人掌大概有十米高。它的根系长到我这间办公室都装不下。"

"您对植物挺了解的。"

"谈不上。"

"我也想养一些植物，比如这个。"高诚站起来，凑到盆栽前面，"这是从哪里买的，推荐一下？"

"别人送的，大概……几年前？具体我记不清了。"艾伯特说。

"您有一个慷慨的朋友——这可是世界罕见的品种。"高诚问，"从哪里送来的呢？"

"真记不清了。"

"再想一想吧，我相信您能想起来。"

艾伯特慢慢收敛了笑容。他看着高诚，显然有些生气。这很正常，没有人喜欢这种咄咄逼人的追问。这不光是对个人隐私的冒犯，而且带着严重的不信任。

"你在质问我吗，先生？"艾伯特盯着高诚的眼睛。

"如果你想这样理解。"

"我需要一个解释。"艾伯特冷冷地说。

"很好，我从头说起。"高诚用那种特有的、不紧不慢、极为平淡的声音说，"宙斯丢了金苹果，被你第一时间发现了。你借此机会邀请我——不，你还拐了个弯子，看上去一切都是巧合。但太巧合了，你不觉得吗？"

"这并不是什么巧合。"艾伯特说，"我想请局外人来调查，但宙斯利用了这一点，他派了个调制者去中国引你上当。对于我来说，这很意外，但实际上是宙斯设的局。"

"关键问题在于，你怎么知道宙斯丢了金苹果？"

"真是可笑的问题！"艾伯特冷笑，"金苹果计划是情报局辖下的项目，他不可能完全架空我。也许我没法参与进去，但如果一点消息也得不到，我这个局长岂不成了废物？"

"但为什么金苹果是情报局辖下的项目呢？"

艾伯特微微一怔，一时没说话。

"如果只是三号研究所那种规模的话，宙斯完全不需要资金支持。他有自己的组织，也不需要情报局的人力。我想不出他是有多蠢，才会把金苹果当成一个正式项目报批上去——"高诚看着艾伯特的眼睛，"您说呢？"

艾伯特皱着眉。他下意识地想要回避对方的目光，但还是忍住了。其实高诚的目光并不锐利，甚至可以说平淡。但就是这种平淡到近乎机械的神色，让艾伯特觉得自己面对的不是人，而是一台测谎仪——"沙沙沙"在纸带上绘制心跳波形，机械到让你无所遁形。

"让我来想一想。"高诚继续说，"宙斯当然不想和情报局扯上关系，但你却知道了。面对整个情报局的压力，他不得不选择合作。当然，他没那么老实，后来偷偷摸摸和副部长搞了斯巴达市的第二基地。于是问题来了，你是怎么知道的？"

艾伯特面色渐渐苍白起来。他几次想要说话，却又闭上了嘴。

高诚自问自答地说："当然是有人告诉了你。这个人是谁呢？肯定不是宙斯，也不是哈迪斯、阿波罗、蒂娜……这些人都不是，他们都是圣山组织的人，就算背叛也不会找你合作。这是一个相当神秘的家伙——不是解码者，不是黑座，不是圣山——"

"是洪博士？"高诚看着艾伯特。

"我不懂你在说什么。"艾伯特皱眉。

"也许你确实不知道'洪博士'意味着什么。"高诚点点头，"但肯定有这么一个人，他通过某些方式来指点你。比如——"

高诚的眼睛落在桌面的盆栽上。

"用这棵盆栽？"

"你在开玩笑？"艾伯特几乎笑出声来。

"我几乎每次都能看到它。"高诚盯着盆栽说，"还记得吗？第一次见面的别墅里，你身边就摆着它。你和它形影不离——"

"甚至还有人随身带着蜥蜴，这很奇怪吗？"

"不奇怪。"高诚点点头，突然问，"你很喜欢吸雪茄？"

艾伯特愣了一下。

"看得出。天花板，墙壁，柜子，桌子……一切都沾着烟碱和焦油，当然你看不到。唯独这个盆栽——"高诚用手缓缓抚摸着绿色植物，艾伯特的神色紧张起来，高诚收回手，看着指尖，"上面什么也没有。"

"我刚刚浇过水。"艾伯特说。

"可水里也没有。"高诚抠起一撮湿润的泥土，仔细闻了闻，"它干净得不像话。"

"你到底想说什么！"艾伯特变得怒气冲冲。

"你在掩盖情绪。"高诚说，"我想说的是，随身物品一般都会沾染主人的气息，但这棵盆栽却没有。它是那样特殊，特殊到不属于这个世界……很明显，它是一个超能力者的作品——你们通过它进行联系。"

艾伯特脸色瞬间苍白。他就像被一颗子弹击中，如果不是宽阔的椅背挡着，也许会躺倒下去。艾伯特看着高诚，眼神里充满了绝望。高诚依旧毫无表情，与他对视着。

过了片刻，艾伯特声音嘶哑地说："我没有做任何针对你们的事！"

"你利用了我们。"

"就算没有我，宙斯依旧会对付你们！我甚至帮你们找到了同伴！"艾伯特咬着牙说，"我一直在帮助你们！这是事实！"

"我同意。"高诚点点头，"但你依旧利用了我们。"

艾伯特喘了口气："你想怎么样？"

"告诉我那个人是谁？"

"不！"

艾伯特几乎是下意识地叫起来。他的反应甚至让自己都有些意外。艾伯特突然醒悟，他居然对那个送盆栽的神秘人戒惧到了这种程度！

"我不能告诉你！"艾伯特摇头。

"为什么？"

"那个人……或者说那个人背后的势力，你根本不能想象！"艾伯特双手撑住桌面，气喘吁吁地说，"是的，我不了解你们这种人内部的事儿。但想想吧，你们之间的战斗完全在那些人的计划之下！你们自以为很强大，但还不是在按照别人的节奏亦步亦趋吗？如果我出卖了他们，这个国家……整个希腊会怎么样？"

"那么我可以告诉你，不说的话，希腊会怎么样。"高诚平静地看着他，"破坏一个现代化国家非常简单，你想听听吗？"

"你在威胁我！"艾伯特愤怒地盯着他，面色却苍白一片。

"放松一点，其实事情远没有那么糟糕。"高诚说，"导致第一次世界大战的萨拉热窝事件其实是个热血青年干的，你能说他比那些国家都要强大？不，阴谋之所以是阴谋，就是因为实力不够。"

高诚的诡辩发挥了作用。艾伯特微微一怔，缓缓坐了回去。

"事实上，我已经猜出了是谁。"高诚说，"放心，他们对世俗权力没有兴趣，更不会搞什么破坏活动。从他们和你接触的第一天，就意味着将来的暴露，他们明白这一点。所以就算你真的说了，也不会有任何变化。"

艾伯特不再说话。他摸出雪茄，自顾自点燃，大口地吸着。很快，整间办公室里都充满了淡青色的烟雾，几乎看不清他的脸。最后，烟雾中传来他的声音。

"我真的不知道他是谁。"艾伯特缓缓地说，"那是在三年前，我收到了一个来自利物浦的包裹，里面就是这个东西。你知道，干我们这行都很谨慎，我找专家分析过，这东西没毒，土壤里也不含炭疽杆菌。我还没考虑好该把它怎么处理，叶片上却突然出现了字迹……"

"什么样的字？"高诚问。

"英文，像是用小刀刻上去的，但每次叶片都会自己恢复，好像什么都没发生似的。"艾伯特想了想，突然明白过来，"超高速的植物细胞分裂，怪不得表皮不会留下烟碱，它们都脱落了……你的观察果然很敏锐。"

"多谢。再说说字迹的事儿吧，你有留底吗？"

"没有。整个情报局都不安全，我不可能冒险留下照片。"艾伯特说，"但我肯定对方不是英国人，他书写的字母有些奇怪……就像长期使用其他文字留下的习惯。抱歉，我分析不出来是什么文字。"

高诚点点头："请继续。"

"从那时候开始，那边就通过植物和我联系——其实称不上联系，因为信息只是单方面的。我没法通过植物和对面沟通。我确实受益了，如果没有这个，我根本不可能和宙斯周旋下去。宙斯一直以为我在他的组织里安插了人，其实我根本没那个本事。金苹果计划完全是对面的人告诉我的，包括后来去找你们，他说只有你们才能对抗宙斯。"

"你们最后一次联系是什么时候？"

"宙斯丢了金苹果以后，你到希腊之前。"艾伯特把烟蒂掐灭，慢慢说，"这就是我知道的一切。"

"我相信。"高诚起身，向艾伯特告别。临走的时候，他想起什么似的端起了那盆植物，问，"我可以把它带走吗？"

"随便你。"艾伯特挥挥手，"我早就想丢掉了，和这东西相处就像抱着一颗定时炸弹睡觉。之前我不敢这么做，但现在无所谓了……拿走吧，越远越好。"

"我完全理解。"高诚欠欠身，转身离开。

艾伯特看着高诚消失在门口，脚步声渐渐远去。他瘫倒在椅子中，仿佛大病初愈一样。桌上的盆栽不在了，显得有些空荡。艾伯特却突然觉得无比轻松，似乎一块压在心头的大石被突然挪开了。

或许应该喝点威士忌，艾伯特想。

第五十七章

　　高诚离开了情报局的大楼。外面是一条公路，车来车往。他抱着盆栽站在路边，就像个被炒了鱿鱼的职员一样。高诚挥手，打算拦一辆出租车。但汽车却风驰电掣般地开过去，正在听音乐的司机根本没注意到路边有人。

　　下一步是找个安静的地方，研究一下植物。高诚想着，突然手机响了起来。

　　"我是高诚。"他接通了电话。

　　"你跑到哪儿去了！"对面传来凯伦气急败坏的声音，"我到处都找不到你！天哪，我甚至上了医院的天台，担心你有没有自杀！还有，你那些同伴也在找你！该死的，让这么多人为你担心，不觉得羞愧吗？！"

　　"知道了。需要我回医院吗？"

　　"废话！你在哪儿？"

　　高诚说了地点，凯伦在电话那头愕然片刻："你去那里干什么？"

"和艾伯特谈话。"

"我根本不知道你和他有什么好谈的！等着，我去接你！"

十几分钟后，一辆红色的跑车风驰电掣地驶来，"嘎"一声停在了高诚身边。凯伦跳下车，却盯着高诚怀里的盆栽瞪大了眼睛。

"天哪！你把他抢劫了？"凯伦叫起来，"你知不知道这是他最喜欢的东西？我听说艾伯特甚至抱着它睡觉！"

"现在不是了。"高诚说。

"我得打个电话——"凯伦匆忙拨通艾伯特的手机，她对着话筒嚷嚷着，"局长吗？对，是我。听着，我看到你的盆栽……什么？你送给他了？为什么？喂？你的声音有些怪……什么？你——"

凯伦挂断了电话，用有些茫然的眼神看着高诚："他说他在喝酒？"

"嗯？"

"可是他从来不喝酒！"凯伦烦躁地揪着头发，"他还把盆栽送给了你——这世界疯了吗？"

高诚没说话。

凯伦一边开车，一边想说点什么。但高诚的表情就像一面盾牌，堵住了她所有的欲言又止。

红色跑车越来越慢。高诚微微侧过头："你想说什么？"

凯伦吓了一跳，跑车划出一道S弯，勉强扳回来。她问："你能看出来？机械心灵不是没感情吗？"

"但我了解人类的情绪。"

"你这话听起来像外星人。"凯伦耸耸肩，"宫本瞬说从头到尾都在你的计划之中，是这样吗？"

高诚想了想，摇头："实际上我做不到——比如，我没办法猜到哈迪斯的超能力居然是那种类型。"

"你没猜到？"凯伦惊讶地看着他，"但……你给艾伯特留了电话，然后让杏唤醒冈贤悟志，再然后救了大家……瞧，这简直是环环相扣的剧本！"

"脑补太多。"高诚冷冷地说，"我提前猜到了金苹果就是冈贤悟志。这是我比高诚、比其他人唯一多知道的东西。我所制订的一切计划，都在围绕拯救冈贤悟志这个目标。"

"但你让艾伯特打电话……"

"我计算过很多方案，包括各种意外，以及所需时间。艾伯特的电话时间是个阈值，止损临界点。它能造就一个危机管理中的平缓函数曲线。"

凯伦眨巴眨巴眼睛。很显然，自己听不懂。

"在预测计算中，如果那个时间我们还没解决一切，就说明团队到了失败的边缘，需要一个强大的力量扭转结果。除了冈贤悟志，没人能做到。真到那时，宫本杏必须启动'灯塔'，冈贤悟志则必须离开寄宿体，才能接收到宫本杏的信号。"

"所以当时你不救我！"凯伦突然想起那件事，心头火起，"你这个冷血的王八蛋！"

"我需要冈贤悟志出来。"高诚说，"如果一切顺利，宫本杏根本不需要发动'灯塔'。我没料到哈迪斯的超能力居然可以面对群体发动，然后一切都失控了。"

"阴差阳错？"

"也许。"

"可你为什么不把这一切告诉他们？宫本瞬他们！"凯伦瞪着他。

"他们没问。"

"那为什么告诉我？"

"你问了。"

凯伦感觉自己头上飞过一排乌鸦……

汽车驶入医院。艾玛把谈话地点选在了医院的花圃附近。大片的玫瑰花像火一样盛开，翠绿的葡萄藤形成天然的遮阴走廊，空气中充满了花香和植物的气息。比起那个压抑的医院，这种环境有助于放松情绪，艾玛希望宫本瞬和高诚不要再发生冲突。

但见到高诚时，大家还是吃了一惊。不是因为他怀中的盆栽，而是那双眼睛。

毫无表情的面孔，淡银色的眼眸——这表明高诚依旧处于机械心灵的状态！这已经过了多长时间？大家都知道，高诚的超能力只要超过十几分钟，就会对身体造成极大的伤害！

"你想自杀吗！"艾玛劈头盖脸地问。

"维持现状这个状态，并没有什么消耗。"高诚说。

金俊浩跳了起来。他之前一直坐在大理石长凳上，可能觉得有些硬，屁股在那里磨来磨去。他一下子到了高诚面前，有些激动地说："你总想把别人当傻子！上次基地塌方，你耳朵眼儿都出血了！我亲眼看见的思密达！"

"看来你们都不明白。"高诚指了指太阳穴，"你们可以把这里看作一台电脑，人格意识则是操作系统，所有人都没什么两样。高诚的特殊之处在于，他拥有两套操作系统。我，你们口中的机械心灵，专门用来统合信息流，刺激脑细胞，加速能量供给，神经元传输……"

"我读书少，你在说什么思密达……"金俊浩泪流满面。

"简单来说，就是超频。"高诚说，"超频会对大脑造成极大负担，但并不是说我不能低频作业。不进行大量计算的话，我可以一直维持下去。"

宫本瞬一直站在葡萄架的阴影里。从高诚出现，他就一直没动弹，也没发出任何声音，就像不存在一样。但此刻，他迅速走到高诚面前，盯着他的眼睛说："你说'一直'？"

"一直。"

"换他出来，我要和他谈谈。"

"我做不到。他不愿意。"

"听着！"宫本瞬吸了口气，艰难地说，"事实上你说对了，我只是不能接受这些……我并不恨高诚。让他出来，我自己和他说。"

高诚沉默了一会儿，看样子在和主人格沟通。但过了一会儿，他的瞳孔没有产生任何变化，依旧是那种冷漠的银灰。

"我试过了。"高诚说，"但他不肯。是他自己接受不了，不肯原谅自己。这和你无关，从一开始就是。高诚很喜欢杏，当初还差点成了恋人，你知道的。"

这真是合情合理的解释，宫本瞬想。但如果合理就是真相，那这世界肯定不是现在这个样。现在这个结果可不是宫本瞬想要的，过程再合理他也不打算相信。

"你瞒着我做了很多事，你也在瞒着高诚。"宫本瞬冷冷地说，"我没法相信你的话。"

"那你要怎么做？"

要怎样做？宫本瞬没想好。也许把他打晕，高诚就能恢复过来？宫本瞬打量着高诚，越来越倾向于这样做。但在不用武器的情况下，他不太有把握对付拥有超级计算能力的机械心灵。

"等一等！这两件事可以一起解决，不是吗？"冈贤悟志跳出来，挡在两人中间，大声说，"我们去找洪博士，他一定有办法！只有他能救杏，也能帮高诚恢复！"

宫本瞬退了一步，放弃了自己的打算。高诚摇摇头："我不相信洪博士。"

"不，你得相信！"冈贤悟志固执地说，"他什么都能做到！"

高诚看了看他，又看了看其他人。他觉得这些人都蠢得出奇。但这并不重要，他自己也在寻找洪博士。高诚拍了拍怀里的盆栽，说："这东西是艾伯特给我的。他背后有人，也是超能力者。他说这是从利物浦寄来的——"

"利物浦！"解码者们几乎异口同声地叫起来。

"你们知道？"

"现在我有点儿相信了，也许那个杰克是真的，他真在利物浦！"冈贤悟志叫起来。这让他受挫的信心得到了一定的恢复。他把之前的话和高诚又说了一遍。高诚陷入了沉思。

过了一会儿，他问："你能把画面传递到我脑子里吗？"

"有点儿难。也许可以采用做梦的方式。但……"冈贤悟志有点吃不准地问，"你现在能睡着？"

"不能。我需要一支镇静剂。"高诚想了想，又改变主意，"不，两支。"

第五十八章

三号病房就在宫本杏隔壁，这也是一间单人病房。高诚躺在雪白的床上，已经闭目睡去。角落的医疗废品箱里，丢着两支刚刚用过的针头。冈贤悟志看着他，正在确认高诚的状态。

"睡着了？"宫本瞬问。

"睡着了。但我不知道他有没有恢复过来……"冈贤悟志说，"他早早就把眼睛闭上了。"

"算了。开始吧。"宫本瞬说。

他有些遗憾。本来想看一看，机械心灵会不会在麻醉剂的作用下消退。但对方似乎早就想到了这一点，没给任何机会。难道要扒开高诚的眼皮看看？宫本瞬犹豫了一下，打消了这个念头。

冈贤悟志坐在沙发上。他双目紧闭，然后整个人瘫倒下去。宫本瞬扶住他，让他轻轻躺在靠背上。过了十几分钟，高诚那边有了反应。他的眼皮微微抖动，然后睁开眼。

宫本瞬不禁皱眉——那仍然是一双银色的眼眸。

"你有点失望。"高诚说。

"对。"宫本瞬回答。

高诚走到病房外面，向护士要来了一张白纸，还有几支铅笔，就在护士站的桌子上开始作画。大家都惊奇地看着，他们从没见高诚画过画。高诚的动作飞快，手腕像轴承一样灵活，有时候他甚至用两支笔，左右开弓。

大家都瞪大眼睛，尤其是几名护士，几乎要惊叫起来——没人见过这种作画的方式。他根本不是在画，而是用铅笔当成输出工具，将脑海里的图像一丝不苟地照搬到纸上。两支铅笔大多时候不是在勾勒，而是在点击。纤细的笔尖留下无数细微的痕迹，然后它们堆积起来，一张人像以肉眼可见的速度形成。

仅仅半个小时，一张惟妙惟肖的脸跃然纸上。

"就是他！就是这个人！"冈贤悟志叫起来，"天哪！简直一模一样！"

"你居然会画画？"金俊浩看着高诚，一脸的不可思议。

"不会。"高诚说，"你可以把这当作是打印。"

"布鲁诺！布鲁诺！"冈贤悟志大声招呼着，"快过来！就是这个人，能找到吗？"

布鲁诺离开走廊的长椅，向这边走过来。刚才围着高诚看作画的人太多，布鲁诺不喜欢热闹。他仔细看着那幅肖像，过了一会儿，摇摇头。

"你不是打算让我做一个全世界的面孔对比吧？"他说，"这太不现实了，除非我有台超级计算机。而且我还得一点点侵入全世界的户籍系统，每个国家，每个地区……这根本不可能。"

“你是说这画一点用都没有？”冈贤悟志大失所望。

“如果能缩小范围的话，它很有用。”布鲁诺说。

“你们看看这里。”高诚指着人像脸颊的部位说，“看到了吗？就在耳根下面，有条很长的线。”

“我以为是你没画好。”金俊浩嘟囔。

高诚没有理他，继续说：“这是一根胡须。剃须后留下的，没刮干净。它很长，说明这个人此前一直留着长胡子，但来见洪博士的时候剃掉了。他为什么要这样做？”

“掩饰身份？”宫本瞬盯着人像，自言自语。

“没错。如果不刮掉，胡子一定会暴露一些信息，至少他自己这样认为。那么，想想吧，他的胡子有什么特殊之处？”高诚看着大家。

没人能回答。这世界上有太多留胡子的男人。长的、短的、笔直的、卷曲的、染色的、天然的……什么样的都有。但到底什么才算特殊？

“胡子长算什么特殊？”金俊浩说，“这样的人太多了。那些阿拉伯人不是个个留着一把大胡子吗？”

高诚点点头：“你说对了。他就是个阿拉伯人。”

金俊浩惊讶得几乎下巴脱臼——其他人也差不多——他瞪大眼睛问：“你怎么看出来的？就凭一根胡子？”

“还有一些其他的。”高诚拿起铅笔，在人像上修修补补，一面说，“他的眼窝用了一些粉底，视觉上会造成轮廓分散的错觉。他的膝盖有些宽，从小就跪伏做礼拜的人会这样。这都是阿拉伯人的特征和习惯。再加上胡子，还有包头，那么——”

高诚提起了笔。人像已经变了个模样。冈贤悟志看着，这依稀是自己见过的人，但又像一个陌生人。如果没人指出这两者的联系，那就算迎面碰上，冈贤悟志大概也认不出来。

"现在怎么样？"冈贤悟志兴奋地朝布鲁诺说，"阿拉伯人，还有这张脸，是不是可以了？"

布鲁诺犹豫了一下，说："我尽量试一试。"

他不想打击冈贤悟志的积极性，更主要的是，担心宫本瞬失去希望。这世界上有许多阿拉伯国家和地区，主体信奉伊斯兰教的都算。这个搜索范围固然小了很多，但依旧庞大。

"给我一柄手术刀。"高诚说，"我可以再帮你缩小一下范围。"

护士送来一把。高诚将盆栽摆放好，用刀在肥厚的叶片上比画着，似乎在计算从哪里下刀。

这可是局长最喜欢的盆栽！凯伦几乎要去阻止了，但随即想起电话里面局长那种如释重负的轻松语气。他多半不会在乎，哪怕高诚打算把这东西做菜，煎炒烹炸什么的，怎样都无所谓。

刀锋停在叶片中央，高诚算准了位置。

"等一等。"宫本瞬突然说。

高诚依旧盯着盆栽，但他的手停了下来，等着对方的解释。

"你的脸色很差。"宫本瞬说。

宫本瞬一直在观察高诚。从高诚自梦中醒来，开始作画的时候，他就注意到高诚的脸色越来越苍白。就像高诚自己所说的，大脑已经在开始"超频"了。这种状态一直延续到现在，而且越来越严重。宫本瞬担心，高诚的身体会无法承受。

"如果我坚持不住，会退出机械心灵的状态，就像以前一样。"高诚偏过头，看着他，"这不是你期望的吗？"

"我不想冒险。"宫本瞬说，"我把高诚当弟弟一样看待，他和杏一样重要！你根本不懂这种情感！"

高诚点了点头。他平稳地把刀刺入植物叶片，一面说："我比他更爱惜身体。"

叶片在高诚的手术刀下迅速分解。高诚仔细观察着叶脉的走向，叶片厚度，湿度，甚至还观察了细胞。他借来了显微镜，仔细观察了植物细胞壁的构成。大概忙了一个小时，高诚终于停下手。

他的脸色更苍白了一些，但还好，鼻孔什么的没有出血。以前高诚经常出这种事儿。

"北纬三十度左右。"高诚说。

"你说的是这东西的生长地？"金俊浩张了张嘴，"这都能看出来？骗人的吧思密达？"

"纬度决定了日照时间、日照角度、温度等，这些都会反映在植物内部。"

"好吧你赢了。但我记得这个纬度有很多阿拉伯国家？"

"摩洛哥、阿尔及利亚、利比亚、埃及、约旦、沙特阿拉伯、伊拉克、科威特、伊朗、巴基斯坦、印度……大概有这么多。"

"你这和没说有什么区别？"金俊浩叫起来，"全世界阿拉伯国家也就这么多！"

"全世界阿拉伯国家有22个。"高诚指出金俊浩的不学无术，然后说，"而且我不认为那个神秘人会待在荒郊野外，这个纬度的城市并不多。"

布鲁诺早已经通过手机进入了网络。他查了一下，然后说："这个纬度附近的主要城市有台拉登、克尔曼、塞卡凯、开罗、阿加迪尔。"

"去掉台拉登，那里气候湿润。"高诚说，"阿加迪尔在海边，也可以排除。"

"那就还剩下克尔曼、塞卡凯、开罗……"布鲁诺点点头，"我去查一查。"

布鲁诺一查就是好几天。他入侵了这三个城市的户籍管理系统，调出人像逐一比对。这是一个极浩大的工程，可不是在搜索引擎上随便敲几个单词就能搞定的。

大家都在等待。宫本瞬始终待在妹妹的病房，盯着生命体征的监控仪器。他一直没有睡觉，双眼熬得通红。其间或许打了几个盹儿，但很快从噩梦中惊醒。

高诚依旧保持着机械心灵的状态。凯伦回了情报局，但第二天又出现在医院里。她说是奉命行事，但高诚不怎么信。他知道对方的目的，无非是想"拯救"高诚而已。

高诚从来不觉得自己需要拯救。他甚至嘲笑这种想法。所谓"主人格"，所谓"机械心灵"，不过是强加的定义，只是为了方便区分。实际上，这都是高诚自己。

现在的我依旧是我。高诚这样认为。他只是把那些软弱的、不堪一击的情绪切割出去，让自己变得更加强大。人的情绪不过是激素水平的产物，比如快乐与沮丧，取决于大脑内部多巴胺分泌得多寡。

这是一种低级的、毫无意义的生物行为。高诚想。

到了第四天清晨，高诚认为布鲁诺的调查快完成了。他沿着楼梯上了三楼，布鲁诺住在三〇七，那原本是一间骨科病房。在走廊上，高诚碰上了金俊浩。他点点头，以为只是巧遇，但金俊浩叫住了他。

"我有点事情想问你。"金俊浩说。

高诚停下脚步。他看到金俊浩的脸色很差，似乎昨晚没睡好。

"我做了一个噩梦。"金俊浩说，"但我不记得了。就是那种……明明非常可怕，第二天却怎么也想不起来的梦！明白吗？"

"这是一种自我保护的本能。"高诚说。

"自我保护？对，因为太可怕了对吗？我有一种感觉，一定是我忘了什么……"金俊浩喃喃地说，"似乎总有人在我耳边说……别忘了，别忘了……但我真的记不起来。该死！我就是记不起来！"

高诚点点头，没有说话。

"我去问了艾玛、问了宫本瞬……反正所有人我都问了！"金俊浩皱着眉，"但没人说实话！别问我怎么知道的，我能感觉到他们说的不是实话。他们都在安慰我，但如果不是出了什么问题，我为什么需要安慰呢？"

"所以你来问我？"

"对！我想你肯定会说实话，对吧？"

金俊浩盯着高诚，生怕他说出拒绝的话。他知道机械心灵不会说谎，但拒绝回答问题却经常发生。所幸，高诚很快开了口。

"你还记得一个叫蒂娜的人吗？"高诚问。

"蒂娜？"这个名字十分陌生，金俊浩茫然地摇摇头。

"一个女人。原本是宙斯的手下。她爱上了你，为你挡住了致命的子弹，然后死掉了。"高诚平静地说。

"天哪！"金俊浩瞪大眼睛，"这是……真的？我完全不知道……"

高诚停了一会儿，留给金俊浩消化信息的时间，然后问："听了这个故事之后，你有什么感觉？"

"我……我不知道……"

"其实你没什么感觉，就像在听别人的故事一样。"

"不是的！"

金俊浩极力否认，内心却无比惶恐。他不得不承认，自己根本没被这个故事触动。这似乎完全是另外一个人的事儿，而且一点也不精彩。天哪，我怎么会这样！

"拥有这段故事的金俊浩已经不存在了。"高诚看着他说，"除非你能自己想起来，否则不要再去询问别人。因为这毫无意义。"

高诚丢下失魂落魄的金俊浩，丝毫没有安慰的意思。他认为这才是正确的做法，艾玛等人的避而不谈其实是讳疾忌医，除了添乱没有任何效果。高诚走到三〇七病房前，门却自己开了。

布鲁诺露出了头。看得出，这几天他非常辛苦。那头红色的短发乱蓬蓬的，像火苗一样四处缭绕。他让高诚进来，然后关上了门。

"我听到了你们的话。"布鲁诺给高诚倒了杯水，然后有些不满地说，"你不认为太残忍吗？"

"对于金俊浩来说，那些记忆就是杏仁。"高诚说，"没吃之前，他根本不知道是苦是甜。"

"但我知道是苦的。很苦。"

"所以你就把它藏起来？"高诚摇摇头，"这只会让他更加好奇。他会被感性控制，行为失去逻辑，拼命挖掘你手里的东西。这比吃到苦杏仁更要命。"

"所以你就给他吃？"

"反正不会丧命——"高诚突然顿住了。

"怎么？"布鲁诺发现高诚的表情有些反常，似乎在犹豫着什么。难道金俊浩的事情刺激到了高诚，使得本我意识回归了？布鲁诺有些紧张地盯着他，心中充满了期待。

"刚才的比喻不准确。"高诚皱着眉说，"事实上，这世界上每年都有人吃了苦杏仁致死。因为苦杏仁在胃中被分解出氢氰酸，氢氰酸很容易与线粒体细胞色素氧化酶的三价铁起反应，从而抑制细胞呼吸，导致死亡。当然，如果煮熟再吃就可以了，氢氰酸遇热会被分解……"

"够了！"布鲁诺叫起来。

高诚不再说话，奇怪地看着他。

布鲁诺的表情非常精彩。他终于明白，这不是什么本我回归，而是在机械心灵的道路上越走越远。他叹了口气："咱们还是讨论一下正经事吧。"拿出一张打印好的照片。

这是一张证件照。经过放大后色彩有些失真，但还算清晰。照片上是个留着大胡子的男人，还包着头——至少这两点和高诚提供的画像一模一样。至于五官，只能说相似。

"他叫史瑞夫，是个埃及人。十年前，他在开罗经营一家花店，现在应该还在干这个。"布鲁诺指着照片说，"或许和你的画像不太一样，但你知道，照片很容易失真。"

"还有吗？"高诚问。

"还有几个。"布鲁诺又拿出十多张照片，摊在桌子上，一一指点着，"这是阿罕麦迪，住在克尔曼，是个中学教师。还有这个，赛义德，住在塞卡凯，是当地的一个公司职员，做文案工作。再看这个，也是埃及人，他在开罗经营五金生意……"

布鲁诺把所有嫌疑者的情况都说完了。他突然觉得轻松了起来。这几天真把人累坏了。现在他卸下了担子，只须等着高诚最后的定夺——基本上，高诚从不出错。

"埃及人、开罗、经营花店……"高诚静静地想了片刻，问，"你是不是倾向于那个史瑞夫？不然不会第一个和我提起。"

布鲁诺点点头。

"不是他。"高诚摇摇头。

"不是？"布鲁诺倒也没太意外，他低头看照片，"那么是……"

"都不是。这里一个都没有。"

布鲁诺抬起头，有些惊讶。

"北纬三十度的范围很大。"高诚思索着，慢慢说，"我突然想到了一个城市，就在开罗附近，名字很有趣。"

"哪个？"

"十月六日。"

第五十九章

I was so far from you （我与您距离如此遥远）

Yet to me you were always so close （然而却又如此接近）

I wandered lost in the dark （我徘徊迷失在黑暗中）

I closed my eyes toward the signs （我闭上双眼向着信仰）

悠扬高亢的歌声在黑暗中回荡。

这里是一个废弃的建筑工地。一共有五层，没有外立面，框架裸露着，就像用积木搭成的方格。最高处，一丛丛钢筋刺向天空，迎着月光向上攀爬。

有四五个火堆燃烧着，边上都是人，光芒跳跃，将他们的脸映得忽明忽暗，就像在进行什么恐怖的仪式。事实上，这些人正在听歌。他们的目光都聚集在大楼一层的平台上——那里站着一个男人。

这是一个地下音乐会。并非它不合法，只是不够主流，那些迷茫又志同道合的人走到了一起，借助这种原始的环境来抒发情感。

男子继续唱着：

You put in my way （您赐予我人生的道路）

I walked everyday （我每日前行在这路上）

Further and further away from you （却与您渐行渐远）

Ooooo Allah, you brought me home （啊真主您将我佑护）

I thank you with every breath I take （您的恩典我没齿难忘）

Alhamdulillah, Elhamdulillah （一切赞颂全归真主）

…………

　　男子歌唱的时候，全场寂静无声，只有火焰在噼啪作响。当一曲终了，男子鞠躬致意，顿时响起雷鸣般的掌声。男子跳下"舞台"，穿过人群向外走去，他的表演已经完成了。

　　篝火的光芒让他的面容清晰起来。这是一个四十多岁的中年人，留着一把大胡子，头上包着白布，看上去是一个很寻常的埃及人。他走出会场，看样子打算离开。

　　背后有人叫住他："阿里亚，今天唱得真不错。"

　　"谢谢。"

　　"听说你要离开了？离开这座城市？这里不是挺好吗？"

　　"是啊……"阿里亚停下脚步，叹了口气，"十月六日是座好城市。"

　　十月六日（6th October City）。这是一个城市的名字。

　　名称来源于1973年10月6日开始的赎罪日战争，又称斋月战争、十月战争——当然，国际上称之为第四次中东战争。具体进程不用赘述，总之埃及败得十分干脆，前后没撑过20天。

但有趣的是，埃及人认为这是一场胜利。这完全值得理解，因为之前的第三次中东战争败得更干脆。埃及、约旦、叙利亚三国联军被以色列用了六天彻底击溃，又名六日战争。

幸福都是对比出来的。因此十月六日这个城市就出现了。

当然，城市建立主要是为了缓解开罗市区的人口压力，发展工业。作为开罗的卫星城，它至今有了将近一百万人，有大学，有工业区，有娱乐城……发展得相当不错。

再加上地下音乐会——这真是不错的地方。

"可惜啊……"阿里亚摇摇头，大踏步离开了会场。

今晚的月光很微弱，不足以照亮大地。阿里亚毫不迟疑地走入黑暗，将会场远远甩在身后。他回头看了一眼，只能见到几朵隐约的火光，似乎有歌声飘来，但听不真切。

再见了，十月六日城。阿里亚叹息一声。其实他挺喜欢现在的生活，但为了那件事，不得不远离。阿里亚走到一条隐秘的小路边，那里停着一辆小型皮卡，他所有的家当都在上面。

他摸出钥匙，准备打开车门。突然，阿里亚的手僵在半空。

"谁？"阿里亚缓缓转过身。

"阿里亚先生？"一个身影从黑暗中走出来，"刚才那首*thank you allah*真不错。我听过Maher Zain的原唱，但说实话，你比他唱得还要好。"

"你一直跟着我？"阿里亚警惕地看着那个人。

对方渐渐走近了。阿里亚看清了一些。那是一个年轻的东方人，模样真不错，只是面无表情。他的瞳孔是银色的，在月光下微微闪烁。

"你——"阿里亚几乎叫起来，但很快，他深吸了一口气，问道，"你是谁？"

"高诚。"年轻人微微鞠躬，说，"但实际上你已经认出了我，不是吗？"

阿里亚没再说话。他呆呆地看着，一个又一个的人影出现在月光下。一个嘴角锋利的年轻人推着轮椅，上面沉睡着一个姑娘。

"带我们去见洪博士。"年轻人说。

（完）

图书在版编目（CIP）数据

超能者. 下 / 秋风清著. — 北京：中国友谊出版
公司，2017.11 （2021.3 重印）

ISBN 978-7-5057-4236-9

Ⅰ.①超… Ⅱ.①秋… Ⅲ.①长篇小说—日本—现代
②长篇小说—中国—当代 Ⅳ.①I313.45 ②I247.5

中国版本图书馆CIP数据核字（2017）第275923号

书名	超能者. 下
作者	秋风清
出版	中国友谊出版公司
发行	中国友谊出版公司
经销	新华书店
印刷	北京嘉业印刷厂
规格	880毫米×1230毫米　32开
	10印张　230千字
版次	2017年12月第1版
印次	2021年3月第4次印刷
书号	ISBN 978-7-5057-4236-9
定价	45.00元
地址	北京市朝阳区西坝河南里17号楼
邮编	100028
电话	（010）64668676